涼宮ハルヒの直観《すずみやはるひのちょっかん》
団長

み、ん、な、の、着、物、姿、か……
No.

「……すぅ」
Date
二人なりの
退屈を示す意思表示
なのかもしれない。

Date
鶴屋さんが
送ってきたのは、
よりにもよって
S○S団への
挑戦状だったのだ。

Date　　　／　　　／

すっ

涼宮ハルヒの直観
谷川流＆いとうのいぢ
スタート！

涼宮ハルヒの直観

谷川 流

角川スニーカー文庫

22408

涼宮ハルヒの直観

CONTENTS

口絵・本文イラスト／いとうのいぢ
口絵・本文デザイン／吉田正子

あてずっぽナンバーズ

「七十七万五千二百四十九」

白い息とともにそんなセリフが俺の耳元を舞《ま》い、すぐに吹《ふ》きすさぶ寒風に紛《まぎ》れて上空へと消えていった。

青さが目に染《し》みる快晴を天は大いにアピールしていたが、どうしたって寒いもんは寒い。なんせ今日は新年が始まってまだ三日しか経《た》っていないわけで、北半球が春への準備体操をし始めるにはまだ多くの日数が必要だろう。

しばらく黙《だま》って歩いていたが、相方が何やらこっちのリアクションを待っているような気配を感じたので、俺はなけなしのサービス精神を絞《しぼ》り出し、

「何の数字だそれは。古泉《こいずみ》、お前が今までの人生で喰《く》った餅《もち》の数か？」

「まさか」

と、自称《じしょう》エスパー少年はフッと微自嘲《びじちょう》気味に薄《うす》く笑い、

「特に意味のある数字ではありません。この場に来て何となく思いついた――いや、思い出した数字なだけですよ。あなただけでなく、僕以外の全人類にとって無意味な数字の羅《ら》列《れつ》と言えるでしょう」

そんな数字を俺の耳に届くように呟《つぶや》いた時点で独り言としては体《てい》を為《な》していないぞ。誰《だれ》かに聞いてもらいたい独り言など、どこからともなく舞い込むダイレクトメールみたいなものだ。受け取るほうが大抵迷惑《たいていめいわく》であるという意味でな。

「それは失礼を」

そう思っているのなら態度ではなく回答でもって示して欲しい。七十七万なんたらは何の数字なんだ。去年の八月にだってそこまでデカい桁《けた》の数を聞いたことはなかったぜ。

「この三が日で僕が親戚《しんせき》各者に貰《もら》ったお年玉の総額である、と言ったならどうします？」

どうもこうもするもんか。ＳＯＳ団の財布《さいふ》の役割をお前に押しつけるだけだ。その一環《いっかん》として、まず集合場所には俺より遅《おく》れてこい。

「それは難しいですね。皆《みな》さんに奢《おご》るのはやぶさかではありませんが、あなたより後に到《とう》着《ちゃく》するというのは不可能に近いことです」

なぜだよ。さすがの俺も事前打ち合わせができているんだったら、お前が来る十秒前に姿を現すだけの計画性を持っているぜ。

古泉は厚手のジャケットに包まれた肩《かた》を寒そうでもなくすくませ、

「いえ、実は何回か自分がラストになってみようと、わざと時間を遅らせたりしたことはあったんです。しかしことごとく、あなたのほうがより遅《おそ》くやって来ました。どんなに時間を調節しても必ずです。ただの偶然《ぐうぜん》とは考えにくい。涼宮《すずみや》さんの無意識がそう望んでいるからとしか言いようがありません」

「なんつうピンポイントにハタ迷惑《めいわく》な無意識だ」

今度は俺の口から白い靄《もや》が発せられた。

「少なくとも今日ばかりは、喫茶店《きっさてん》の奢りぶんの金を賽銭箱《さいせんばこ》に突《つ》っ込んだほうが精神が安らぐような気がするぜ」

凍《い》てつくような寒気の下《もと》、俺が見上げた先には石造りの頑丈《がんじょう》そうな鳥居があり、その向こうには朱色《しゅいろ》に塗《ぬ》られた巨大《きょだい》な門がいかめしく口を開いていた。

一月三日の正午過ぎ、場所は市内の神社の門前でのことである。

雪山合宿中にハルヒが宣言した通りの現象が今起こっているわけだ。あやふやな無意識の発露《はつろ》などではなく、明確にして強固な意志の元に――

俺たちは初詣《はつもうで》に来ていた。

俺たち、というのはSOS団の五人のことだ無論。断じて古泉と男二人連れなどという寒々しい光景ではない。ないのだが、なんとなく女子陣《じん》三名と密着しがたい気分が同時発生したのか、俺と古泉は先を行く団長他《ほか》二人とはやや距離《きょり》を置いて歩いていたところ、その元凶《げんきょう》とも呼ぶべき一際《ひときわ》目立つヤロウが振《ふ》り向いて、次のように告げた。

「さあ、まずはこの神社からよ！　今日中に市内の神社とお寺を残らず回らないといけないからね。ギアを上げていくわよっ」

少なくとも俺の体内にはクラッチ板もギアボックスも内蔵されていないはずだが、こいつの胃袋《いぶくろ》あたりにはあるのかね。いや、むしろターボチャージャーか。

「元旦《がんたん》に来られなかったんだもの、ここの神様もあたしたちを待ちわびていたに違《ちが》いないわ。遅刻《ちこく》したぶん、気合い入れてお祈《いの》りしないとね」

まるで雛壇《ひなだん》の最上列がふさわしそうな着物を纏《まと》ったハルヒは、同じく雅《みやび》な和服に身を包んだ長門《ながと》と朝比奈《あさひな》さんを両脇《りょうわき》に従えつつ、天に人差し指を突きつけ、

「一年の計は元旦から三日の間にあり！」

と、勝手にことわざを編曲して、

「だから今日中にお願いはササッとすませちゃいましょ」

そんな罰《ばち》当たりなことを、温暖高気圧の化身《けしん》かと錯覚《さっかく》するほどの熱気を帯びた笑顔《えがお》で言った。

いつもの駅前の集合場所にいつものように俺がのこのこと赴《おもむ》いたとき、当然のごとく他の人員はすでに待ちの態勢に入っていた。いい加減、指定時間前の到着にもかかわらず毎度毎度謎《なぞ》の罪悪感にさいなまれなければならないこっちの身にもなって欲しいが、古泉は置いといて女子団員トリオの後塵《こうじん》を拝することに今日だけはほんのり安堵《あんど》したのも事実だ。

なお、ハルヒと長門と朝比奈さんは事前に鶴屋邸《つるやてい》に集合してからここに来る手はずになっており、そのタイムラグを考慮《こうりょ》して本日の集合時間は若干《じゃっかん》遅めに設定されていた。昨日、そのようにスケジュールを組んだのはハルヒであり、荷担《かたん》したのは鶴屋さんである。その際、他の団員の都合や事情などが一切《いっさい》考慮されなかったのは言うまでもなく、珍《めずら》しく俺からも異論は出なかった。

なぜ三人娘《むすめ》だけが鶴屋さんちに寄り道したのかと言うと、それはまあ、見た方が早い。

「どう、この衣装《いしょう》。すごいでしょ」

ハルヒは無駄《むだ》に偉《えら》そうに胸を張ると、自分が纏っている服の色彩《しきさい》よりも明るい上機嫌《じょうきげん》スマイルを全天方面に振りまき、

「有希《ゆき》とみくるちゃんもっ」

と、両脇に控《ひか》えていた二人の肩を引き寄せた。ハルヒの言葉通り、素晴《すば》らしいと言う他ないね。

この上なく和の心が感じられる装《よそお》いの三人は控えめに言っても周囲の目を引くこと、まるで冬の夜空に輝《かがや》くオリオンの三連星のごとくである。特に朝比奈さんの出で立《い》ちなど、どっかの着物会社が金持ちの顧客《こきゃく》に「ご令嬢《れいじょう》様の卒業式にぜひ」と売り込むためのパンフレットにピンナップとして載《の》っていてもおかしくない。上等な生地《きじ》には違いないが中身はそのさらに上を行く境地である。ハルヒほど主張しておらず長門ほど気配を殺してもいないという点で、まさに美の天秤《てんびん》の中間に位置するバランスの女神《めがみ》と言っても過言ではなかろう。さすがだ朝比奈さん。何がさすがなのか自分でもよく解《わか》らんが。

「実によくお似合いです」

俺と同様に普段《ふだん》着《ぎ》姿の古泉が合いの手のような追従《ついしょう》を述べて、次に俺に視線を向けてきた。恨《うら》みがましげな微笑《びしょう》、としか表現しようのない表情がその顔に張り付いていたがハルヒは気づいていない模様だ。俺だけがそんな古泉の微妙《びみょう》な面《つら》の皮が判別できていたんだとしたら、ちょっと自分が気味悪い。朝比奈さんのものならともかく、野郎《やろう》のすまし顔ではな。

しかし古泉は俺に意味ありげな微笑《ほほえ》み声をくれると、すぐハルヒへ、

「鶴屋さんの見立てですか？」

よくもまあここまでハルヒたちそれぞれにぴったりの振り袖《そで》を持っていたものだと感心するが、あの人ならば不思議ではない気もする。なんせ庭を掘《ほ》れば地下水の代わりに元禄《げんろく》小判が出てくるんじゃないかと思うくらいにお金持ちチックな家に住んでて、スキー場付近に別荘《べっそう》まで持ってるほどだしな。現に俺たち五人は鶴屋さんが快く無料招待してくれたその別荘から昨日帰ってきたばかりだ。なかなかに気の疲《つか》れることが多かった冬合宿だったのは記憶《きおく》に新しいが、帰りの列車内でハルヒが初詣がどうのこうの晴れ着がうんぬんかんぬんと言っていたのを聞いていた鶴屋さんは、あっさり、

「あたしのでよかったら貸すよっ！」とおっしゃった。口ぶりだけなら使い捨てカイロのレンタルを申し出ているような気軽さで、「いいっていいって。どうせタンスの肥やしになって干《ひ》からびてるだけだからね。親父《おや》っさんは着せたがるけど、走りにくい服はどうも苦手さ」

「あたしも苦手だけど」とハルヒは一応内心を覗《のぞ》かせたものの、「使わない物をしまいっぱなのはもったいないわ。付喪神《つくもがみ》になってから祟《たた》り神に化けないように代わりにあたしたちが着てあげましょう！」

ニコヤカに宣告した後、「いえーい」「ちょいやっさー」と鶴屋さんとハイタッチをした。

まったくもって意味不明だが二人だけに通じる……何か、こう、テンションというか、根が陽性の者だけにしか理解できない空気感のようなものがあったのだろうと推察する以外に何一つできることはなかった。

朝比奈さんは「えっ」とか「はあ」とか「つく……も？　ね……？」とか呟《つぶや》くのが精一《せいいっ》杯《ぱい》で二人のノリについて行けておらず、長門は、

「…………」

車両の振《しん》動《どう》に前髪《まえがみ》をわずかに揺《ゆ》らしつつ異常に分厚い文庫本のページから視線を逸《そ》らすこともなく、俺の妹と猫《ねこ》用ケージの中のシャミセンはただひたすらに眠《ねむ》りこけていた。

ちなみに鶴屋さんは当日早くにはヨーロッパに向かう機中の客にならなければならないため、勝手に家に上がって勝手に着て行ってくれ、子細は家の者に言づけておくから、という、かなり無茶な提案を軽い笑顔で告げ、ハルヒもまた遠慮《えんりょ》なく鵜《う》呑《の》みにした。鶴屋さんへの報酬《ほうしゅう》は本人たっての希望により、

「みんなの着物姿を写真に撮《と》っといておくれよし。それでいいっさ！」

「楽勝！」

ハルヒがサムズアップし、未来を予見したわけでもなかろうに、そして示し合わせたわけでもないのに、俺と古泉は同時に同じ動作で肩をすくめた――。

俺の回想が終了《しゅうりょう》したところで、古泉が、

「よく覚えていますよ。なんせ昨日のことですから」

昨日、というところにアクセントを置いた奇妙《きみょう》に薄《うす》らぼんやりとしたトワイライトな声で、

「ですが、あなたにとって昨日の思い出はそこで終わりではないでしょう。僕にとってはほとんどすべてですけどね。もう一人、涼宮さんにとっても」

着物なのにかまわず大股《おおまた》で歩くハルヒを先陣《せんじん》に、俺たちは神社の境内《けいだい》を進んでいた。明けて三日目なのにけっこうな人出だが、幸い、ハルヒの歩みは野ウサギのように目に付くし、楚々《そそ》としてついて行っている長門と、ちょこちょこという擬音《ぎおん》が目に見えそうな朝比奈さんとの三人組ではなおのことなので見失いはしないだろう。参道にずらりと並ぶ様々な露店《ろてん》の数々はなかなかに圧巻であり、参拝客の群れに至ってはいったいどこから湧《わ》いて出たのかと思うほどのごった返しで、立錐《りっすい》の余地程度くらいしかない人口密度は、いかにも祭り好きなハルヒ好みの空間と言える。ザ・ハレって感じだ。あちこちで美味《うま》そうなものを焼く匂《にお》いがしているのは俺好みでもあった。そういや最近タコ焼き喰《く》ってないな。

それにしてもハルヒなのか鶴屋家家中の人なのか、着付けの心得はばっちりだったらしく、コスチュームチェンジはスムーズにいったようだ。おかげで、もしかしたら山から吹《ふ》き下ろしてくる寒風に震《ふる》えながら男二人でさびしく待ちぼうける、という絵面まで寒い時間を過ごすはめにならなくてよかったよかった、最後に来るのもたまにはいいもんだなぁ。などと意図的かつ能動的にセリフが耳に届かなかったフリをし続けていると、古泉はこれ見よがしのような呼気を空中で結露《けつろ》させた。

「あなたと長門さん、朝比奈さんの冬合宿はまだ終わっていなかったはずです。三人だけで延長戦を楽しんできたんでしょう？　これをうらやむなというほうが無理ですよ。これでも僕はＳＯＳ団の副団長なのですからね」

ははあ、なるほど。やっと合点《がてん》が行った。いや、こいつの浮かなげに見えなくもない顔面の微小《びしょう》的微笑の意味するところにさ。

冬合宿から帰還《きかん》して駅で散会した後、俺と長門と朝比奈さんは「昨年の十二月十八日に行って出発時の六十二秒後に戻《もど》ってくる」という、ちょっとそれは日本語としてどうなのかと思うような荒業《あらわざ》を成し遂《と》げたばかりである。もちろん疲れてなどいない。むしろスッキリした。訊《き》いたわけではないが長門もそうだと思うぜ。朝比奈さんは終始混乱していたようで、また彼女にとって俺と長門の行動は不思議としか思えなかっただろうが、全体的に考えて涼宮ハルヒとその一味の行動が不思議でなかった例《ため》しなどないので、まあだいじょうぶだろう……。

どうやら、この一連の時間移動騒動《そうどう》に呼んでやらなかったことを僻《ひが》んでいるらしいな、こいつ。

「僕と涼宮さんだけが仲間はずれにされている気分ですよ」

そりゃ、お前。ハルヒを誘《さそ》うわけにはいかないだろ。タイムパラドックスどころの騒《さわ》ぎでなくなるのは目に見えている。

「僕だけならどうとでもなったのではないですか？」

んなこと言われても知らん。現にお前はあの時間のあの空間にいなかったからな。文句があるなら二度目にタイムリープしたほうの俺に言ってくれ。あの時の俺がお前の姿を見るなり声を聞くなりしていたら強制参加は確定していたところだ。

なおも非難がましく見えなくもない細い笑みを浮《う》かべてこっちを見る古泉に、

「お前は閉鎖《へいさ》空間とやらでのびのびとやってるんだろ？　時をかける少年まで兼《か》ねるのはオーバーワークだぜ。自重しとけ」

「次があったらぜひお願いしますよ。記憶の片隅《かたすみ》に留《とど》めておいていただけたら――」

あんな機会は当分あって欲しくない。それと、願い事なら俺ではなくこの神社のご神体にするんだな。賽銭《さいせん》をはずんでおけば気休めにはなるかもしれんぞ。もっとも、『機関』なるものにとっての神は八百万《やおよろず》の一柱ではなく、ハルヒそのものらしいが。

そのハルヒは長門と朝比奈さんとで横列を組み、俺と古泉の前方をぽっくりぽっくりとした音を立てて先導していた。もちろん着物の三人が履《は》いている草履《ぞうり》や足袋《たび》から帯や帯留め髪飾《かみかざ》りに至るまで鶴屋家からの供出品である。総額でいくらになるシロモノなのかは金銭感覚のスケールが小さい俺には算出できないが、質屋《しちや》に持っていったらそこそこの値になるのは間違《まちが》いないなと不埒《ふらち》なことを考えながらハルヒの後ろ姿を見て歩いているうちに、手水舎《ちょうずや》に着いた。

大まかなことには異常に鷹揚《おうよう》なくせに細かいことにはやたらとこだわるハルヒの指導の下《もと》、俺たちは備え付けの柄杓《ひしゃく》で手を洗って口をゆすぐ。

「これをこうして――わっ、冷たい」

目をパチパチさせながらハルヒの動きを見よう見真似《みまね》っている朝比奈さんが相当早めの成人式とするなら、

「…………」

柄杓を持ってじっとしている長門の様子は、まるで船幽霊《ふなゆうれい》の七五三詣《まい》りだ。

ともあれ、これでやっと賽銭箱に小銭を放《ほう》り込めるかと歩き出したものの、拝殿《はいでん》前はさらに混《こ》んでいた。短気なハルヒが方陣《ほうじん》形を組む敵部隊のわずかな隙《すき》を見つけた突撃騎兵《とつげききへい》のように突進するのではないかと不安に駆《か》られたが、さしもの団長様も神前でそのような暴挙に出ることはなく、

「当たり前でしょ。あたしだって時と場所と相手くらいは選ぶわよ。お参りが早い者勝ちなんだったら、まあ、するかもしれないけど」

アヒル口モードで言ったハルヒは朝比奈さんを引き寄せ、

「そんなことよりみくるちゃん、次はあの衣装《いしょう》はどうかしら」

瞬時《しゅんじ》に笑顔を咲《さ》かせたその指さす先には、社務所の受付でせっせと絵馬やおみくじを売っているアルバイト巫女《みこ》さんたちの姿があった。白い上衣に緋袴《ひばかま》のコントラストが目に映《は》える。

「巫女よ巫女。そうねえ、どうせならちゃんとした巫女服を着せたいわ。後でおみくじ引くついでに巫女服も売ってないか訊かないといけないわね」

いけないことはないし売ってもいないと思うが、まあいいか。俺も朝比奈さんの巫女姿は見たいしな。ハルヒの実行する思いつきの中でも朝比奈さん強制コスプレはぶっちぎりで評価できる物事の一つだ。

朝比奈さんもまんざらではないらしく、

「あれが本物の巫女さんですかぁ。神職ですね」

目を輝《かがや》かせていらっしゃる。朝比奈さんの時代には残存していないのかもな。

その後しばらく、俺たちは雑踏《ざっとう》の一部と化した。人の流れに従わざるをえない遅々《ちち》とした進軍のせいもあって、五人ひとかたまりとはなかなかいかないが、群衆に呑《の》まれてしまっても心配はなさそうだ。

活気のある場では普段以上に熱量を帯びるのがこの団長の習性である。どんな人混みの中でも雪原に湧いて出たモグラのようによく目立つ。朝比奈さんと姉妹《しまい》のようにくっついているおかげもあって発見しやすさに拍車《はくしゃ》をかける一方だ。

その二人の後を行く長門は、平年より三℃下回るような冷え冷えとした黒い瞳《ひとみ》をきっかり前方に据《す》えたまま、暗礁《あんしょう》を探す航海士のような表情で縁日《えんにち》のお面屋を観察している。

俺と古泉が横並びになるのは自然の成り行きで、そこで思い出した。

「さっきの七十なんちゃらってのは何の数字だったんだ？」

「七十七万五千二百四十九です」

漢字だとややこしい。７７５２４９か。

「素数か？」

とっさに思いつきを返すと、

「当たらずとも遠からずと言ったところですね」

古泉はどこか投げやりな感じで、

「これはある三つの素数を掛《か》け算すると出てくる数字です。素数は1とその数自身でしか割ることが出来ない1より大きな整数と定義されていますから、あなたの解答は不正解ですね」

時間移動イベントに呼ばれなかったことをまだ引きずっているらしく、古泉らしからぬ憂鬱《ゆううつ》げな声である。時をかける少年なんてそんないいもんじゃないぜ。少女ならともかく。

「それで、その六桁《けた》の数字にどんな意味があるんだ？」

「ありません」

古泉は確固とした口調で断言した。

「単に僕がたまたま知っている素数を掛け合わせただけのものなのでね。正直言って僕個人としてもそれほど意味のある数字ではないんです。でも、そうですね……」

やっと古泉は通常営業の笑《え》みを見せ、

「元となる三つの数字が何か、当ててみますか？」

なんか提案して来やがった。

「ヒントは二桁が二つ、三桁が一つです。簡単でしょう？　しらみつぶしに当たっていけばすぐに解けますよ」

めんどくせぇ。

「涼宮さんならあっという間でしょうね。瞬間的《しゅんかん》に思いついた素数を口にすれば、おそらくそれがこの数字の因数解の一つです。彼女が引くおみくじは必ず大吉《だいきち》になることを賭《か》けてもいいですよ」

確率統計を平然と無視できるあいつと一緒《いっしょ》にすんな。

「あと、長門さんに訊《き》くのは反則ですよ。制限時間はこの神社を出るまででどうです？　解いたら何かくれるのか。

「考えておきましょう。景品は何がいいですか？」

「そうだな……」

だが、俺の非理系的な頭脳がこの計算問題に取り組む仕事に就《つ》く機会はなかなか訪《おとず》れなかった。そんなヒマもなくなったと言うべきか。

「キョン！　古泉くん！　何してんのっ。さっさとついてきなさーい！」

いつの間にか拝殿前に辿《たど》り着いていたハルヒが、両手を振《ふ》っている。

そして、これからしばらく、こういう祭り的な場所が大好きなハルヒはサバンナで放し飼いにされた子犬のようにはしゃぎ回り、そのいちいちに付きあわされることになったたからである。やれやれに代わる新しい言葉がそろそろ欲しいね。

その後の行動を簡潔に述べよう。

賽銭箱に自販機《じはんき》から戻ってきた釣《つ》り銭《せん》を流し込んだり（これでも奮発した方だ）、ぶら下がっているでっかい鈴《すず》を鳴らしたり（何のためにあるんだろうなこの鈴は。インターホン代わりか？）、二礼二拍手《はくしゅ》一礼という標準的な作法に則《のっと》って神妙《しんみょう》な顔で何やら祈《いの》ったり（ハルヒが神の怒《いか》りを買うようなことを祈っていないように願うばかりだ）、おみくじを引いてそれぞれにリアクションしたり（吉凶《きっきょう》レベルはまあだいたい予想通りの結果になった）、ところ狭《せま》しと並んでいる屋台の群れを冷やかしたり（ハルヒが何かを喰《く》う度《たび》に着物を汚《よご》さないかこっちのほうがハラハラした）、目を離《はな》すといつの間にかふらふらと境内《けいだい》にある立て看板を読みに行きたがる長門を目の端《はし》に捉《とら》えていたり（神社の由来とか祭神の説明とかが書いてあるらしい）、やることなすことすべてが微笑《ほほえ》ましい朝比奈さんを見守っていたり（朝比奈さんの振る舞《ま》いは喩《たと》えるなら俺が古墳《こふん》時代にタイムトラベルしたらこうなるんだろうかと思えるようなものだった）、そんな「初詣《はつもうで》に来たら一通りやること」みたいな真似《まね》をしているうちに──。

どういう経緯《いきさつ》だったのかは覚えていない。いつしか俺とハルヒは、他《ほか》の三人とはぐれてしまっていた。そしてこのタイトなタイミングが良かったのか悪かったのかも解《わか》らない。

ともかく、ハルヒの草履《ぞうり》の鼻緒《はなお》が切れた。


「まったく、縁起《えんぎ》でもないな」

呟《つぶや》いた俺を、しゃがみこんで鼻緒と格闘《かくとう》していたハルヒは柳眉《りゅうび》を逆立てるという見本のような顔で見上げ、

「本当ね。お賽銭返せと言いたいわ。ここの神様は昼寝《ひるね》でもしているのかしら」

どうやら俺に対して怒《おこ》っているわけではなさそうなことに安堵《あんど》しつつ、

「ここでうずくまってても通行の邪魔《じゃま》だ。ほら、手を貸せ」

参道のさなかである。参拝に向かう人間と済ませて戻《もど》ってくる客とで坩堝《るつぼ》となっているもんだから、立ち止まっている俺とハルヒは障害物以外の何ものでもない。

「いいわよ。これくらい」

ハルヒは右足に履いていた草履を脱《ぬ》いで手に持ち、左足でケンケンパの要領で跳《と》ぼうとする。だが普段《ふだん》の状態ならともかく、振り袖《そで》なんぞを着ているせいでままならず、バラン

ス を崩《くず》した。

　横転しそうなハルヒをとっさに支え、

「いいから脇《わき》に寄ろうぜ」

　俺はハルヒに肩《かた》を貸して灯籠《とうろう》の側《そば》に緊急避難《きんきゅうひなん》した。周囲の人間の視線がいささか痛いね。

「直りそうにないわ」

　草履を様々な角度から眺《なが》めてしばし、ハルヒが嘆息《たんそく》した。珍《めずら》しいこともあるものだ。俺を支柱代わりにしているアサガオのような立場がそんな心境をもたらしたのか？

「あんたのことは、べっつに」

　ハルヒは俺の肩に置いている片手の力をわずかに下方変位させ、

「このまま片足ジャンプで帰ったら、こっちの草履まで傷《いた》めそうじゃないの。あたしには借りた物をボロボロにして返す趣味《しゅみ》なんてないわよ」

　お前は借りた物を返さず自分の所有物にしてしまうパターンが多いからな。

「はぁん？」

　睨《にら》み付けてくる眼力光線を躱《かわ》しながら俺は携帯《けいたい》電話を取り出した。まずは三人と合流しとこう。古泉なら喜んでハルヒのつっかえ棒役を買って出てくれるだろ。

　しかし、電話に出た古泉の返答は意外なものだった。

第一に、古泉と朝比奈さんと長門が一緒にいることは解った。

第二に、その三人は神社の正門付近にいるということも知れた。

第三に、この人混みの中では短距離《たんきょり》といえども往復を前提とする運動はいささか効率がよろしくなく、それには俺も納得《なっとく》する。

第四に、自分たちが俺たちの方に行ったところでハルヒの足代わりが俺から別の誰《だれ》かになるだけであり、ならばそのまま俺が任務を全《まっと》うすればいいだけの話である。

第五に、俺たちがこの神社の境内でやり残したことはほとんどないのであるから時間的要請《ようせい》から導き出される結論は神社からの速《すみ》やかなる退去であり、それには往路と同じ道を辿ることが望ましい。わざわざ違《ちが》うルートを選択《せんたく》する必要性が微塵《みじん》も感じられないからである。

以上のことから、三人のうち誰か、もしくは全員が俺とハルヒの元に来るより、俺とハルヒが三人の居場所に行くほうが全《すべ》ての面において合理的であるのは誰の目にも明らかである。

要するに、

『何も難しいことはありません』

電話越《ご》しに届く古泉の声は少々楽しげだった。

『あなたが涼宮さんを背負うなりして、こちらまで来てくれたらいいのです。何でしたらお姫様《ひめさま》抱《だ》っこでもいいでしょう。方法はお任せします』

愚《ぐ》にも付かない提案を付け加えて、くそ、切りやがったあの野郎《やろう》。

ハルヒは電話中の俺の顔色変化を訝《いぶか》しげに眺めていたが、古泉の恐《おそ》るべきアイデアを告げると、みるみるうちに啞然《あぜん》とした面持《おもも》ちとなり、行き交《か》う参拝客たちへと視線を彷徨《さまよ》わせた後、

「他に手はないの？」

敗色濃厚《のうこう》な戦況下《せんきょうか》において友軍を見捨ててでも撤退《てったい》せよと命令された前線指揮官のようなセリフを吐《は》いた。

俺も本意ではないが、二人三脚《さんきゃく》するくらいならまだハルヒをおんぶしてやったほうがマシなことは確かではある。そちらのほうがより迅速《じんそく》な撤退が可能だろうからな。ちなみにお姫様抱っことやらがパーフェクトなまでに論外であるのは言うまでもない。どんだけ人目があると思ってるんだ。

「しょうがないわね……」

鼻緒の切れた草履を目の前に持ってきて恨《うら》めしそうに見つめるハルヒの前で、俺は身をかがめた。案外素直《すなお》にハルヒは従った。

背中の重みを感じながら、そのままハルヒの脚に手を回そうとしたのだが、

「ちょっと！　変なとこ触《さわ》んないでよ！」

おんぶの正式な作法を俺は知らなかったが、支点力点を考えると背後に搭載《とうさい》した人間の太ももを両脇《りょうわき》に抱《かか》えるような姿勢が最も重心が取れていいんじゃないだろうか。尻《しり》よりマシだろ。それくらい我慢《がまん》しろよ。

俺が渋面《じゅうめん》を作って振り返ると、ハルヒは眉毛《まゆげ》の端を柳《やなぎ》の枝先のように下げており、

「裾《すそ》が……」

俺の顔を見ずに言う。

「ああ」と俺はハルヒの思考を正しくキャッチした。

それもそうか。振り袖なんぞ男子たる俺が着るわけもないので、その衣服的な構造にも気が回らなかったが、よく考えたら浴衣《ゆかた》のゴージャス版みたいなものだろうから、それで誰かにおぶわれようとしたら、はだけた裾から二本の脚がにょっきり突《つ》き出すことになる。夜道ならともかくこんな日中ではな。俺たちはカナブンの群れに混入した二匹《ひき》のタマムシのように目立つことだろう。目立つだけならまだいいが、目撃《もくげき》者の中に北高《きたこう》関係者がいたら要《い》らぬ誤解を招く恐れもある。ハルヒを斤量《きんりょう》代わりにした坂路訓練をしているだけ、と言っても信じてくれまい。実際違うし。

「もうちょっと上に乗れ」

俺はさらに身を前倒《まえだお》しにし、ほとんど蹲踞《そんきょ》の姿勢を取る。手でハルヒの体重を支えることができないのなら、その役割は俺の首と背中に全権を与《あた》えるしかない。犬の姿勢でハイハイをするわけにはいかないからな。やむを得ん。

「うつ伏《ぶ》せにもたれる感じで覆《おお》い被《かぶ》さればいいだろ」

「無様だけど、対面抱っこよりはマシね。これだと着物の乱れも最小限になるでしょうし」

そいつはよかった。だが、普通に背負うよりかなり不自然な体勢と、搭乗者《とうじようしや》の腕《うで》に扼《やく》殺《さつ》一歩手前ほどの力がかかっていることを考えると安穏《あんのん》とはできず、

「おとなしくしてろ」

腰《こし》から上がほぼ地面と平行になっている俺の背で、ハルヒはバタバタと、

「早く行きなさい、速く疾《はや》くっ！」

俺だって衆人環視《しゆうじんかんし》の中でのこんな作業はさっさと終わりにしたい。だが、あいにく俺の履《は》いているスニーカーには黄金に光り輝《かがや》く翼《つばさ》など生えてはおらず、またこの人波の中では走るわけにもいかない。

「今年はいい正月気分だったのに、昨日も一昨日《おととい》も楽しいことしかなかったのに、三日目はついてないわ」

耳元でそんな囁《ささや》きが聞こえる。俺の頭の両脇から伸《の》びている手の主が、片方で草履、片方で巾着袋《きんちゃくぶくろ》を振《ふ》り回しながら、

「こんなことなら……」

言いかけて言葉を切り上げたふうだったので、

「何だ？」

「何でもない。きりきり歩きなさい、きりきり」

バチを当てられたのかもな。この神社の祭神は女性神なんじゃないか？　古泉的に言うところの実在の女神《めがみ》モドキであるらしいお前が目障《めざわ》りだったんだろう。この奔放《ほんぽう》で自由な神めが、とかさ。

「ところでお前、意外と重いな。どんだけ餅喰《もちく》ったんだ」

途端《とたん》に巾着袋が俺の顔をかすめた。

「着物が重いの！　うるさいわね、あんたの耳を奥歯で噛《か》むわよ！」

そう騒《さわ》ぐな。温厚《おんこう》なドライバーが運転するタクシーじゃねえぞ、俺の背中は。

蛙《かえる》の背中に小蛙が乗っている置物を見たことがある。

その下の方の蛙の気分になりつつ、文句の多い客を乗せた俺が巨大《きょだい》な朱色《しゅいろ》の門に辿《たど》り着いたのは、それから数分後か数十秒後だった。誤差にしては大きいが体感時間しか頼《たよ》りになるものがなかったんでね。いずれにしても些細《ささい》なことだし誰も気にしないだろう。

待たせていた三人は、それぞれに異なった表現で出迎《でむか》えてくれた。

古泉は腕組みをしてニヤニヤと、朝比奈さんは両手を口元に当てて「あらら」と、なぜか長門だけは横を向いてしゃがみ込んでいたが、すぐに立ち上がって明度の高い瞳《ひとみ》で俺たちを凝視《ぎょうし》した。

長いような短いような道のりだったものの、あとは鳥居をくぐって退散するだけだと思うと少しは気が楽になる。ハルヒがそそくさと背中から降りてくれたおかげで身体《からだ》まで軽くなった気がするな。ところで、ここからの帰り道はどうする。替《か》えの靴《くつ》を届けてくれる当てはあるんだろうな。

「当てはありませんが」と古泉。「応急処置ならできると思いますよ。先ほど尋《たず》ねたところ、長門さんがこういうのは得意だそうです」

だったら長門を俺たちのところに派遣《はけん》して、そこでその応急処置とやら——たぶん応急どころの処置ではなかっただろうが——をしてもらえばよかったじゃないかと気づいたのは、だいぶ後になってからのことだ。

なぜなら俺が頭《こうべ》を巡《めぐ》らせる前に、

「よく考えてみれば、あたしたちだけ晴れ着でキョンと古泉くんが普通なのは合点《がてん》がいかないわ」

ハルヒが何か言い出した。天啓《てんけい》が閃《ひらめ》いたような口調で、先ほどまでとは打って変わった、例の「いいこと思いついた」的晴れやかな笑顔《えがお》とともに、

「そうだ、二人も新年を祝う日本男子らしく紋付袴《もんつきはかま》に衣装《いしょう》チェンジしなさい。十秒後に！」

無茶言うな。それに俺は自分の家の家紋なんざ知らん。

「それでしたら」と古泉が例の調子で合いの手を入れる。「僕の知り合いに近所で貸衣装店を営んでいる方がおられますので、すぐに用意できるかどうか頼《たの》んでみますが」

少しはたじろげよ古泉。あと、お前の知り合い連中はどこまでお人好《ひとよ》しなんだ。年始早々『機関』全員で二十四時間ハルヒ待機か？　気が休まるヒマもないな。

俺の心中を読みとったわけではないだろうが、ここでハルヒが何故《なぜ》だか急に気を回したように、

「いきなり店に行っても困るでしょ。そうね、せめて二人の体格くらいは事前に連絡《れんらく》しておいたほうがいいわ。だからっ、」

と、目を輝かせ、それがとびきりの名案だと言うかのように、

「二人の身長と体重を教えなさい。それとウエストサイズもね！」

そんなもんでよければ即答《そくとう》してやれる。知られて困る数字じゃないからな。

しかしながら古泉は違《ちが》う意見の持ち主だったようだ。いつもなら超一流《ちょういちりゅう》の営業担当者のように如才《じょさい》なく応じるところなのに、うっ、てな感じで言葉を詰《つ》まらせたのには驚《おどろ》いた。

さらに、しばしの黙考《もっこう》の後、

「……さすがですね」

という謎《なぞ》のコメントを発して吹《ふ》っ切れたような微苦笑《びくしょう》を浮《う》かべ、

「涼宮さん、それはこちらでどうかお願いします。僕にとって非常にプライベートかつデリケートな問題ですので」

古泉は俺をチラ見してから、ハルヒに手を貸して少し離《はな》れた位置に移動すると、あからさまに内緒話《ないしょばなし》をする体《てい》でハルヒとこしょこしょと密談を開始した。ふむふむ、と嬉《うれ》しそうに頷《うなず》いて訊《き》いているハルヒもハルヒである。

何をそんな隠《かく》そうとせにゃならんのだ。減量中のボクサーじゃあるまいし……。

と、思ったところで気がついた。

初っぱな、古泉が呟《つぶや》いた数字。七十七万五千二百四十九。三つの素数の乗算解。二桁《けた》が二つ、三桁が一つ。

　ふと視線を感じて目を転じると、

「…………」

長門が俺をじっと見ていた。何かを言いたげに。質問して欲しそうな瞳の色で。

……俺にもたまには余裕《よゆう》というものが出る時はある。なので、

「いや長門。答えを教えてくれなくてもいい。今日くらいは自分で考えるさ」

「そう」

長門はそっけなく応《こた》えると、足元の地面に書いてあったらしい、三つの数字の羅列《られつ》を草《ぞう》履《り》の爪先《つまさき》で静かに消した。


　それから数日後のことになる。

冬休みもそろそろ終了《しゅうりょう》し、また愛《いと》しき学舎《まなびや》に向かう坂登りの準備運動をそろそろするかと心が思い始めていた、そんな日のことだ。

俺が部屋でダラダラしてると、いつものように妹がノックもなしに入ってきて、

「手紙来てたよ。古泉くんからー」

封書《ふうしょ》を渡《わた》すのと引き替えにベッドで仰向けに寝《ね》ていたシャミセンを連れ去った。

裏返して見る。やや角張った筆致《ひっち》で差出人の名前が書いてあった。確かに古泉の自筆だ。適当に破いて封筒《ふうとう》を逆さにすると、二枚の写真が滑《すべ》り落ちてきた。他には便箋《びんせん》もカードの類《たぐい》などもなかったが、充分《じゅうぶん》だ。

一枚の写真には、レンタルの羽織袴《はおりはかま》を纏《まと》った俺と古泉、振り袖《そで》姿のハルヒ、長門、朝比奈さんがそれぞれ思い思いのポーズで写っている。

あの日、貸衣装店から次の参拝先に行く道すがら、ハルヒが古風な写真屋さんを見つけた。そこのスタジオで撮《と》ってもらったものが現像されて古泉の元に届き、俺にも転送されてきたというわけだ。しかし何だな、自分で言うのもアレだが、マヌケ面《づら》だな俺は。服装もまるで似合ってねえし——って、ああ、そうか。

「みんなの着物姿、か……」

鶴屋さんの要望に忠実に応《こた》えたハルヒに感心しながら、もう一枚を手に取った。

構図も照明も撮影者《さつえいしゃ》の腕もスタジオ撮りとは比較《ひかく》にならない。こちらは携帯《けいたい》のレンズで撮った画像をただプリントアウトしただけ、しかも明らかな隠し撮りで、角度も光源もてんでなっておらず、古泉が咄嗟《とっさ》にシャッターを押した結果のものだとすぐ解《わか》る。被写体《ひしゃたい》の一人として断言してやろう。

だが、一枚目よりこっちのほうが妙《みょう》に目を引かれる、と言うか背筋がくすぐったい気分になるのは、その時の記憶《きおく》が蘇《よみがえ》ったからかね。

「こいつ、俺の背中でこんな顔してやがったのか」

四角く切り取られた風景の中に、重い荷物を背負って千鳥足の俺と、物言う荷物と化しているハルヒがいた。

古泉なりの、これが景品のつもりなのかもしれない。

七不思議オーバータイム

珍《めずら》しいことに、この日の放課後の文芸部室には緊迫《きんぱく》した空気が漂《ただよ》っていた。

閉じた窓の外から滲《にじ》み出るように聞こえるのは、野球部の威勢《いせい》だけはいい掛《か》け声と、吹《すい》奏楽《そうがく》部の下手なトロンボーン練習、わずかな小鳥のさえずりと木々の葉が春風になびく音くらいのもので、室内の人間はひとときの完全沈黙《ちんもく》を保っている。

俺と古泉《こいずみ》は長テーブルを挟《はさ》んで立ち、上体を下げて卓上《たくじょう》に視線を彷徨《さまよ》わせ続けており、長門《ながと》はいつものように部屋の隅《すみ》っこのパイプ椅子《いす》に座って事典のように分厚い書物から目を上げず、そして朝比奈《あさひな》さんは、

「…………」

つ、と、たおやかな右手をゆっくり伸ばすと、座っている自分の席上に置かれたカードの山から一枚取り、裏返しになっていたそれをゆっくり表に返し、記されていた文字を読むために桜貝色の唇《くちびる》をおっとりと開いて、

「わびぬれば〜〜」

俺と古泉はますます前傾姿勢《ぜんけいしせい》となり、両眼《りょうめ》をかっと見開いた。

「今はた、おなじ難波《なにわ》なる〜〜」

ここで朝比奈さんは一拍《いっぱく》置いて、俺と古泉を見比べる。いつものメイド装束なのだが、何度目撃《もくげき》しても違う発見がある麗《うるわ》しさと可憐《かれん》さを、今は伝える余裕がなかった。

俺と古泉の無反応を受け、文芸部室限定メイド嬢《じょう》の、ふにゃんとした声が続けた。

「みをつくしても〜〜」

やや間延びしたファニーボイスを耳にしつつ、俺と古泉の視線がいそがしくテーブル上を移動し始める。目標は雑多に並べられた数十枚の札の中でただ一つ。口の中で小さく「みをみをみを」と呟きつつ、しかし目的の物《ブツ》を発見する前に、

「逢《あ》わんとぞ思う〜〜」

最後まで詠《よ》み終え、ほっとしたように朝比奈さんは手にしていた札を机にそっと置き、

「ふう」

と、手元の専用湯飲みを取ると煎茶《せんちゃ》をひとくち飲んだ。

だが俺と古泉は、未《いま》だに下の句の字札を必死に探している最中である。長門がページを繰《く》る微《かす》かな音が聞こえたのち、

「はい」

古泉が自陣《じじん》から目当ての札をタッチし、取り上げた。

「これで合ってますよね？」

若干《じゃっかん》、微苦笑気味なのは、お互《たが》い何度かお手つきをしでかしているからだろう。

「たぶんな」

答えて俺は首の凝《こ》りをほぐすように頭を回し、

「じゃあ、次行くか」

再びの静寂《せいじゃく》が来訪し、まるでリプレイであるかのようなシーンが現出した。

俺と古泉はテーブルを凝視《ぎょうし》し、長門は黙々《もくもく》と読書に精を出し、朝比奈さんはおもむろに手を伸《の》ばし、札を取ると、すぅと息を吸い、

「あきのたの～～」

男二人はまだ無反応である。

「かりほの……」

朝比奈さんの声が困惑《こんわく》の色を帯びる。

「えーと、あん？」

「いお」

間髪《かんはつ》入れず、長門がぽつりと呟いた。

「かりほの庵《いお》の〜〜……えーと、こけ？」

「とま」と長門。

「苫《とま》をあらみ〜〜」

俺と古泉は「…………」を続ける。

「わが……ころも……て？」

「で」と長門。

朝比奈さんは改めて、

「わが衣手《ころもで》は露《つゆ》に濡《ぬ》れつつ〜〜」

すでに俺は、わ、で始まる字札を探していたのだが、その労苦は報《むく》われることもなく、

「はい」

またしても古泉が自陣中の札を手にした。

朝比奈さんが次の札にチャレンジしようとするのを、俺は手で静止しつつ古泉に、

「やめよう。これ以上は不毛だ。というか面倒《めんどう》だ」

「そうですね」

あっさり古泉も同調し、

「もう少し盛り上がるかと思いましたが、やはり難しいものですね」

下顎《したあご》に指を当てながら、今度は本物の苦笑《くしょう》を浮《う》かべた。

俺は自分のパイプ椅子にどかりと腰《こし》を落とし、

「競技カルタに挑《いど》むには、俺たちレベルの教養と風流さでは失礼だ。せめてもう少し記憶力を磨《みが》いてからにしよう」

今まで古泉とは散々ボードゲームやらカードゲームやらをしてきたが、ついにネタ切れになったらしく、今回古泉が持参したのは古ぼけた百人一首だった。いつものように暇《ひま》つぶしになるかとカルタ取りに挑んではみたものの、前述の通り、俺も古泉も歌を暗記などしておらず、下の句を詠まれて初めて取るべき札を探し出すという素人《しろうと》・オブ・ザ・素人ぶりをいかんなく発揮するという体《てい》たらくに陥《おちい》った。

正確に言うと俺は、なぜか「ひさかたのひかりのどけき春の日にしづ心なく花の散るらむ」だけは覚えていたのだが、どういうわけだか古泉も同様で、これだけは確保できるだろうと目星を付けていた獲物《えもの》は奴《やつ》にかっさらわれ、ますますやる気が失《う》せたというのも正直なところで、朝比奈さんの可愛《かわい》らしい言い間違《まちが》いを聞いているのは心が温まったが、ゲームの進捗《しんちょく》を円滑《えんかつ》にする意味はなさず、要するに詠み手もプレイヤー二人もグダグダであり、このような状態での続行は藤原定家《ふじわらのていか》に悪い。

どうせやるなら、今度は筒井康隆《つついやすたか》の「裏小倉《うらおぐら》」でやってみよう。その方が楽しいし、抱腹絶倒《ほうふくぜっとう》、盛り上がること間違いなしだ。知らない人はぜひ読んでみてくれ。絶対笑えるから。部室の本棚《ほんだな》の一角に『バブリング創世記《そうせいき》』が紛《まぎ》れ込んでいることからみて、長門も同意してくれるだろう。まあ、こいつの笑顔《えがお》は見られないだろうとも思うが。

古泉はしばらく手にしていた札を弄《もてあそ》ぶようにしていたが、軽い溜息《ためいき》とともにテーブルに置くと、広げられていた字札を集め始めた。

その仕草がどことなく未練がましく見え、少々訝《いぶか》しい思いに囚《とら》われたが、ふと気づいた。この一年間の記憶を掘《ほ》り返してみた結果、どうやらこいつにゲームらしいゲームで負けた覚えがないことに。

先程《さきほど》の札取り合戦、あのまま続けていたら優勢だった古泉が勝っていたかもしれない。つまり、この部室でおこなった、キリングタイムな遊びとは言えゼロサムの勝負事で、ひょっとしたら対古泉戦初黒星を喫《きっ》していた可能性がある。

俺が朝比奈さん謹製《きんせい》のお茶を啜《すす》りつつ表情を探《さぐ》っていると、しかしSOS団所属の元謎《なぞ》の転校生は、いつもの優男《やさおとこ》に舞《ま》い戻《もど》り、札を手元に集めながら、にこやかに、

「どうでしょう。せっかくですので、坊主《ぼうず》めくりでもしませんか？　朝比奈さんも一緒《いっしょ》に。長門さんはどうします？」

「いい」と長門は即答《そくとう》し、ただ指先だけを動かして次のページに進んだ。

朝比奈さんは古泉に絵札の束を渡して、

「それはどういう……めくる？　坊主……って男の子？……あ、お坊《ぼう》さん！　僧侶《そうりょ》のことですね？」

なんとなく、いかにも時間的フォリナーのようなズレ気味の納得《なっとく》をして顔を輝《かがや》かせる。

「いくつかローカルルールがあるようですが、今回は普遍《ふへん》的なものを採用しましょう」

古泉がルールの説明をしている傍《かたわ》ら、俺は無人の団長席を見やった。

終業のチャイムが鳴るや、俺に自分のカバンを押しつけ、「先に行ってて！」と南国に生息するケバい鳥のように一声叫《さけ》んで教室から一陣《いちじん》の旋風《せんぷう》のように消えた団長こと涼宮《すずみや》ハルヒが、今どこで何をしているのか、特に気にはならない。

なぜなら、いくら気にしようが気にするだけ無駄《むだ》だということを、俺はつくづく知っているからである。何も起こらないうちから気を遣《つか》っていたら無駄に疲《つか》れるだけであり、ならば起こってから疲れたらいい。万が一の確率で、何も起こらないということもありうるし、うん、我ながらなかなかの名屁理屈《めいへりくつ》だ。

古泉がシャッフルしている絵札のうち一枚がポロリと逃《に》げ出し、テーブルを滑《すべ》って俺の前まで跳《と》んできた。ラッキーなことに姫《ひめ》カードである。

春過ぎて夏来にけらし白妙《しろたへ》の衣《ころも》ほすてふ天《あま》の香具山《かぐやま》

桜はとっくに緑化して山を構成する風景に溶《と》け込んでいたが、夏にはほど遠く、まだ風には冷気の成分が含《ふく》まれているように感じるのは、ここが登山コースの中腹にあるような場所だからだろう。

高校二年になって二ヶ月近くが経《た》とうとし、五月も終盤《しゅうばん》に向けてラストスパートを掛けている今日この頃《ごろ》、何はともあれ、ＳＯＳ団は平常運転だった。

未だ来ぬハルヒをことさら待ちわびているわけでもなく、俺と古泉と朝比奈さんとで完全なる運ゲーである坊主めくりに一喜一憂《いっきいちゆう》し始めてさほど時間は経過していない。まだ誰《だれ》も坊主を引かず、したがって三人の誰の手元にも数枚の取り札だけが存在している準備段階、さてここからが誰の運が最終的に最良なのかを競うという、ある意味完全に山札任せの気楽な勝負が本格化しようとしていた頃合いに――。

ドン。

部室のドア付近で何やら物音がした。

「はふっ？」

朝比奈さんがビビクンッとなって扉《とびら》へと振《ふ》り向いた。

はて、ノックにしては、肩《かた》からぶつかったような鈍《にぶ》い音だが。

コッ、コッ。

今度はドアの下の方で音がする。誰かは知らないが、ドアに体当たりした後に爪先《つまさき》でノックをするという風変わりな習慣の持ち主らしい。そしてその誰かはＳＯＳ団に用があると思われる。そんな奇特《きとく》な人物はそうそう多くなかろう。

二軒隣《けんとなり》のコンピュータ研が長門にプログラミングの教えを請《こ》いに来たのでなければ、喜緑《きみどり》さん、阪中《さかなか》に続く悩《なや》み相談者第三号か、それとも古泉の組織仲間である生徒会長がアリバイ作りのような難癖《なんくせ》を付けに訪《おとず》れたか、鶴屋《つるや》さんならノックなどせずハルヒ以上に堂々と入ってくるだろうし、と俺が思案に暮れていると、
コンコンコン。

靴《くつ》先ノッカーは苛立《いらだ》ったようなリズムを刻み始めた。

「あ、はあい」

慌《あわ》てたように朝比奈さんが席を立ち、エプロンスカートをふわふわさせながらドアノブに手を掛《か》けた。そうして開かれた扉の向こうにいた人物は、

「はぁい。ハルはいるか？」

やけに気さくな問いかけをするその姿を見て、不自然なノックの謎が解けた。そいつは身体《からだ》の前に何冊もの本やらファイルやら紙の束を山と抱《かか》えており、両手がふさがっていたのだ。だからと言って蹴《け》るのはどうかと思うが。

「部屋に入ってよろしいのか？」

そう言いながら、朝比奈さんのメイド姿をしげしげと注視し、

「うふむ？」

浜《はま》に打ち上げられたミズクラゲを裸足《はだし》で踏《ふ》んづけたような一声を漏《も》らすと、

「噂《うわさ》には聞いていたが……不思議の一つはここにあるではないか」

と、謎のようなセリフを吐《は》いた。

好奇心《こうきしん》に満ちた来客の視線を一身に浴びていた朝比奈さんだったが、自身も負けず劣《おと》らず、珍《めずら》しいものを見る面持《おもも》ちを相手に向けていて、おずおずとであったが、

「あのう、どのようなご用件でしょうか？」

あ、本物のメイドっぽい応対だ。いいね。

「あなたたちのボスに頼《たの》まれたブツを持ってきた。いや、頼まれていなかったかもしれない。だが、あたしは持ってきた。なぜなら、あたしは親切だから」

抱えた荷物とともに部室に足を踏み入れ、長門、古泉、俺の順に視線を巡《めぐ》らせて、

「はぁい、キャム。早くこの資料を受け取って欲しい。あたしの両手は自由になりたがっている」

どこにキャムなんて奴がいるって？

「キョンなんていう呼びにくいニックネームは好きではない」

すこぶる同感だが、同様にキャムもごめんだ。

長門と古泉が動かないので、しかたなく俺は立ち上がると、そいつから嵩張《かさば》る荷物を受け取った。かなりの分量で、ずしりと重い。

「あのう」

朝比奈さんが控《ひか》えめに片手を挙げ、

「いったい、この方は……？」

「ああ、クラスメイトです」と俺は答えた。「俺とハルヒと同じ、二年五組にいる奴ですよ」

ふと気づくと、古泉の視線もそいつに集中していた。

「で、ハルヒに何を頼まれたって？」

書籍《しょせき》と印刷用紙の混合物を崩《くず》さないようにテーブルに置く。一番上の本のタイトルに、『古今《ここん》怪談集』、とあるのが見て取れた。その下は『古今著聞集《ちょもんじゅう》』に、これは児童書か、

『学校の怪談』？　他、いい予感がしないタイトルばかりだ。今度のハルヒはそっち系か。

「今日の昼休みだった」と、来訪者は仁王《におう》立ちのまま、「たまたま鉢合《はちあ》わせしたトイレの前で、彼女に質問された」

何て？

「学校の七不思議を知っているか、と」

なぜ、そんなことをお前に訊《き》くんだ？

「あたしは知らない。しかし、おそらくそれは、あたしがミステリィ研究部のメンバーだったからだろう」

そう言えば新学期早々のクラスでの自己紹介《しょうかい》でミステリ研所属とか言ってたな。しかし、学校の七不思議とお前の部活がどう繋《つな》がる。

「正確なフレーズは、」

ここで多分、ハルヒの声真似《まね》を試みたようだ。

「この高校には七不思議はないの？　あなたは知らないと思うけど、ミステリ研に代々伝わってるのがあるんじゃない？　――だった」

ちょっと似ていたのが何か悔《くや》しい。

「本当に七不思議と言ったのか？　七福神の間違いじゃないのか」

「ナナフクジンでなかったのは確かだ」と、そいつは生真面目《きまじめ》に、「高校の七不思議というセンテンスそのものが、あまりにも理解不能だったが、今は把握《はあく》している。ハルはいわゆる怪談を求めているると判断できた。おそらく彼女はミステリィをオカルティズムの同義語だと思っているのではないか？」

それはないと思うぜ。入学当初の部活巡りで、ミステリ研が事件らしい事件にまったく遭遇《そうぐう》していないことに憤《いきどお》っていたからな。

「おお、確かにそのエピソードはセンパイから聞いた」

同じクラスのミステリ研部員は、オーバーアクト気味に首を振り、

「あたしはまだ参加できていないが、ミステリィ研は夏と冬に合宿に行くことにしている。しかし、合宿先の島が嵐《あらし》に見舞《みま》われたり、スキー場のペンションが雪で閉《と》ざされたことはまだ、北高ミステリィ研の歴史上存在しない。残念でならない、とのことだった」

視界の端《はし》で、古泉が両手を広げて肩をすくめているのが見えた。どちらにも遭遇している俺たちだが、夏はともかく冬はあまり楽しくなかったたな。なあ、長門、と目をやると、驚《おどろ》くべきことに、この森羅万象《しんらばんしょう》に対して無関心そうなヒューマノイド・インターフェースですら読書を一時停止し、招かれざるミス研部員に電波天体のような瞳《ひとみ》を向けていた。

「まあ、それはいい」と俺。「ミステリ研究部の部活アピールはよく解《わか》ったが、それで、

ハルヒの質問にお前は何て答えたんだ」

ミス研部員は淀《よど》みなく、

「あたしはその足で部長センパイの教室へ行き、このハイスクールに伝承されているかもしれない七つのフォークロアの有無《うむ》を尋《たず》ねた。そんなものはない、との回答を得たあたしは、トンボとなって帰り、さっそくハルにそう伝えた。彼女は、あっそ、とだけ答えてそっぽを向いた」

つまり北高自家製学校の七不思議はないってことでいいんだな？　だったら話はそこで終わっているじゃねえか。なんでお前が怪談云々《うんぬん》の本やら何やらを抱えてここにやって来る筋書きになるんだ。

「それは、あたしにも少し、よく解らない」

頭が痛くなってきた。

「あたしはセンパイたちに、これらを持って行けと提言を受けた。よって、あたしはここに来た。荷物を抱えて」

ありがた迷惑《めいわく》な先輩《せんぱい》どもだ。

「彼女は七不思議を求めているのだから、その手助けをしてあげよう。その一助としての参考文献《ぶんけん》だ。ミステリィ研の蔵書の一部もあるし、ネットから拾いあげてきた知識のプリントアウトもある」

そこまで骨を折って貰《もら》ってすまなかったな。せっかく持って来てくれたのに悪いが、さっそくだが全部持ち帰ってくれないか。ハルヒの目に留まる前に。

「なぜだ？　それらはハルのため持参したのに、彼女のためにならないと、キャム、あなたは言うのか？」

こっちにはこっちの都合というものがあるんだよ。ミス研部員には解るまいが。

そいつは腕組《うでぐ》みをして俺を見つめた。その両目の色に少しばかり気圧《けお》されていると、

「ところで、あなたはいつまであたしのことを、ミス研部員、とか、そいつ、などと呼ぶ？　あたしの名前を知っているはずだろう」

一年からの引き続きである国木田《くにきだ》や谷口《たにぐち》たちと違《ちが》って、二年になって新しくクラスメイトになった奴《やつ》の名前を覚え切るには二ヶ月弱は少なすぎるんでな。

「はぁん？」

信用していない気配が伝わる。どう言い繕《つくろ》おうか。

「しかも、お前は今年度から転入してきた生徒だろ」

「そうである」

おまけに早口だと舌を噛《か》みかねない、長ったらしい苗字《みようじ》をしているじゃないか。ます

ます覚えにくい。

「ならばファーストネームの愛称《あいしょう》で呼ぶといい。皆《みな》、そうしているぞ」

いや、それは何だか気が進まない。

「意味不明であるな」

呆《あき》れたと言わんばかりに、そいつは首を振《ふ》った。

「それはそうと」と俺はここぞとばかりに、「いつまでここにいるつもりだ。用が済んだんなら帰ってくれないか。ああ、七不思議とやらの資料についてはハルヒに代わって礼を言っておくよ。サンキュー。じゃあな」

バイバイと手を振ってみたものの、クラスメイトのミス研部員は片足に蔦《つた》が絡《から》みついたフラミンゴのように動かなかった。名前を呼ぶまで居座る気ではあるまいな。

「いや、用件がまだ一つある」

今度は部室の角にいる長門へ身体《からだ》ごと向き直って、

「文芸部の部長に依頼《いらい》する役目が課されていたのだった」

ミステリ研からの刺客《しかく》を、長門は直線的な視線で見上げていた。これは結構驚きだ。長門が読書を中断してまで来客の言動を気に掛《か》けることなど滅多《めった》にない。

「あなたたちが作った会誌を読んだよ」

いきなりキラーパスを放《ほう》り込んできた。

「…………」

長門は膝《ひざ》の上に広げていた書物をゆっくりと閉じた。その際にタイトルがチラリと見える。『イメージ・シンボル事典』。なんと、事典みたいに分厚い本は正真正銘《しょうしんしょうめい》の事典だったのだ。

いや待て、驚くところはそこじゃない。

長門が誰《だれ》かの話を聞くために、読書を中断どころか完全にページを閉じてしまうとは、これこそ本当の驚愕《きょうがく》に値《あたい》する。朝比奈さんはミス研部員のほうに目を奪《うば》われていて気がつかないが、古泉が長門を見る目は、まるでアンドロメダ銀河内のこと座RR型変光星を肉眼で確認《かくにん》した天文学者のそれのようであった。

が、ある意味で宇宙的なこの奇跡《きせき》に、ミス研部員は気づかずに、

「正直に言うと、あたしには良し悪《あ》しが理解できたとは言いがたい」

いい意見だ。たぶん正しい。

「作品集としての出来映《ば》えは脇腹《わきばら》に投げるとして、会誌の発行自体が評価できるとミステリィ研のセンパイ方は言っていた」

それで文芸部部長としての長門への用件とは？

「ミステリィ研でも会誌作りを企画《きかく》している。長門サンには必ずしも寄稿《きこう》をお願いしたい。オネガイシマス、とのことだった」

律儀《りちぎ》にお辞儀《じぎ》までした。

「長門サンの書いた幻想《げんそう》ライクでポエティックな文章はなんとなく気に入った。あたしと他《ほか》の部員たちも意見の一致《いっち》を見た。文芸部部長の肩書《かたが》きは伊達《だて》と酔狂《すいきょう》ではないと察する」

そういうことなら、こんなもののついでではなく、正式に寄稿の申し込みに来たらどうなんだ。会誌を出したのは結構前だぜ。お前んとこの部長は今まで何をしていた。

「部長会議に出席したおりに依頼した、と言っていた」

ほう。

「無視された、と言っていた」

まあ、そうなるか。

「どうだろう」と、ミス研部員は畳《たた》みかける。「まだ発行時期は決定されていない。うっすらと文化祭で出せたらいいな、と目算している程度だ」

文化祭なら秋だから、そりゃ、当分先の話だな。

「どんなものでも構わないので一筆、いや一作品、したためて欲しい。いかがどうだろう？」

長門は顔をゆっくりと水平移動させ、視線を俺に向けると、

「…………」

三秒ほどかけて頭を約二センチ下げ、また三秒ほどかけて二センチ上げた。

不安げな表情を作ったミス研は俺の耳元で、

「おい、キャム、彼女のあの動作は肯定《こうてい》のエビデンスと捉《とら》えていいことなのか？」

ああ。俺が保証する。

「ありがとうございます、長門サン」

ぴょんと跳《と》び上がったミス研部員は、瞬間《しゅんかん》移動のような速度で長門の手をつかみ、ぶんぶんと振った。

コンピュータ研といい、長門は密《ひそ》かに校内のあちこちで高評価をされているのかもしれないな。何にせよ、文芸部室の座敷童《ざしきわらし》のような存在に知り合いが増えるのは悪いことでは決してない。思うに、こいつを派遣《はけん》してきたのは長門へのアプローチが本題で、ハルヒの七不思議探究は口実だったんじゃないだろうか。だとしたら、なかなかの策士がいるようだな、あっちにも。

長門の承諾《しょうだく》を取り付けたミス研部員は、余裕《よゆう》が出来たのか、手を後ろに組んで文芸部の本棚《ほんだな》を端から端まで眺《なが》め回しつつ逍遥《しょうよう》する、背表紙探索《たんさく》の旅に出ていた。

「なかなかよき趣味《しゅみ》をしていると思われる。ファンタスティックなミステリィがいっぱいあるな。これはアメイジング。ううふ、うん？　ん！」

一瞬静止したかと思うと雷光《らいこう》のスピードで一冊を抜《ぬ》き出し、パパっとめくると、

「おお、これは……Viking Press 版ハードカバーの Thomas Pynchon『Gravity's Rainbow』!?しかも73年初版!?」

手にした洋書を天に捧《ささ》げるように持ち上げ、

「長門サン、この本、あたしが借りていってもよいであるまいか」

その古ぼけた原書のどのあたりが貴重なのかさっぱりだが、また長門は黙然《もくぜん》と、

「……………」

約六秒かけてのうなずきを返した。

「おい、キャム、彼女のあの動作は、」

「いいってさ」

「ありがとうだ、長門サン！」

ミス研部員は本をいったん傍《かたわ》らの長テーブルに静かに置くと、再び飛び跳《は》ねるように移動して長門の手をぶんぶん振っていた。もし長門が座っていなければ抱《だ》きついていたんじゃないかと思うね。

「熟読し終えたら必ず返す。キャムに渡《わた》しておけばいいか？」

いやだね。自分で返しに来い。長門にな。

「必ず、あたしはそうしよう」

深くうなずくと、借りた本を恭《うやうや》しく小脇《こわき》に抱《かか》えて、

「それでは失礼シマス。グレートな感謝を、あなたたちに」

猫《ねこ》科の動物のような、しなやかな仕草で一礼し、踊《おど》るような足取りで部室から姿を消した。

宙に舞《ま》う鮮《あざ》やかな金髪《きんぱつ》の残像だけを残して。

「ふう」

それにしても長い立ち話だった。

同じく立ちっぱなしだった朝比奈さんが、我に返ったように、

「あっ、お茶出せばよかったですね……」

あんなに長居をするとは思わない上に、妙《みよう》な勢いがありましたからね。余儀を挟《はさ》み込む隙《すき》がなかったといいますか。

おかげで大量の怪談《かいだん》資料を押しつけそびれた。ハルヒが来る前に、どこかに隠《かく》しておくとするか。

俺が団長机からちょうど死角になりそうな物陰《ものかげ》がないか目を泳がせていると、古泉の奇《き》妙《みょう》に物憂《ものう》げな表情と出くわした。どうした、先月から俺のクラスにやって来ている交換《こうかん》留学生がそんなに気がかりか。

「それはそれで気になりますが」

では、会誌に載《の》っていたお前の猫話に言及《げんきゅう》がなかったことが不本意なのか。

「それは……まあ、どうでもいいことです」

古泉はミス研部員の置き土産《みやげ》を視線で示し、

「どちらかと言えば、学校の七不思議のほうが重要ですよ」

あーはん？

俺の反応がお気に召《め》さなかったのか、古泉は身を乗り出して、

「涼宮さんは、この学校に七不思議の言い伝えがあるかどうかを探《さぐ》っているようです。先《さき》程《ほど》の方が言っていた通り、そんなものはないでしょう。と、なると話は簡単です。涼宮さんの思考を先読みしてみてください」

……ないなら作ればいい、が、あいつのモットーだったな。

「当然そうなるでしょうね。その後の展開は明らかです。涼宮さんは、この学校の七不思議を新たに創造するに違いありません。とびきり豊かな想像力をもって、途方《とほう》もなく奇抜《きばつ》

なオカルティズム満載《まんさい》の現象を」

古泉はお手上げのポーズをすると、

「そして、もしかしたら、そのうちのいくつか、いや、ひょっとしたら七つすべてが現実のものとなるかもしれないのです」

俺は湯飲みに残っていた煎茶《せんちゃ》を飲み干した。

願望現実化能力。そういえば、そんな設定があるんだったな、ハルヒには。


我らがSOS団団長は未《いま》だ現れず。エキセントリカルなミス研女子と、ここで出くわさなかったことは幸いと思うべきなのか。

「思うべきでしょう。おかげさまで僕たちには時間ができたわけですから」

古泉がしたり顔で言い、俺は問うた。

「何の時間だ」

「もちろん、この高校の七不思議について考えるための時間です。涼宮さんが七つばかり編み出した怪奇《かいき》現象が北高を混沌《こんとん》の坩堝《るつぼ》に叩《たた》き込む前に、何とかそれを未然に防ぐための対策を講じなければなりません」

ほっとけないものかね。

「秋に桜が満開になるくらいなら、このところ不安定な地球の気象がまた気まぐれを起こした、で何とか言い逃《のが》れできますが、神社の鳩《はと》が絶滅《ぜつめつ》したはずのリョコウバトになっているのを生物学者が発見したりすれば卒倒《そっとう》モノです。それと同じですよ」

映画撮影《さつえい》の時と同じ状況《じょうきょう》か。

そんなこんなで急遽《きゅうきょ》、団員四人による緊急《きんきゅう》会議が開かれることになった。ハルヒ抜きのSOS団全体ミーティングは何回目だったかな。部室では初めてか。

朝比奈さんが全員のお茶を淹《い》れ直している間に、部室の端《はし》っこが定位置の長門にも長テーブルに来てもらう。長門はミス研部員の持参物のうち、児童向けホラー小説に手を伸《の》ばすと静かに読み始めた。

それにしても、ミステリ研の蔵書に、なぜ怪談や昔話の本が大量にあるんだろう。ホラー陣営《じんえい》からのスパイが紛《まぎ》れ込んでいるんじゃないか。

「ホラーとミステリは表裏一体なところがありますから」

古泉は突然《とつぜん》の来客が持ってきた書籍《しょせき》と印刷用紙を検分しながら、

「幽霊《ゆうれい》の正体が本当に幽霊だったらホラーですが、枯《か》れ尾花《おばな》や柳《やなぎ》の木の見間違《みまちが》いだったなら、ただの世間話です。このようにホラーじみた現象を現実の常識内に当てはめ、理《ことわり》に落とすプロセスこそ、本格ミステリが持つ特有の構造なのです。ディクスン・カーなどがこのスタイルを巧《たく》みに使うことで有名ですね」

そういう話はさっきの奴《やつ》がいたときに話題に出せよ。感銘《かんめい》を受けてくれたかもしれないぞ。

「長いミステリ談義になる予兆を感じたので、自重したんですよ」

あの口調で延々と喋《しゃべ》られたら、『頭痛が痛くなる』状態になっていたかもな。

「どうぞ」

朝比奈さんがお盆《ぼん》に載せたお茶を、俺たち三人に配って回り、自分の席に着いた。古泉は会釈《えしゃく》でメイドさんに礼を示すと、

「これは昨年の映画撮影の時に言ったことでもありますが、ようは世界観の変転を起こさないような理屈《りくつ》を用意しておけばいいわけです」

具体的に言うとどうなるのか、もう一回教えてくれ。

「あなたのクラスメイトが持ってきてくれた参考資料の中に、ちょうどよさそうな例題があるので参照してみましょうか」

古泉はミス研部員が置いて行った書籍の一つを抜き出した。『古今著聞集』と題されたハードカバーだ。

「これは鎌倉《かまくら》時代に編纂《へんさん》された説話集です。筆者の橘成季《たちばなのなりすえ》なる人物が見聞きした様々な出来事が大量に書き記されていて、その時代の習俗《しゅうぞく》や背景を知る上で貴重な文献《ぶんけん》の一つですよ」

古文は得意科目ではないのだが。

「その出来事の中に『今昔物語集』にも採用されている有名なエピソードがあります。実際、ホラーのようなミステリのような話でしてね。それによると、猟奇《りょうき》的な殺人事件が発生し、その犯人が鬼《おに》だったというのです」

確かこの辺りの話だったはず、と古泉は該当《がいとう》ページを探すのに苦労していたようだが、ようやく目当ての箇所《かしょ》を開き、

「これですね。標題は『仁和《にんな》三年八月、武徳殿《ぶとくでん》の東の松原に変化《へんげ》の者出《い》づる事』」

仁和寺の和尚《おしょう》くらいしか脳裏《のうり》に閃《ひらめ》かない。

「筆者によると、西暦《せいれき》に換算して八八七年の九月上旬の夜に起こった事件です。三人の女官《にょかん》が夜道を歩いていると、通りかかった松の木の下に容姿端麗《たんれい》な男がいて、女性のうち一人の手を取り木陰《こかげ》に誘《さそ》いました」

平安《へいあん》時代にも強引《ごういん》なナンパはあったんだな。

「その男と女性は何やら話し込んでいるようでしたが、やがてその声が途絶《とだ》えます。不審《ふしん》

に思った女性の連れ二人が暗がりを覗《のぞ》き込むと、そこには女の手足だけが転がっていました」

　バラバラ殺人か。

「女官二人は大慌《おおあわ》てで衛士《えじ》の詰《つ》め所へ走り、顚末《てんまつ》を聞いた衛士が現場へ急行すると、確かに残っているのは手足だけ、頭部と胴体《どうたい》はありません。もちろん男の姿も」

　死体の一部、というより大部分を持ち去るとは、なるほど猟奇だ。で、その男が――。

「ええ、『鬼のしわざにこそ』とあるように、その正体は人に変化した鬼であり、この凄《せい》惨《さん》な事件は鬼による犯行に違いない、と当時の人々は考えたようです」

　続きは？

「事件の記述としてはそれだけで、この後は別の話になります。何でもこの年のその月の京ではたびたび地震《じしん》が起きたり、羽蟻《はあり》や鷺《さぎ》の大群が襲来《しゅうらい》するなど、異変が頻発《ひんぱつ》していたそうですよ」

　のんびりとした口調で古泉は言うが、昔の京都方面の人々は大変だな。殺虫スプレーも防鳥ネットもないだろうし。地震ばかりは今と同じだが、しかし普通《ふつう》に考えるとどれも殺人事件とは無関係だろう。

　古泉の口舌《こうぜつ》は続く。

「結論は大まかに言って二つです。一つは犯人が本当に鬼だった場合。これはそのままで問題ありません。平安の世《よ》、そこは人を喰《く》らう鬼なる人外種が確かに存在し、異形の者たちが跳梁跋扈《ちょうりょうばっこ》する世界だったのです」

ゲームの中でしか見たことがない平安時代だ。

「二つ目。犯人が鬼でないなら、人間だということになります。こちらはさらに分岐《ぶんき》します。女性をバラバラにし、頭部と胴体を持ち去るという猟奇殺人犯が当時の京にいたのだろうというのが一つ」

だとしても早業《はやわざ》殺人＋死体損壊《そんかい》＋頭部と胴体を持って逃亡《とうぼう》＋犯行後の目撃《もくげき》証言なし、となると人間業ではないだろう。

「もう一つは、犯人が生き残った二人の女官だったという解答編です。何らかの理由で二人は共謀《きょうぼう》の上、被害者《ひがいしゃ》を殺害。しかし、頭部と胴体に犯人がこの二人であるという証拠《しょうこ》が残ってしまった。たとえば、女性のか弱い力で付けられた多数の刀傷であるとかね。犯人たちはやむなく手足を切り離《はな》すと、頭部と胴体をどこかに遺棄《いき》し、その後に訴《うった》え出た」

フッと微笑《びしょう》した古泉は、

「あまりにも常識外れな証言ですし、現場はさらに異常です。すわ、鬼の仕業か、と一足飛びに結論づけられたのも無理はありません。なにしろ、どう考えても人間業ではありませんからね。あなたが思ったように」

　まんまとダシに使われたような気がする。

「と、まあ、このような結論だったとしたら、矛盾《むじゅん》がなくなるのも確かです」

　古泉は自分の名前の書かれた湯飲みを取り上げ、

「この推理の一番いいところは、猟奇殺人犯や、何よりも鬼の存在を許さずにおける点ですよ。世界はファンタジーではなく、あくまでも僕たちの知るこの現実であると宣言できるのです」

　湯気の立つ熱い緑茶を啜《すす》って、

「鬼繋《つな》がりで、この本からもう一つ説話を紹介《しょうかい》しましょう」

　古泉はノってきたようだ。また苦心して目次から目的のページをアナログ検索《けんさく》し、

「ああ、これです。『承安《じょうあん》元年七月、伊豆国奥島《いずのくにおくしま》に鬼の船着く事』。内容そのままのタイトルですね」

　まだ続くのか。古文は苦手だってのに。そろそろ勘弁《かんべん》して欲しいのだが、こいつ、七不思議にかこつけてミステリ談義ができなかったフラストレーションを発散しようとしているんじゃないだろうな。

「前述の猟奇殺人事件と違うのは、謎《なぞ》の男の正体は鬼だったのだろうと推測に留《とど》まってい

たのとは異なり、最初から鬼が来たと書いてある点です」

朝比奈さんは興味深そうに耳を傾《かたむ》けている。そのどの角度からでも様になる姿は、世界小間使いシンポジウムに出席している日本メイド界代表さながらであった。

長門が話を聞いているかどうかは定《さだ》かではない。ただ静粛《せいしゆく》な雰囲気《ふんいき》のまま読んでいるホラー児童書が二巻目に入っていることに俺は気づいた。気に入ったのだろうか。

古文を抄訳《しようやく》しながら、かいつまんで読むので、その点ご留意を、と古泉は断って、

「西暦一一七一年八月、伊豆のある島に一艘《そう》の船が流れ着いたので、島の人々が難破船かと思い行って見ていたところ、鬼が八人ほど上陸して来ました。島民が酒などを振《ふ》る舞《ま》うと馬のように飲み食いする。ただし『鬼はものいふことなし』、一言も喋《しやべ》らなかったようですね。鬼の姿ですが、身長は八、九尺ばかり、髪《かみ》は夜叉《やしや》のようで、赤黒い肌《はだ》には刺青《いれずみ》を入れており、目は猿《さる》のように丸く、身につけているのは腰蓑《こしみの》のようなものだけで後は裸《はだか》、長さ六、七尺ほどの杖《つえ》を持っていた、とあります」

島民たちが鬼を怖《こわ》がっていないようなのが気になるな。

「そのうち島民の持っている弓矢を欲しがったので、それを断ると、鬼たちはやにわに大声を上げるや、島の人々を襲《おそ》い始めます。島の人間のうち五人が殺され、四人が重傷を負いました。鬼が脇《わき》の下から火を出したので、人々は御《ご》神体の弓矢を持ち出して応戦しよう

としたところ、鬼たちは海に戻り、船に乗って彼方へ走り去った、とのことです。その際、鬼の一人が帯を落としていき、蓮華王院——三十三間堂と言ったほうが通りがいいですね、の宝物庫に収められたとか」

　聞いた感じだけでは、どうも鬼っぽくないな。それらしいビジュアルは腰蓑くらいか。

「まさしくね。どうやらこれは本当にあった事件らしく、伊豆の国司から朝廷《ちょうてい》に報告書が届いていることを九条兼実《くじょうかねざね》が日記に残しています。兼実は島に流れ着いた者たちを『蛮夷の類《ばんいのたぐい》か』と述べ、異国の民だったのではと推測しています」

　それが正解じゃないか？　そいつらには角も牙《きば》も生えていなかったようだし、マジの鬼なのだとしたら島の人々は怖がって近づかないだろうに、酒まで振る舞っている。

「ええ。台風か何かで流れ着いた異国の船、と解釈《かいしゃく》するのが普通ですね。『飲みくひける事、馬のごとし』とは、長い漂流《ひょうりゅう》生活で飢《う》えていたと考えるのが妥当《だとう》です。その後のいさかいからの島民殺傷事件は、当然、彼らは日本語を話すことも聞き取ることもできなかったでしょうから、これは明らかに外国人と日本人の間に発生したディスコミュニケーションが原因でしょう」

　脇の下から火を出した、というのは何だ。

「鬼の容貌《ようぼう》の描写《びょうしゃ》からは、ポリネシア系のニュアンスを感じ取ることができるので、ファイヤーダンスに使う松明《たいまつ》のようなものを、そう記述したのかもしれません」

古泉は冗談《じょうだん》っぽく言って、

「この話はさっきのバラバラ殺人と違って、主語が鬼でなければ、そうそう不思議な話ではありません。最初から最後まで目撃者がいますし、やったことも人智《じんち》の範囲《はんい》内です。船に乗って来た異国の人間たちが、ふとしたことで狼藉《ろうぜき》を働いた結果、もうここにはいられないと悟《さと》って船に乗って去っていった、というだけのことですからね」

鬼が現れたと聞かされたとしても、あっさり信じ込むほど昔の人も考えなしではなかったということかな。

「むしろ、今も昔も大して変わっていないのではないかと」

紐解《ひもと》いた著聞集をまたパラリとめくり、

「興味深いのは、作者の手による『変化《へんげ》』と題された第二十七篇《へん》冒頭の一文です。いわく、『千変万化《せんぺんばんか》いまだ始めより極まり有らず。むかしより人の心をまどはすといへども、なほその信をとりがたき事なり』。変化とは鬼を筆頭とするバケモノのことですね。作者は、バケモノの類は様々に姿を変えて出現し人を惑わすが、そのような妖異《ようい》の輩《やから》が確かに存在するとは信じがたい、と、わざわざ指摘《してき》しているのです。八百年前の人間ですら疑っていたことです。遥《はる》かな未来にいる我々は彼らより有利な立場にいるはずですよ」

千変万化に当たるのかどうかは知らないが、光の球に変身したお前に言われても説得力に欠けるというものだ。

古泉がハードカバーを閉じテーブルに置くのを見て、話が一段落したと判断した俺は、こいつが長々と物語ってくれた昔の説話とやらから、本当に言いたかったらしきことを簡潔に告げた。

「つまり、お前のその理屈《りくつ》で言うと、ハルヒがどんな七不思議を言い出そうと、それを見《み》間違《まちが》いや不確かな伝聞情報、または虚偽《きょぎ》の証言だと強引《ごういん》に決めつけてしまえば、不思議は不思議でなくなるということか」

「シンプルな解答だと思いますが」

例えばだ、深夜の学校のプールにエラスモサウルスがあらわれて長い首をもたげ、近所迷惑《めいわく》な咆哮《ほうこう》をしたあげく多数の近隣《きんりん》住民に目撃されたとしても、証人全員の見間違いで済ませられるのか？

「いざとなれば」と、古泉は力強く、「それで押し通すつもりです」

写真や動画を何本も撮《と》られて一部始終がネットで拡散されたとしてもか。

「映像データは容易に加工できますから。よく出来たＣＧだということにしましょう」

お前も大概《たいがい》、言うようになったな。だんだんハルヒ的な思考に侵食《しんしょく》されつつあるような気がするぞ。

俺は、ひだまりの民《たみ》のような動きで首を振り、

「それでハルヒが納得《なっとく》するとは思えないな」

「そうでしょうか」

むしろ、見間違いの余地などなく誰《だれ》の目にもこれはマジでヤバい怪奇《かいき》現象だと解《わか》るような、大規模かつ言い逃《のが》れができそうにないほどのリアルな質感を伴《ともな》った、超絶《ちょうぜつ》的大不思議発生へと走らせてしまうかもしれない。

「それは困りますね」

やはり、ハルヒが謎現象を発生させてから、それを現実的な解釈を与《あた》えて落としどころとするより、そもそも発生させないことを考えよう。

古泉は、ほう、と感心したように、

「それができれば最善ですが。どうするのです？」

発想の転換《てんかん》だ。ハルヒが言い出すことに対処するのではなく、あらかじめ俺たちで七不思議を作ってしまえばいい。北高に七不思議はすでにあったのだ、これがその七つだ、と主張してハルヒの口を閉《と》ざしてしまうのが得策だ。

「涼宮さんに否定されたらどうします？」

そこまで行くと、もう賭《かけ》だな。だが、俺たちが手ずから考えて献上《けんじょう》する七不思議案を無下にはするまいという予感はある。

「その可能性に賭けますか」

古泉は『古今著聞集』の下敷《したじ》きになっていたコピー用紙の束をハードカバーの重みから解放し、俺に手渡《てわた》して来た。

「あなたのクラスメイトの留学生でミステリ研所属の逸材《いつざい》が持ってきてくれた資料が、役に立ってくれそうですね」

どこかのウェブサイトを手当たり次第《しだい》にカラー印刷してきたと思《おぼ》しきペラ十数枚ほどには、学校における怪談《かいだん》の数々が列挙されていた。ありがたく参考にさせていただこう。

「しかし、何だな」

こんなハルヒ対策検討部会をここでしていていいのか？　次の瞬間《しゅんかん》、当の本人が突入《とつにゅう》してくるかもしれないってのに。

古泉は自分の携帯に素早《すばや》く視線を飛ばすと、

「ご安心を。涼宮さんの現在地と置かれている状況《じょうきょう》は把握《はあく》しています。まだしばらくは、部室に現れることはないでしょう」

ハルヒにGPSトレーサーでも付けてるのか？

「まあ、我々『機関』はいわば涼宮さんのプロですので、それなりのことは。無論、そんな単純な手はさすがに使いませんが」

自慢《じまん》げに言うことじゃないだろ。

「それに校内にいる組織の外部協力者は、生徒会長氏だけではありません。いざとなれば足止めも可能です。もちろん平和的な手段で」

解ってるさ。古泉と無数の赤い光球たちがハルヒの精神安定剤《ざい》のようなものだってことはな。お前の言うことを今さら疑おうとは思わん。

俺はコピー用紙を長テーブルに投げ出すように置くと、

「それでは北高七不思議案策定会議を本格的に始めるとするか」

「はあい」

朝比奈さんだけがパチパチと拍手《はくしゅ》してくれ、さすがは我が団が誇《ほこ》るマスコットガール兼《けん》部室専属メイド兼俺専用癒《い》やし系だ、心に少しだけ潤《うるお》いが滲《にじ》み出た。

「ところで、あのう」

朝比奈さんは、俺と古泉を交互《こうご》に見ながら、

「その、不思議っていうのは、怖《こわ》い話のことなんですか？」

それ以外の文脈で使ってましたっけ？

「七不思議って言うから、てっきり過去の地球上にあった遺跡《いせき》のほうなのかなぁって」

さっき古泉がさんざっぱら語っていた昔話は何だと思ってたんですか。

「大昔の京都のお話でしたよね？　京都って、その時から今まで、ずっと遺跡として認定《にんてい》されている古都だって覚えてたんですけど……」

未来人の認識だとそうなるのだろうか。

では、二つ目の話は？

「鬼ヶ島《おにがしま》のことかと……」

京都と鬼ヶ島は別にして、ただ七不思議と言えば世界の七不思議のほうがメジャーになるのか。ロードスの巨人《きよじん》像とかバビロンの空中庭園とかだったよな。達者な声帯模写まで披露《ひろう》してくれたミステリ研部員が聞き間違いをしたとは思えないから、セブン・ワンダーズ・オブ・スクールで合っているはずだが、ハルヒのことだ。途中《とちゅう》で気が変わってオブ・ザ・ワールドのほうに飛躍《ひやく》する可能性はないでもない。

「もし、そうなると、今年の夏合宿は海外旅行になりそうですね」

古泉の虚空《こくう》を見る目には、いったい旅費がいくらかかるのか計算しているような色彩《しきさい》が浮《う》かんでいた。

　七不思議のうち現存しているのはピラミッドだけのはずだから、ハルヒなら残りの六不思議の遺跡を発掘《はっくつ》しに行くと言い出しかねず、そして本当に掘《ほ》り当ててしまうかもしれない。あいつの将来設計を聞いたことはないが、案外、考古学者が天職なんじゃないか。

「僕はあまりお勧《すす》めしませんが」

　なぜだ。

「想像してみてください。ギザの郊外《こうがい》で涼宮さんが何気なく拾った石に、ピラミッドが建造された真の理由がヒエログリフで書いてあったとしたら」

　世紀の大発見じゃないか。人類としては喜ばしかろう。

「それが人類にとってあまり喜ばしい内容ではなかったとしたらどうです？」

　どうなるんだ。

「見当も付きません。まあ、もしものときに備えて、そちらにも対応できるようにはしておきましょう。今はとりあえず、学校の七不思議のほうですね」

　古泉は本題に切り込んだ。

「まず学校の怪談、と聞いて最初に何を思いつきますか？」

　ほとんど考えることなく、

「二宮金次郎像《にのみやきんじろう》じゃないかな」

俺はミス研資料のペーパーを取り上げて、ざっと眺《なが》め、

「連中が調査してくれたデータによると、だいたいの学校の七不思議の一番目か二番目に出てくる。どうも定番中の定番のようだな」

仕事場との行き帰りでの歩き読書が美談だった金次郎も、最近は時流に勝てず座って本を読んでいるらしい。それはいいのだが問題が一つ浮かび上がる。

「この高校にそんな像あったか？」

「僕の知る限りでは、ありませんね」

「ないんだったら金次郎像の謎《なぞ》はなくてもいいんじゃないか？」

「ですが、あなたが言ったように、涼宮さんもまた、二宮金次郎像にまつわる怪談が七不思議中でも必須《ひっす》クラスだと考えているかもしれません」

だとしたら？

「涼宮さんが、七不思議の一つは二宮像でなくてはならない、と強く思い込んだりしたら、北高のどこかに像が出現するでしょう。まるで、学校創立からそこにいた、と言わんばかりの経年劣化《れっか》した状態で、貫禄《かんろく》たっぷりに」

もう少しましな備品を発生させたらいいのにな。各教室にエアコン一台とか。

「仮に涼宮さんなら、二宮金次郎氏にどんな怪現象を発生させると思われますか？」

俺はしばらく考えて、

「金次郎像がスーパーマンポーズで夜な夜な空を飛び回る。いつも同じ姿勢では疲《つか》れるし、運動不足解消だとか言って」

「それは確かに涼宮さん的な飛躍した発想です。さすがですね」

褒《ほ》められた気がしない。

「空を飛ぶ金次郎像、スタート地点をここにしましょう。そこから、この怪談をどれだけ矮小化《わいしょうか》できるかがキモです。一般《いっぱん》に膾炙《かいしゃ》しているものだと、目が光る、向きを変える、手を振《ふ》る、読んでいるページが減っていく、背負っている薪《まき》の数が変わる、などがあるようですが」

意外と普通《ふつう》のことばかりするんだな、怪談の中の二宮尊徳《たかのり》は。

「すべて見間違《みまちが》いでなんとかなるレベルですね。このうちのどれかにしますか」

古泉は真新しいA4コピー用紙に、達筆とは程《ほど》遠い字でメモを取っていた。SOS団の書記は誰だったかな。こいつが副団長なのは覚えていたが。

俺は首を振り、

「あまりにありきたりのものだとハルヒは納得《なっとく》しないだろう。もう少しひねってみよう。

朝比奈さんなら、二宮金次郎に何をさせます？」

メイド姿の未来人は、目をぱちくりとさせつつ、

「その人って銅像なんですよね？　それが動くんですか？　どういう仕組みなんです？」

いえ、ですから、青銅で出来た像が動くから不思議なんです。

「あーなるほどー。でも、それって青銅じゃないとダメなんですか？　可動性の金属にして中にアクチュエータを入れたら動かせられますけど」

そこまで行くとロボットの一種になってしまう。俺が朝比奈さんにどう説明したら伝わるかと考えていると、古泉が指を鳴らした。

「それは一つの解決法ですね」

金次郎像をカラクリ仕掛《じか》けにしたら動いても不思議ではないという理屈《りくつ》か。

「いえ、そっちではなく、像の材料のほうですよ。青銅は銅と錫《すず》の合金です。ブロンズの一般的な成分比率は……」

「銅85％、亜鉛《あえん》5％、鉛《なまり》5％」

答えたのは、児童書を読む目を止めずにいる長門だった。話だけは聞いていたらしい。

「その比率が、一年に一度だけ変化する、としたらどうでしょう。たとえば銅85％、錫4・9％、亜鉛4・9％、鉛5・2％に。これだと見た目はまったく変わりませんが、成

分が変化するのは、けっこう不思議に相当するのではないかと」

ちょっと弱いかな。俺はしばし考え、

「銅84％、錫4・5％、亜鉛4・5％、鉛4・5％、オリハルコン2・5％でどうだ」

「なるほど。しかし、存在しない金属の比率が高すぎませんか？　銅85、錫5、亜鉛5、鉛4、オリハルコン1ではどうでしょう」

何の量り売りをしてるんだ？　俺たちは。

「なかなか穏便《おんびん》なところに落ち着きましたね」と古泉は満足そうに、「これなら、たとえ現実化したところで何の害もありません」

オリハルコンなどという未知の金属が1％混入することで何かとんでもないことが起きそうな気配がないでもないが、取り越《こ》し苦労になることを祈《いの》ろう。

「これが一つ目の七不思議でいいでしょう」

古泉が記した手書きのメモには、

『二宮金次郎像の怪・ある満月の夜の丑三《うしみ》つ時《どき》、像を構成する成分が銅85％（めんどいので中略）から（同じく中略）オリハルコン1％に変化する。日の出と共に元に戻《もど》る』

丑三つ時を入れたらそれらしくなると考えたのだろうが、その浅知恵《あさぢえ》に別に異論はない。

よし、次に行こう。

「同じくらいメジャーなものは、音楽室にまつわる怪談《かいだん》です」

深夜、誰《だれ》もいないはずの音楽室からピアノを弾《ひ》く音がする――誰もが思いつきそうな怪《かい》奇《き》現象だ。

「ミステリ的な解決法ですと、誰かが音楽室に携帯《けいたい》なりレコーダーなりを置き忘れていき、設定されていた時間にアラームか着メロが鳴り出した、でいいんですが」

やはり簡単すぎるか。

「誰もいないのにピアノから曲が流れるんだったら」と朝比奈さん。「それって自動演奏ピアノ？」

それもアリですけど、しがない県立高の音楽室にそのような高価な装備がなされるはずもなく。

朝比奈さんは小鳥のように首を傾《かし》げ、どこかとぼけた声で、

「ところで、何の曲ですか？」

なんでもいい、というわけにはいかないか。怪談らしくオドロオドロしい曲がいいのか？　シューベルトの『魔王《まおう》』かモーツァルトの『レクイエム』くらいしか思いつかない。

「ああ」と、また古泉は指を鳴らす。「それならうってつけの曲がありますよ」

ほう、何だ。

「4分33秒です」

それは長いのか短いのか。

「いえ、演奏時間ではなく、そう呼ばれている曲があるんです」

ずいぶん即物的《そくぶつ》なタイトルだな。ネットで検索《けんさく》したら聴けるだろうから、どんなものか試《ため》してみるか。俺がノートパソコン——かつてコンピュータ研からゲーム勝負をした結果分捕《ぶんど》ったやつ——を起動させようとしていると、

「それにはおよびません。というか、聴けません」

古泉が微笑《びしょう》しつつ、

「これは演奏者が、四分三十三秒の間、ピアノの前に座ったまま特に何もしない、というスタイルの曲、というかパフォーマンスのことなんです」

即物ならぬ前衛のほうだったか。

「ええ。これが果たして楽曲として成立しているのかどうかは賛否両論、諸説ありますが、音楽室ゆかりの怪談として使用するには、これ以上にふさわしい曲はありません」

無音の曲ならば、仮に弾く幽霊《ゆうれい》がいたとしても誰の耳にも届かない。恐《おそ》ろしく無害な幽

霊だ。寂《さび》しさすら感じる。「朝比奈さん」と俺は思いつきを口にした。「未来では幽霊の存在は明らかになっているんですか？」

朝比奈さんは一瞬《いっしゅん》、きょとんとしたのち、艶《つや》っぽい唇《くちびる》を開き、そして数秒経《た》ってから、

「禁則事項《じこう》です。ふふっ」

なんで嬉《うれ》しそうなんです？

「重要なことを教えられないのは心苦しいんですが、こういうイエスでもノーでもどっちでもよさそうなことが言えなくても大して違いはありませんから。胸を張って禁則事項だと言うことができます」

幽霊の存在がどうでもいいという解釈《かいしゃく》に解答の片鱗《へんりん》の一つがありそうではあったが、身体《からだ》を反らして上半身のボディラインを強調する魅惑《みわく》のメイド姿から、俺は慎《つつ》ましく視線を外した。その先では古泉が肩《かた》をすくめている。

そう言えばこいつはやたらとオカルト話をミステリに持って行きたがるが、ハルヒ対策というもっともらしい理屈はつけてはいるものの、ひょっとしてこいつ、幽霊とかオバケとか怪談が苦手なタチなのか？　だから、ハルヒが現実化しかねない七不思議ネタを穏当《おんとう》なものにしたがっているのかもしれん。

古泉がせっせとシャープペンシルを走らせて書いたメモ第二楽章、

『音楽室の謎・ある新月の夜の丑三つ時、誰もいない音楽室のピアノがジョン・ケージの《4分33秒》を奏《かな》でるという。音楽室は施錠《せじょう》された完全密室であり、何人《なんぴと》たりとも出入り不可能の状態にあった』

「密室のくだりはいらんだろう」

雰囲気《ふんいき》付けです、と古泉は答え、

「さて次は……これなんかどうでしょう。いつの間にか校内のどこかの階段が一段増えている、もしくは減っているという、いわゆる階段系の怪談ですが」

それもよく聞く話だな。読みが一緒《いっしょ》だから全員が全員発想する駄洒落《だじゃれ》だ。階段の怪談。

「そうだな……」

俺は思考を巡《めぐ》らせる。ハルヒなら階段をどうするか。思いついたのは同時だったが、古泉のほうが先に、

「校内の階段をすべてエスカレータにする、などでしょうか」

だから、そんなものより先にすべての教室にエアコンを付けろって言ってるだろ。安普請《やすぶしん》のおかげで壁《かべ》がペラく、夏は暑くて冬は寒いという、ほとんど野外教室状態なんだ。これをどうにかしてからだな、エスカレータは。

「僕たちが考えているのは学校施設《しせつ》のアメニティ強化提案ではなく、怪談ですよ」

この際、ハルヒのヘンテコパワーによって実現して欲しい事を考える会でもいいぞ。エアコンやエスカレータが一夜にして現れたところで誰も困らない。むしろ嬉しい。

呆《あき》れたように古泉は軽く頭を振りながら、

「よくよく考えてみれば、階段がすべてエスカレータになったとしても、突貫《とっかん》工事ということで片が付きますね。エアコンも同様です。極端《きょくたん》に考えすぎると、かえって不思議から遠ざかるということでしょうか。ここはもっと地味なものを愚直《ぐちょく》に考えましょう」

その結果、次のような階段系怪談が出来上がった。

『階段の秘密・ある弦月《げんげつ》の夜の丑三つ時、南校舎の屋上に通じる階段が一時間だけ一段増える。その段を踏《ふ》んだ人間はしばらくの間、右足親指の深爪《ふかづめ》に悩《なや》まされる。なお、それはそれとしてすべての教室にエアコンが取り付けられるという、とてつもなく不可解かつ不思議な出来事が起きる可能性も無視できない』

後半は俺の希望で付け加えてもらったものだ。

「前半と後半の文意がまったく合っていませんが。なお、や、それはそれとして、の使い方を間違えていると指摘《してき》されても仕方のない文章です」

いいんだよ、怪談なんだから、どこか辻褄《つじつま》が合ってない方がリアルに感じるもんだ。

「涼宮さんにはあまりリアルに感じてもらいたくはないんですけどね」

クレームを垂れつつ、古泉は資料をめくる。

「鏡にまつわる怪談も比較的《ひかくてき》ポピュラーなもののようです。特定の時間に見ると、未来の自分の顔が映ったり、そのまま鏡の中に吸い込まれて行方《ゆくえ》不明になるとかなんとか」

どこの鏡にしようか。学校中の鏡の在りかを頭の中で検索し、

「中校舎から体育館に行く渡《わた》り廊下《ろうか》に、大きめの姿見が塡《は》め込まれているよな。あれにしよう」

雨の日なんかに野球部の投手がフォームの確認《かくにん》なのか、その姿見の前でシャドーピッチングをしているのを見かけたことがある。確かにそれくらいしか使い道が思いつかない用《よう》途《と》不明の謎《なぞ》の鏡だ。

その鏡を丑三つ時に見たらどうなることにする？　まずは古泉。

「普通《ふつう》に考えると、本体の動きと鏡の中の自分の動きにわずかにズレが発生する、などですか」

朝比奈さんは？

「ええと、鏡に映った自分が鏡から出てくる……なぁんて、どうでしょう？」

ドッペルゲンガーですか。もう一人の自分を目《ま》の当たりにするというネタは、個人的に

は食傷気味なんですが……。

一応、長門にも訊《き》いておこう。何か意見はあるか？

長門はジュブナイルに落としっぱなしだった両目を、ゆるりと上げると、

「鏡に映った人物は、身体を構成するアミノ酸がL型からD型になる」

理系的な提案をした。俺が黙《だま》っていると、説明の必要性を感じたのか、

「光学異性体」

淡《あわ》い声で付け加えてくれたが、それのどこが怪奇現象なのかすら解《わか》らない俺にすれば、ただ沈黙《ちんもく》を保って、とっくに空のお茶を啜《すす》るふりをするしか手の打ちようがなかった。見ると、朝比奈さんもわざとらしく湯飲みに口を付けている。お仲間がいた。

「ああ、なるほど」

古泉が手をぽんと叩《たた》いた。裏切り者がいた。

「銅像と同じ現象ですか。見た目はまったく変わらないものの、肉体の構成要素が鏡面反転しているわけですね。なかなか面白《おもしろ》いと思いますよ。これもまた害を及《およ》ぼさない、常識的な怪談と言えるでしょう」

怪談に常識もへったくれもないと思うが、本当に問題がないのか？　だったらそれ、採用で。

　長門が再び読書に戻る前に小さく「……ジャム」と呟《つぶや》いたような気がしたが、茶菓子《ちゃがし》にパン系のものはなく湯飲みの中身がロシアンティーであるはずもないので何かの聞き間違《まちが》いだろう。

　ああ、俺の意見？　その鏡を覗《のぞ》き込んだら性格が真逆になるってのでどうだ。長門のようなハルヒやハルヒのような長門が誕生して――、うう、想像するだに眩暈《めまい》しか生まない。これ以上の脳内シミュレーションは危険だ。やめとこう。

「このような感じにしておきますか」と古泉がさらりと、

『渡り廊下の反転鏡・ある上弦《じょうげん》の月の日の丑三《うしみ》つ時《どき》、渡り廊下の姿見に全身を映すと、身体のアミノ酸の分子構造が反転する。また、鏡の前でラジオ体操第二をすると最後の瞬《しゅん》間《かん》だけ鏡像とほんの少し停止動作がズレる。たまに鏡の中からもう一人の自分が出てくるかもしれない、でもそれは多分ない。たとえ出てきたとしてもすぐに消える、との噂《うわさ》』

　乱雑に下書きをする副団長殿《どの》に、

「これで何個目だ？」

「四つですね。あと三つです」

　さすがに疲《つか》れてきた。

「では巻いていきますか。涼宮さんを待たせるにも限度がありますから」

いったいハルヒの足止めをどうやっているのか疑問だが、まあそこはハルヒ担当のプロに任せるよ。俺は一介《いっかい》のアマチュアってことでいい。

ティーブレイクタイム、朝比奈さんがまたもや全員分のお茶を淹《い》れ直してくれ、少しだけ人心地《ひとごこち》つけた。残り三つの怪奇《かいき》現象をさっさと片付けてしまおう。

古泉が湯飲みを置き、ミス研ズ・レポートを手にとって、

「開かずの扉《とびら》はどうですか。校内のどこかに決して開かないドアがあるわけです」

どこにあるかは問題ではなさそうだ。

「ええ、現時点でどこにもないわけですから、あくまでどこかにです」

なぜ開かないのだろう。目張りをされているとか、釘《くぎ》で打ち付けられているとか。

「あまり目立つ演出はいただけないですね。常に鍵《かぎ》がかかっているトイレの個室ではいかがでしょう。トイレにまつわる怪談も、七不思議ではオーソドックスの部類ですから」

開かずのトイレの扉ね。だが、トイレってのは上にぽっかり開いた空間があるから、無理すればよじ登ることは充分《じゅうぶん》可能だぞ。

「そうやって扉以外から入った者には何も起こりませんが、常時厳重に施錠されているは

ずの鍵が外れている瞬間がありまして、何も知らずに扉を開いて入った者は、そのままどこかに消えてしまうんです。それゆえの開かずの扉です」

消えた奴《やつ》はどこに行くんだ。

「涼宮さんが普通に考えるとしたら、ファンタジーっぽい異世界ですかね」

そこで訳ありの異世界人に出会い、ひょんなことから何やらゴタゴタに巻き込まれて、そっちの世界を揺《ゆ》るがす運命が流転《るてん》するような出会いと別れと友情と愛憎《あいぞう》に満ちた英雄叙《えいゆうじょ》事詩《じし》的冒険譚《ぼうけんたん》が始まるわけだ。

「果てしなさそうな物語が始まってしまうと敵《かな》わないので、もう少しまともな場所に出たいですね」

ワープゾーンになっている扉か。いっそトイレ繋《つな》がりで、北口駅構内の男子トイレに出るってので手を打とう。

「言い逃《のが》れのしようがない、紛《まぎ》れもないテレポーテーションじゃないですか。もっと近くの、そうですね、同じトイレの隣《となり》の個室に出る、ではどうです？　これだと単純に入った場所を勘違《かんちが》いしていたと錯覚《さっかく》してくれるかもしれません」

Cワープか。だったら消えたのとまったく同じ場所に出現するでもいいじゃないか。一秒か二秒か、その人物は確かにこの世界から消えていたということにして、見た目はそいつの姿が瞬間チラついただけだが、物理現象的には絶対、不思議だろ。

「その設定はアリですが、ちょっと地味すぎませんか」

注文の多い野郎《やろう》だな。だが、ハルヒを満足させるには、ちと物足りなそうなのも確かだ。

俺は額に拳《こぶし》を当てて瞑目《めいもく》し、閃《ひらめ》いた。

「解った。この際、異世界に行っちまってもいいことにしよう」

「つまり？」と古泉。

つまり、開かずの扉を開けてファンタジー世界に飛ばされ、そこで召喚《しょうかん》されし者として一通りの冒険《ぼうけん》をすることになるわけだ。

「どのような冒険にしましょう」

それは飛ばされた個人に任せよう。でもって苦心惨憺《くしんさんたん》か楽勝無双《むそう》か、どっちでもいいが、結末としてそっちの問題を解決したら、また元のトイレに飛ばされて帰ってくる。

「どうやってです？」

まあ何か不思議な力が働くんだよ。ファンタジーだったら神みたいな存在がいるだろう。そいつに頼《たの》もう。

「世界の意志みたいな漠然《ばくぜん》としたものでもいいでしょうか。こちらの世界で一人の人間が欠けたままでは、自然の摂理《せつり》と書いてバランスと読む、的なものが悪いので、その欠損を元に戻《もど》そうという天秤《てんびん》めいた力が作用するというのは」

そこらは適当でいい。ただし、その人物は戻って来たときには異世界での記憶《きおく》をすべて失っている。そして、あちらでどんだけ時を過ごそうと、こっちの現実世界では一時間しか経過していない、というシナリオだ。

「異世界で過ごす時間はせめて数ヶ月にしませんか。何年もあちらで過ごされては身体《からだ》の成長もあって、戻ってきたときに不都合が発生します」

その辺も任せる。

「服装はどうします？　あちらで着替《きが》えていたとしたら、おそらく奇妙《きみょう》な衣装《いしょう》を身につけた自分を見て頭をひねることになりますが」

勝手にひねらせておけ。

はあ、と微《かす》かな吐息《といき》を漏《も》らしたのは朝比奈さんだった。

「その人は向こうの世界の人たちのことを忘れちゃうんですね……。きっと嬉《うれ》しいことや楽しいことがたくさんあったと思うのに……。向こうの人たち、それを知ったらどれだけ悲しむか……」

そんなにしんみり言われるとは思わなかった。

「大丈夫《だいじょうぶ》です、朝比奈さん」と俺は即興《そっきょう》で、「続編が作られたら、そいつはまたあっちの世界に飛ばされて、仲間たちと再会しますし、記憶も戻りますんで」

「本当？　よかったあ」

アネモネが花菖蒲《はなしょうぶ》に変化したような笑顔《えがお》を見せてくれた。

「できれば二作目で終わって欲しいものですが」と苦笑《くしょう》続きの古泉は、「たぶん、三部作くらいにはなるんでしょうねえ」

言いつつ、書き付けを開始する。

『とあるトイレの開かずの扉・校内のどこかのトイレに常に施錠《せじょう》されている開かずの扉を持つ個室がある。ある十六夜《いざよい》の丑三つ時、その扉を開いた者は異世界に飛ばされる。異世界にて過ごすことのできる期間は二ヶ月である。戻ってきたとき、現実世界は一時間しか進んでおらず、また、その者は異世界におけるすべての記憶を失っている。細部については要相談。続編可』

「…………」

一人、黙々《もくもく》と読書を続ける長門が膝《ひざ》に広げている児童書のシリーズは四作目に入っていた。

古泉はコピー用紙をめくる手を止め、

「これなどは使えそうですね。夜になると動き出す人体模型人形」

とにかく人型の像があったら動かしたがるのは何でなんだろう。

「人体模型が夜の校舎を徘徊《はいかい》する……普通《ふつう》ですね」

徐々《じょじょ》に麻痺《まひ》してきた感はあるが、確かに面白《おもしろ》みに欠けるな。

グラウンドで四百メートルトラックを五百周してるとか、ハンドボールコートでシュート練習をひたすらやってるとか。

……いかんな、何をさせても特に面白くないような気がしてきた。

思考の方向性がズレているのを感じつつ人体模型に何をさせるか考えていると、古泉がコピー用紙の束から数枚を取り出し、

「我が校にも人体模型があるのはご存じですか」

ああ、あのキモいやつな。移動授業のたびに、たまに生物室にあるのを見かけるぞ。筋肉や内臓、血管を剝《む》き出しにして目蓋《まぶた》のないギョロ目を見開いて突《つ》っ立っている、お世辞にもハンサムとは言えないシロモノだ。どこかユーモラスに感じるのはスプラッタの行き着く先では最早《もはや》笑うしかなくなるという心理的作用によるものだろう。

「それが、いつもあるわけではないようなのです」

教室の後ろの隅《すみ》にあるから、そう目に入らないのも事実だが、どういうことだ？

「このミステリ研究部の資料集に興味深い事件が記されています」

事件だと。

「はい、生物室の人体模型に関する謎《なぞ》が現在の北高には存在するらしい。名付けて、『移動する人体模型の恐怖《きょうふ》』。そのまんまですね」

おい、ちょっと待て。北高には七不思議はないと言ったが、少なくとも一つはあったということなのか。

「それがどうも、ミステリ研はこの事案をあくまで現実的な日常における謎の一つだと見なしているようなのです。つまり、オカルトではなく、ちゃんとしたトリックがあるのだと」

そもそもどんな事件なんだ。

「ミス研ズ・レポートによりますと」

俺の言い方をパクるな。古泉はにこやかに無視、

「ある日の朝、スウィーツ同好会の女子生徒が家庭科室の扉を開くと――」

いや、それも待て。スウィーツ同好会なんてものの存在を初めて知ったのは別にいいが、そんなのが何で朝っぱらから家庭科室に行くんだ？

「普段《ふだん》スウィーツ同好会は放課後に家庭科室で活動していますが、その日に作るスウィーツの仕込みのために朝早く出向いたようです。ちなみにババロアだったとか。それからスウィーツ同好会とは、家庭科部から分派して出来たサークルだそうです」

そこには興味がない。

「材料を家庭科室にある冷蔵庫に入れようと彼女は急いでいました。そして、教室の扉を勢いよく開いたところ――」

古泉は少し間を空け、

「入り口付近で待ち受けていた人体模型と至近距離《きょり》で目が合いました。もう少しで鼻が接《せっ》触《しょく》するかと思う寸前、彼女は悲鳴すら忘れてひっくり返り、持っていたババロアの材料は無残にも床《ゆか》に投げ出され使用不能になってしまったということです。何よりそれが残念だった、と彼女は語っています」

人体模型が夜のうちに生物室から家庭科室に歩いて行き、やって来る人間を脅《おど》すために佇立《ちょりつ》していたという話か。少々ばかり、怪談めいてるじゃないか。

「話にはまだ続きがあります。被害者《ひがいしゃ》の彼女はその足で職員室へ行き、たまたま早朝出勤していた教師にわけを話すと、二人で家庭科室に戻りました。すると、彼女を恐怖に陥《おとしい》れた人体模型人形は、影《かげ》も形もなかったそうです」

「それから？　二人は今度は生物室に向かいます。人体模型の本来の所属先ですからね。そして生物室に駆《か》け込んだ二人が見たものは――」

もったいぶらなくていい。

「いつも通り、人体模型が元の場所でアンニュイに佇《たたず》んでいました。まったく何事もなかったかのように」

ダッシュで帰ったか、瞬間《しゆんかん》移動したかだな。いったい何をしに家庭科室に行ったのかは謎だ。

「ああ、それに関してはこれだというものがありまして」と、古泉は資料をパラパラと、「調理台に三枚に下ろされた魚が残されていました。鰺《あじ》だと判明しています」

人体模型が朝食のアジフライを作ろうとしていたところを邪魔《じやま》された、というオチですみそうにないな。

「はい。実はこの人体模型、他《ほか》の場所にも忽然《こつぜん》と出現するんです」

連続人体模型設置テロ事件だったか。

「この事件があってから二週間ほど後、ある女子バスケットボール部員が朝練のため早朝の体育館に来たところ、偶然《ぐうぜん》にも自分が一番乗りでした。そこでいち早く準備をしておこうと、用具倉庫の扉《とびら》を開いたのですが――」

人体模型君が直立不動でそこにいたんだな。

「ご明察です。第一発見者のバスケ部員は『腰《こし》が抜《ぬ》けるかと思った』と古風な証言をしています。しかし、家庭科室と違《ちが》うことが一つありまして」

古泉はレポート二枚目を手にする。

「こちらの人体模型は消失しませんでした。体育館には次々とバスケ部員が現れたので、逃《に》げる隙《すき》がなかったのかもしれません。女バス部員たちがたまたま早朝出勤していた教師を伴《ともな》って生物室へ行くと、当然といいますか、人体模型はなかったということです。しかたなく部員の有志で、気味の悪い侵入《しんにゅう》者を生物室に安置し直すと、誰《だれ》だか知らないイタズラの主を全員でののしった、と」

イタズラか、ま、そうだろうな。事件は二件で終わりか？

「三件目は何と画像付きです」

古泉は口調を変えず、

「今度は放課後、陽《ひ》が落ちてからになります。ある新聞部員の証言ですが、部活の作業が延び延びになってしまい、すっかり帰りが遅《おそ》くなった新聞部員が廊下《ろうか》を歩いていると、向かいの校舎の教室で人影《ひとかげ》が動いているのを目にしました。室内の灯《あか》りも点《つ》けずに何をしているのかと怪《あや》しみつつ立ち止まって注視すると、その人影はどうやら制服を着ていない。素《す》っ裸《ぱだか》かと思ってさらに目を凝《こ》らすと――」

はいはい人体模型人体模型。

「その新聞部員ですが、多少悩《なや》みはしたものの、さすがにその教室に近づく勇気はなかったそうです。が、そこは新聞部、手にしていた携帯《けいたい》のシャッターボタンを押すことは忘れませんでした。次に彼が起こした行動は、そこからすぐさま職員室に行き、たまたま居合わせた教師とともに生物室に走ることでした」

あったか、なかったか。

「ありました。生物室から人体模型が欠けていることはなく、新聞部員は自分の目を疑ったそうです。最初に目撃《もくげき》してから生物室に到着《とうちゃく》するまで数分とかかっておらず、何者かは解《わか》りませんが、二人の目に触《ふ》れることなく教室から生物室まで人体模型を運び、そのまま逃げおおせたことになります」

これがその写真です、とコピー用紙を寄越《よこ》してきた。

遠目だし画像は粗《あら》いし手ブレってるしコピー用紙に安物のプリンタのカラー印刷だしで、そうと言われないと人体模型とは認識《にんしき》できない。証拠《しょうこ》物件として採用されるかどうかは微妙《びみょう》だな。

　俺が尋《たず》ねる前に、

「資料に四件目の記述はありません。以上です」

　それで、ミステリ研究部の推理はどうなっているんだ？

　古泉はコピー用紙をめくったり元《もと》に戻したりして斜《なな》め読みしていたが、

「それらしい記述もありません。いわば問題編で終わっているといった印象です」

　ふむ。なんか引っかかるな。

「どちらにです？」

　色々あるが簡単に言うと両方だ。話の内容は当然として、この謎話をミステリ研が俺たちに寄越《よこ》した理由。どちらに、と言うからにはお前も同様だろ。

「ええ、まあ。キーポイントがいくつかありますね」

　お前のそのセリフ通り、ミステリ研のそのレポートにある不自然な点の一つは、キー、つまり鍵《かぎ》だ。生物室にしろ家庭科室にしろ用具倉庫にしろ、いずれも普通は鍵がかかってるはずだよな。早朝だと一番最初に来た生徒が鍵を開けるだろうし、日没《にちぼつ》後の放課後なら最後に出る者が施錠して帰宅する。しかし、話の中で鍵を掛《か》けたとか開けたとかの言及《げんきゅう》がまったくなかったのはお前の見落としか？

「いいえ」

ってことは、ミステリ研が意図的に省いたと見るのが妥当《だとう》だ。

確実に言えることは、人体模型をあちこち移動させている犯人は、少なくとも生物室と家庭科室と体育館の用具倉庫の鍵を自在に開け閉めすることができる人間で間違いない。

「選択肢《せんたくし》は大いに狭《せば》まりますね」

ついでに三つの事件には、『たまたま』職員室にいた教師が出てくるが、それは全員別人なのか？

「名前が出てきませんし、詳細《しょうさい》は不明です。どちらとも取れるあやふやな書き方ですからね。ですが、もし、その教師が犯人の協力者なら鍵の謎に関しては即決《そっけつ》します。各現場の合い鍵を作るよりは自然な話運びでしょう」

もう一つ、ほぼ確かなのは、人体模型は二体ある、ということだ。

「なぜそのような結論に？」

「そうでなければ、俺たちはテレポーテーションが実現した世界に住んでいると認めざるを得なくなるからだ」

第一と第三のケースを考えると、早朝に家庭科室を訪《おとず》れたスウィーツな女子部員と、放課後遅くの新聞部員が見た人体模型は、生物室に元々ある人体模型とは別に用意されたものだった。だから、どんな猛《もう》スピードで生物室に急行しても不在の現場を押さえることはできなかったという寸法だ。自分たちが設置した人体模型は目撃者たちが立ち去ったのを見届けた上で、慌《あわ》てず静かに片付けたらいい。

「片付けると言ってもどこにです？　簡単に隠《かく》しておけるほど、小さな荷物ではありませんよ」

生物室にいるヤツがそうなのかは知らないが、人体模型は分解できるものもあるはずだ。各パーツをバラしたら、ビッグサイズのスポーツバッグ数個で収納できるだろ。犯人が複数なら容易《たやす》いさ。

「納得《なっとく》です。第二のバスケ部のケースは、そのカモフラージュのためですか。だから、この場合は生物室にあったものを実際に移動させて使用した。人体模型が二つあることを気取られないように、ミスディレクションを挿入《そうにゅう》したわけですね」

別の理由もありそうだがな。

「と言いますと？」

三つの人体模型テロで唯一《ゆいいつ》、動機らしい動機を憶測《おくそく》可能なのが家庭科室の一件だ。スウィーツ同好会とやらは家庭科部から分離《ぶんり》独立したと言ったな。当然、両者の部活は同じ家庭科室でおこなわれているわけだから、違うグループが一カ所にいたことによる何らかの諍《いさか》いが発生したのかもしれんし、そもそも分派自体がその結果によるものかもしれん。

ともかく、家庭科部の何人か全員かが堪忍袋《かんにんぶくろ》を爆発《ばくはつ》させ、脅しのために凶行《きょうこう》に及《およ》んだとしても不思議ではない。

「同じ家庭科室にいたなら、誰がいつ朝早くここに来るのかも耳にしやすいでしょうしね。しかし、三枚に下ろされていた鯵にはどんな意味が？」

暗に犯人は自分たち家庭科部だと匂《にお》わせることで、警告をしたつもりだったんじゃないかな。でないと、ただの無意味なドッキリでしかない。

「そっくりな人体模型はどこから持ってきたんでしょう」

ネットオークションか何かで中古の人体模型を手に入れたのかもしれないし、あるいは逆に入手の手はずが整ったことで一連の事件を思いついたのかもな。

「第一の事件が本命で、第二が真実を隠すための隠蔽《いんぺい》工作なら、第三のケースは……」

人体模型によるオカルト性を強調するための念押しだ。幽霊《ゆうれい》や妖怪変化《ようかいへんげ》を信じているビリーバーにとっては、動く人形など恐怖《きょうふ》の対象の一丁目一番地だ。被害者のスウィーツ同好会女子がそれだった可能性がある。偶然か否《いな》か、目撃者が新聞部というのも高ポイントだ。これほど記事にしやすい事件も他になかろう。

「ははあ、最初は誰かのイタズラと思いきや、第二第三と人体模型を主役とした怪異が続き、騒《さわ》ぎが大きくなると、じわじわ怖《こわ》くなってくるという仕掛《しか》けですか。よく考えたものですね」

「考えたのは、ミステリ研だけどな」

古泉が浮《う》かべた微笑《びしょう》に、疑問の成分はなかった。

「お前もとっくに気づいていたはずだぞ」

「はて」

はて、じゃねえ。いいか？　この人体模型の恐怖事件には日付の記述がない。いつ起こった事件なのか解らないが、少なくとも俺たちが入学して以降でないのは確定している。こんな騒動《そうどう》が学校で起きていたら、ハルヒが勘《かん》づかないわけがないからな。加えて、これが過去に起こった事件でないこともほぼ確実だ。なぜなら、これぞハルヒが求める学校の怪談、七不思議の一つそのものじゃないか。いくらホラーベースのミステリ小話とは言え、ミステリ研がこんな事件をファイルに仕舞《しま》っていたんだとしたら、尋ねられたとき、今日の昼休みに教えただろう。

「これはミステリ研が作り上げた架空《かくう》の事件だ」

俺は結論づけた。

「部長センパイとやらのやっつけ仕事だろう。ハルヒの伝書鳩《でんしょばと》が質問を携《たずさ》えてやって来た昼休みから放課後までの間に思いついて作成し、また伝書鳩に持たせて返してきた。ハルヒ宛《あ》ての真相当てクイズだったのさ」

オカルトではなくトリックがある問題編、と言ったのはお前だったな、古泉。

「七不思議の資料に自作のオカルト風学園ミステリを紛《まぎ》れ込ませたのでしょうね。なかなかの茶目っ気ではないですか。どこで気づきました？　このエピソードが創作物だと」

やはり鍵の描写《びようしや》が皆無《かいむ》だった点だな。密室だったと明快に表現してしまえば、どんなバカでも鍵を自由にできる職員室の教師を真っ先に疑う。そこまで行ったら解答に直行だ。まあ、俺の推測は的外れで、単に鍵の開け閉めをいちいち書くのは面倒《めんどう》だっただけかもしれない。ストーリーテリングのテンポも悪くなるし。

「しかし、よくこれだけのものを短時間ででっち上げたものですね。写真まで用意するとは」

でっち上げと言うならスウィーツ同好会の存在もだな。都合よくそんなサークルがあったりするまい。写真に関しては最近の画像加工技術の進歩に感心しておこう。

「しかし、そうなると問題があります」

古泉は立てた人差し指を眉間《みけん》に当てて、

「これがミステリ研から涼宮さんへの挑戦状《ちようせん》だったとしたら、たった今、あなたが無駄《むだ》にしてしまいました。どうしたものでしょう？」

ああ、それは考えていなかった。だが、

「俺の解答が最後の真相とは限らない。実は何重にもどんでん返しが仕掛けられていて、俺はまんまと踊《おど》らされているだけかもしれないだろ。すべてをひっくり返すハルヒのトンチに期待しよう」

「涼宮さんに訊《き》かれたら、さっきの推理をもう一度披露《ひろう》してくださいよ、あなたが」

『移動する人体模型の恐怖・以下、詳細についてはミステリ研究部から得たレポートを参照のこと』

とうとう手抜《てぬ》きを始めた古泉のニヤケ面《づら》には飽《あ》きてきたので横を向く。

ずいぶん静かだと思っていたら、

「……すぅ」

朝比奈さんは両肘《りようひじ》をテーブルに突き、組んだ両手の上に形のよい顎《あご》をのせてウトウトしておられた。

「…………」

長門が読みふける児童向け怪談シリーズは、いつしか六作目に突入《とつにゆう》している。

二人なりの退屈《たいくつ》を示す意思表示なのかもしれない。

「さて、残す七不思議も、あと一つとなりました」

名残惜《なごりお》しそうに言うところではないのだが。

古泉はコピー用紙をヒラヒラと振《ふ》りながら、

「学校の怪談でまだ取り上げていないものでメジャーカテゴリーの範疇《はんちゅう》なのは、骨格標本が踊る、音楽室のバッハの肖像《しょうぞう》が百面相をする、美術室のモナリザが欠伸《あくび》をする瞬間《しゅんかん》がある、誰《だれ》もいない体育館でバスケットボールが跳《は》ねている、夜のプールで泳ぐと何者かに足を引っ張られる、学校わらしがいる、等がありますが」

骨格標本は人体模型とカブるし、特別教室の肖像画は角度によって表情が変わる騙《だま》し絵アートで、透明《とうめい》人間かカメレオン人間がドリブルしているだけではインパクトに欠け、淡《たん》水《すい》プールにいる妖怪《ようかい》なら河童《かっぱ》だろうからキュウリで買収すればよく、学校わらしなら似たようなのがこの部室にすでにいる。

「これではどうでしょう」

ミス研ズ・レポートの最後の一枚に目を走らせつつ、古泉は重々しい口調で、

「七不思議の七つ目は誰も知らない。万が一それを知ってしまった者がいたら、その人物はいつの間にか行方《ゆくえ》不明になる」

七つ目で考えるのが面倒になっただけじゃないか？　六個見繕《みつくろ》うのも結構大変だったわけで、今の俺たちがまさにそんな状態である。

「誰も知らないんだったら、どうにかして知ってやろうと思わないか？」

もちろん、その主語に該当《がいとう》するのはハルヒだ。

「その程度でしたら」と古泉。「涼宮さんによる現実改変は微々《びび》たるものになるでしょう。何と言っても、無いものを生み出そうとする行為《こうい》と、有るはずのものを知ろうとする行為はまったく別のベクトルです。雲泥《うんでい》の差ですよ」

そこまで違《ちが》うもんかね。

「考えてもみてください。無から有を生み出すより、なくし物を捜《さが》す方が世界に与《あた》える影響《えいきょう》が小さいでしょう？」

前者ができるのは神か詐欺師《さぎし》くらいのものだ。そうなると世界遺跡発掘《いせきはっくつ》夏合宿が現実味を帯びてきたか。

「それに涼宮さんにも謎《なぞ》の一つほど、想像の余地を残しておかないとマズい気がしていまして」

ハルヒのご機嫌《きげん》取りも大変だな。なんとなくだが、俺にもよく解《わか》るようになっているのが、この上なく愉快《ゆかい》でない気分だ。傍若無人《ぼうじゃくぶじん》を擬人《ぎじん》化したような団長に一年以上も率いられていれば、嫌《いや》でも上官の顔色を予知できるようになってしまうのさ。

俺と古泉による鳩首《きゆうしゆ》会談の結果、最後の七不思議はこうなった。

『七不思議の七つ目は誰も知らないし、知ってはいけない。それが七つ目の不思議の不思議たる由縁《ゆえん》である』

「幾分《いくぶん》、そっけないでしょうか」

ハルヒには充分《じゆうぶん》だろ。誰にも知られていないということ自体がこの不思議の根幹であり必要条件なんだ。知られてしまったら不思議ではなくなり、七不思議は崩壊《ほうかい》する。七不思議を七不思議たらしめるため、その一つは絶対に誰も知らないものでなければならない。

「ラッセルのパラドックスですか？　それなら涼宮さんに対しても説得可能ですね」

なにが、それなら、なのかはさっぱりだが、お前が納得しているんだったらそれでいいともさ。ラッセルさんによろしく伝えといてくれ。

「あとはこれを文書作成ツールで清書してプリントアウトすれば、それなりの体裁《ていさい》にはなるでしょう」

シャーペンで下書きされたメモはA４用紙に二枚程度、古泉が首の後ろを揉《も》みながら、それらを長テーブルに置いた、その時、

「…………」

いつの間にやら読書を終えていた長門が無言のまま下書きを摘《つま》み取ると、コンピュータ研から払《はら》い下げられた自分用ノートパソコンを引き寄せ、超高速《ちょうこうそく》タイピングを開始した。

実に一分もあったかどうか怪《あや》しい。

長門がエンターキーを押した数秒後、部室の端《はし》に鎮座《ちんざ》するインクジェットプリンタが起動、印刷を始めた。

読書に集中していると思いきや、ちゃんと聞き耳も立ててくれていたようで助かるよ。まあ、これくらいのマルチタスクは長門にはお手の物か。

完全に船を漕《こ》いでいる朝比奈さんとはえらい違いだが、この朝比奈さんの手を借りざるを得ないような事態なんてのはロクでもないことに間違いないので、この方はこれでいいのさ。メイド衣装《いしょう》を纏《まと》った朝比奈さんが部室で小間使いとして精を出している日常は世界平和のバロメータだ。

プリンタが印刷終了《しゅうりょう》を告げるクールダウンに入り、古泉が長門に礼を述べているのを横目に、俺は席を立って吐《は》き出されたコピー用紙を回収しに行った。

標題「五月末、ＳＯＳ団部室にて県立北高校の七不思議を選定せし事」

標題の件、以下の通り記す。

1、二宮金次郎像の怪
2、音楽室の謎
3、階段の秘密
4、渡《わた》り廊《ろう》下《か》の面妖《めんよう》なる鏡……

以降の文面は割愛《かつあい》するが、俺と古泉でひたすら語り、長門と朝比奈さんのワンポイントアドバイスを貰《もら》ってまとまったSOS団（ハルヒ除く）作成による学校の七不思議が過不足なく詳細《しょうさい》に印字されていた。まるでどこかに出す報告書のようでもあるが、その宛先《あてさき》は一人しかいない。

さっきから携帯《けいたい》の画面をチラチラ見ていた古泉だったが、何かを確認《かくにん》し終えたのか制服のポケットに仕舞い込み、目が合った俺に片目を閉じて見せた。

軽《かろ》やかに弾《はず》む足音がマッハで近づいて来た、と思った、その直後、扉《とびら》が弾《はじ》けるような勢いで開いて――、

「みんな聞いて！　朗報よ！」

我らが団長、涼宮ハルヒが正午ジャストの太陽神も霞《かす》むような笑顔《えがお》で登場した。

その顔を見ただけで、部室の温度が０．５℃上昇《じょうしょう》したような気がした。

ドアとハルヒの口が開閉する際に発せられた大音響《だいおんきょう》に、

「はにゅっ？」

ビビクンッと身を震《ふる》わせ、朝比奈さんが夢の世界から戻《もど》ってくる。慌《あわ》てて立ち上がろうと、ワタワタしながら、

「あっあっ、涼宮さん、おはようございますっ」

「おはよう、みくるちゃん」

ハルヒは上機嫌《じょうきげん》のようだった。大股《おおまた》に歩を進め団長机の前まで来ると、くるりと向きを変えて俺たちを睥睨《へいげい》し、人差し指をタクトのように振りながら、

「今日、ふと気づいたのよ」

誰もがノーコメントのため、俺がしぶしぶ、

「何にだ？」

「そう言えば、あたしたちはこの世の不思議を探していたにもかかわらず、毎日のように通っている、この学校に語り継《つ》がれている不思議に無頓着《むとんちゃく》だったことに！」

それで、あったのか？　語り継がれるような不思議とやらは。

「調べてみたんだけど、特になかったわ。でも考えてみれば当たり前よね。それほど歴史があるわけでもない県立高校なんだし。でも、それが朗報の正体なの」

ハルヒはその場をぐるぐる回りながら、

「だったら、あたしたちの手で作り上げようじゃないの、学校の七不思議を！　未来の後《こう》輩《はい》のために！　そのほうが普段《ふだん》の高校生活にも潤《うるお》いが出るってものよ」

怪談《かいだん》話に潤いが含有《がんゆう》されているものなのかは甚《はなは》だしく疑問だが。まあ、湿《しめ》っぽさならあるか。

さらにセリフを続けようとするハルヒを手で遮《さえぎ》り、

「話を聞く前に、お前に見てもらいたいものがある」

「何よ」

遅《おそ》まきながら、ハルヒは部室の雰囲気《ふんいき》がいつもと異なることに気づいたようだ。

長門はエンターキーを押したままの姿勢で固まっているし、朝比奈さんはお盆《ぼん》を盾《たて》のように身体《からだ》の前に抱《かか》えてハラハラしている。古泉は表情選択《せんたく》をミスって何とも言えない奇《き》妙《みょう》な顔面になっていた。

ゆっくりと、俺は長テーブルの上に乱雑に置かれていたコピー用紙を取り上げた。

「そろそろ、お前がそういうことを言い出すんじゃないかと思ってな」

ハルヒ除く全員で考案した例の文書を渡す。

「なにこれ」

ささっと目を通すや一瞬にして表情が変わった。解りやすい奴《やつ》だ。ハルヒは苦虫をフライにして食べたらどんな味がするのか考えているような顔をすると、

「そっか。ミステリ研ね」

即座《そくざ》にことの成り行きを悟《さと》るあたりは、さすがの一言に尽《つ》きる。

ハルヒは長テーブル上の『古今著聞集』やコピー用紙のファイルを一瞥《いちべつ》し、眠気《ねむけ》を催《もよお》したメガネカイマンのような目になると、

「あの娘《こ》に訊《き》いたのは失敗だったかしら」

あいつの行動力など推《お》し量りようがないわけで、結果はともかく過程に問題はないんじゃないか？　まさか、その日のうちに大量の資料を、しかも一部はミステリ研が自作したものを、こうも迅速《じんそく》に持ってくると予想できる人間は全盛期《ぜんせいき》のシャーロック・ホームズくらいだ。

「ミステリ研、ちょっと甘く見てたかもしれないわ」

ハルヒは反省の言葉を口にしてから、今度は俺たち四人に甘味の感じられない視線を順繰《じゅんぐ》りに飛ばし、

「それにしても、ずいぶん早い仕事ぶりだったわね。ホント、あたしも鼻が高いわ。団員の成長ぶりを見るのは団長として大いに喜ばしいことだから」

あまり喜んでいるようには見えないが。

「そっちは、ずいぶん余裕《よゆう》の重役出勤だったじゃないか。どこで油を売ってたんだ？」

「校長なら昔の話を知ってるかと思って」

ハルヒは憮然《ぶぜん》たる面持《おもも》ちのまま、

「校長室まで話を聞きに行ったら、なんでだか将棋《しようぎ》をすることになっちゃって、あたしが王様であっちの王様を追いかけていたら一番向こうの端《はじ》っこまで行っちゃったのよ」

入玉《にゆうぎよく》か。そりゃ時間がかかるのも無理はない。

横目で古泉を見ると、素知らぬ顔に笑みを貼《は》り付けていやがる。生徒会長以外の外部協力者。そういうことか。

「こんなことなら、お茶と煎餅《せんべい》なんかさっさと片付けて、部室に来てたらよかったわ。まったく」

ハルヒは怒《いか》りの矛先《ほこさき》をどこにも向けようがないらしく、滅多《めつた》にしない複雑な表情を見せている。口元をむずむずさせ、言うべきセリフを唇《くちびる》でようやく押しとどめているといった気配だ。

どうした？　言いたいことを黙《だま》っているのは身体に悪いんじゃなかったのか？

「もう！」

誰《だれ》もいなければ地団駄《じだんだ》を踏《ふ》んでいたんじゃないかと思うね。

「みんなで、こんな面白いことやってたなんて！」

ハルヒは両手を振《ふ》り上げる。

「あたしも一緒《いっしょ》に考えたかったのに！」

本音が聞けてすっきりしたよ。

俺は久しぶりに清々《すがすが》しい気分を味わいつつ、

「で、この七不思議案は採用でいいんだろうな。一応、しがない団員たちが、団長殿《どの》のために文殊《もんじゅ》プラス1の知恵《ちえ》と比類なき飛躍《ひやく》を要する想像力を駆使《くし》して作ったシロモノなんだ」

「しかたないわね」

本当にしかたなさそうに、ハルヒは尖《とが》らせた唇から溜息《ためいき》を漏《も》らした。

考えてみたら、これは俺たちがハルヒを出し抜《ぬ》けた最初のケースなんじゃないか？

いつものハルヒが何かを言い出して俺たちが従うハメになり、結果的にハルヒに起因して発生した事件だか現象だかを解決に導くというパターンを、先んじて未然に防いだレアな出来事だ。

この対処方法は使えるかもしれない。ハルヒが次に何を企画《きかく》するかを前もって予想し、備えを万全《ばんぜん》にしておく。するとハルヒがキックオフのホイッスルを吹《ふ》いた瞬間《しゅんかん》にノーサイドにしてしまえるという案配だ。相当苦労しそうなのは、どっちでも変わらない気がするが、対応策は何パターンもあったほうがいいのは戦術の基本である。もっとも、俺たちの思惑《おもわく》の裏をかかれて、さらにてんやわんやになる危険性もあるから使用上の注意が必要だが。

「でも色々と文句はあるわよ。なに、この二宮金次郎像って。そんなの北高にないじゃない」

お前がそんな常識的なことを言うとは。不覚にも感動しそうだぜ。

「はあ？　バカじゃないの」

一度は許可を出したものの、気になる部分に黙っていられるほどハルヒはお淑《しと》やかではなかったようで、私家版七不思議が印字されたコピー用紙を指先でピンと弾《はじ》き、意見を述べ始めた。

「幽霊《ゆうれい》が弾《ひ》く『4分33秒』ね……。せっかく吹奏楽《すいそうがく》部の部室でもあるんだし、鳴り物は揃《そろ》っているでしょ。ピアノにありったけの楽器を加えたオーケストラバージョンにしなさい。

そのほうが賑《にぎ》やかで幽霊たちも楽しいわよ」

吹奏楽団フルメンバーが総出で無音の曲を演奏する。なお、演奏者はすべて幽霊の模様。確かにこれなら寂寥《せきりょう》感とは無縁《むえん》だ。ハルヒにかかると寂《さび》しげな怪談《かいだん》も形無しだな。

報告書の速読を続けるハルヒは、三つ目の不思議に目を留め、

「教室にエアコンってどういうこと？　こんなのただの要望じゃない」

何とかならないか？

「あたしに言われても知らないわよ。まあ今度、校長に言ってみてもいいけど」

少しは光が見えてきたか。

「この鏡は、あたしも気になってたわ」

ハルヒは長門の提案した面妖なる鏡については、

「D型になっちゃったらタンパク質を吸収できなくない？　あ、でも、ダイエットするには便利だから過食で困ってる人を募集《ぼしゅう》したら行列が出来るわよ、この鏡。そうね、一人百円でも大儲《おおもう》けできるわ。けど効き過ぎるのもダメだから、持続時間は大サービスして四十八時間ね」

ファンタジー世界への旅は気に入るかと思ったが、

「続編可って何？　一作で勝負する気概《きがい》でやんないと続くものも続かないわよ。それに設

定があまりに御都合《ごつごう》主義すぎるわ。大筋はこれでいいけど、もう一度、プロットから練り直しなさい」

「そうしましょう」

古泉は苦笑《くしょう》のしすぎで顔面の筋肉が固定される寸前になっている。苦怒《くど》とか苦喜とかいう単語があればよかったのにな。

六つ目の不思議に至っては、

「犯人はミステリ研！」

端的《たんてき》に断じた後で、

「メタレベル的にはそうなるけど、あくまでこの物語に沿って考えてあげると、あたしが思うに真犯人は秘密結社『人体模型友の会』ね。この連続人体模型テロ事件は、この後も連綿と続いたはずよ。なぜなら、この秘密結社はね——」

何となく、追及《ついきゅう》してはヤバいタイプの危険なワードだという直感がしたので、俺はガン無視を決め込んだ。

「まあ、いいわ」

ハルヒは報告書を団長机に置くと、腕組《うでぐ》みをしてこちらに向き直った。

七つ目の七不思議はスルーか。

その顔が再び満面の笑み《え》に彩《いろど》られていることに気づき、俺はそこはかとなく嫌《いや》な予感を覚える。その予感の種が何なのか模索《もさく》する前に、ハルヒが解答を発した。

「八つ目の不思議は、あたしが考えるからねっ！」

「は？」

反射的に変な声が出た。

「おい、ちゃんと読んだのか？　七つ目の不思議を誰も知らないのに、八つ目があっては整合性が取れないだろう」

「七つ目はまだ知られていないだけでどっかにはあるんでしょ。それでいいわよ別に、ノーバディノウズで」

いや、しかし。

「いい？　キョン。誰にも知られてないってことと、存在してないってことはまったく違《ちが》うわ。円周率の小数点以下九千九百九十九兆桁《けた》目の数字なんて、たぶんまだ誰にも知られてないけど、0から9までのどれかの数字であることは間違いなく決定済みなわけ」

いや、しかし。

「この北高七不思議は、これはこれで完成品として尊重するわ。レポートにも努力の影《かげ》が、ちょっとだけ見て取れるしね」

お優《やさ》しいことだ。

「でも、これから作るものが八つ目だってことは譲《ゆず》れないわよ」

だが、それだと七不思議ではなくなっちまうぜ。

「四天王《してんのう》に五人目がいるのはよくある話じゃない」

どこの世界の話だ。持国天《じこくてん》たちが気を悪くするぞ。

「その元祖四天王からして、五人いるようなものじゃないの」

ハルヒは指を折りつつ、

「持国天、増長天《ぞうちょうてん》、広目天《こうもくてん》、多聞天《たもんてん》、毘沙門天《びしゃもんてん》、ほら、五人でしょ」

流されるまま首肯《しゅこう》しそうになったが、

「そのうちの一つは、誰だったかの別名だろ、確か」

「多聞天の別名が毘沙門天ということになってるわよね。でも、それは後世の人々を欺《あざむ》くためのトリックだったんだわ。そう、つまり多聞天と毘沙門天は双子《ふたご》の兄弟だったのよ。それか、どっちかがどっちかの別人格ね。または二人で一役を演じていたか。いいじゃない。そっちのほうがグッとドラマ性が増すわ」

どんなドラマか知らないが、なんとなく仏罰《ぶつばつ》を気にした方がよさそうなストーリーだな。いや、この場合は天罰でもいいのか。だいたい、帝釈天《たいしゃくてん》の側近たちが後世に対して人数誤認《ごにん》トリックを仕掛《しか》ける必然性が理解できん。

「固定観念に縛《しば》られることなく、柔軟《じゅうなん》な発想で未来的思考をしていかないとね。時間の流れは止まってなんてくれないわ。これからは八不思議の時代よ」

エイトワンダーズエイジ。うーむ、まったくもって意味不明だ。

俺とともに反対意見を述べてくれそうな援軍《えんぐん》を期待して周囲を見回すが、唯一《ゆいいつ》目が合った古泉は両手を広げて手のひらを上に向け、早くも無条件降伏《こうふく》のサインを出している。

朝比奈さんはハルヒの口から伸《の》びる言葉の触手《しょくしゅ》から逃《のが》れるように、いそいそとお茶を淹《い》れる準備を始め、長門は児童書のシリーズ最新作を開いていた。

ずるくないですか？　お三方。

七不思議のナンバーエイトをいかに穏当《おんとう》なものにするか、それはこれからの俺の奮闘《ふんとう》ぶりにかかっているらしかった。

今後、日本中の学校に伝承されている七不思議が八不思議になるようなことがあれば、それはハルヒの責任である。

ハルヒは飛び乗るように団長椅子《いす》に腰掛《こしか》けると、

「みくるちゃん、お茶」

「あっ、はい」

「とびきり渋《しぶ》いのを頂戴《ちょうだい》」

「梅昆布茶《うめこんぶ》のホットを、ダブルでいいですか？」

朝比奈さんは嬉《うれ》しそうに、パタパタと働き始める。

ハルヒは秒速のキーパンチャー長門が打ち込んだSOS団文書と、ミステリ研が持ってきた資料を交互《こうご》に吟味《ぎんみ》しながら読み比べつつ、時折唸《うな》ったりニヤニヤしたり眉《まゆ》をひそめたりと忙《いそが》しい様子だ。邪魔《じゃま》しては悪い。

俺が自分のパイプ椅子へ舞《ま》い戻《もど》ると同時に、隣《となり》の席にいた古泉が耳元に顔を寄せてきた。

何の内緒話《ないしょばなし》をしようと言うんだ？

「大きな声で話しても僕は構わないのですが」

古泉は囁《ささや》く。

「ところで七不思議以外の不思議、あるいは謎《なぞ》が一つあります」

思わせぶりな声色《こわいろ》で、

「あなたが例のミステリ研の彼女を愛称《あいしょう》で呼びたくない理由ですが」

特にない。

「そうでしょうか？」

何が言いたい。

「とっくに涼宮さんはあなたを愛称で呼んでいるわけです。つまりは、あなたの心持ち一つということですよ」

何を言っているのやら。

「彼女は涼宮さんのことをハルと呼称していますね。ひょっとしたら、あなたもそう――」

解ったから皆《みな》まで言うな。

「あなたは普段《ふだん》、涼宮さんの下の名を敬称なしで呼んでいます」

古泉を黙《だま》らせる方法が知りたい。今すぐに。

「名前の呼び捨てはそれなりに親愛の証《あかし》ですが、少なくとも愛称ではありませんね。あなたは、涼宮さんを愛称で呼んでいないのに、他《ほか》の女性を愛称で呼ぶわけにはいかないと考えているのではありませんか？　自覚がないのであれば無意識のうちに、自覚しているのであれば――もちろん意識的に」

俺が二の句を継《つ》がずにいると、

「まあ、名前をそのまま呼ぶのと、ニックネームではどちらがよりフレンドリーなのか、両者の間の距離感《きょりかん》がどう異なるのか、よくは知りませんけどね」

たとえ知っていたとしても言わなくていいぞ。

「最初から涼宮さんはあなたを愛称呼びしているわけですから、あなたが彼女をハルと呼称して悪いことなどないと思いますが。試《ため》しに自分が涼宮さんに向かって『ハル』と呼んでいるところを想像してみてください」

やっちまった。うっかり古泉の言霊《ことだま》に乗せられてしまった俺の失態だ。理性が自制する前に、想像力は言われたままのシチュエーションを脳裏《のうり》に展開させ、ハルヒのリアクションの表情までをも自動的に推測した結果──、具合が悪くなった。

俺の顔色を見かねたか、古泉はくすり、としか表現しようのない、わざとらしい微笑《びしょう》を寄越《よこ》すと、

「どうか、ほどほどに」

忠告なのか警告なのか労《いたわ》りなのか解《わか》りかねる言葉を残して、メモ代わりにしていたコピー用紙を引き寄せ、七不思議の五番目に当たる異世界ファンタジーの推敲《すいこう》を始めた。ハルヒの没宣告から逃れ得るのは何稿《こう》目になってからだろうか。

ここで俺からのお願いだ。

ハルヒに何かもっと面白《おもしろ》いニックネームを付けてやってくれ。俺が気に入ったら次からはそう呼ぶこともやぶさかではない。宛先《あてさき》は県立北高文芸部気付ＳＯＳ団まで。当選者の発表は俺の発言をもって代えさせていただく。

話し相手を失って手持ちぶさたになった俺は、放置されていた百人一首の坊主《ぼうず》めくり用

山札をめくってみた。

恋《こい》すてふ我が名はまだき立ちにけり人しれずこそ思ひそめしか
カード占《うらな》いよろしく、何か今の自分の状況《じょうきょう》を表す札でも出てこないかと思ったのだが、これはどうも違うっぽい。二枚目を引いてみる。

世の中はつねにもがもななぎさこぐあまの小舟《をぶね》の綱手《つなで》かなしも
三枚目に手を伸ばしかけ——、やめた。

大吉《だいきち》が出るまでオミクジを引き続けるような不毛さを感じたせいもあるし、そもそも現代語訳が付いていないと何言っているのか解らん。

古泉が今度持ってくるアナログゲームは教養がなくともプレイ可能なもの限定にしろと言い含《ふく》めておかないとな。海外産ゲームで何かないのか、と考えたところで思い出した。

ああ、そうだ。あのことは伝えておかないとマズいだろう。ミステリ研が長門に文章寄《き》稿《こう》を申し込んできた案件だ。文芸部部長としての長門が主体なので、ぱっと見、俺たちは無関係だが、会誌作りの音頭《おんど》を取っていたのはハルヒだからな。

「おい、ハルヒ」

「何よ、キョン」

梅昆布茶のダブルが入った湯飲みを傾《かたむ》けながら、ハルヒは眦《まなじり》の鋭《するど》い目を向けてくる。

　いつの間に移動したものやら、長門はまた部室の隅《すみ》でパイプ椅子に座り、沈黙《ちんもく》に沈《しず》んで読書に励《はげ》んでいる。児童向け怪談《かいだん》シリーズは読破したらしく、膝《ひざ》にのせているのは分厚い事典に戻っていた。

　朝比奈さんはヤカンをカセットコンロで熱しながら、次に淹れる茶葉はどっちにしようか迷うように、両手に持った茶筒《ちゃづつ》を上げ下げしている。

　古泉はシャーペンの尻《しり》でこめかみを突《つつ》きつつ、口の中で小さく、ファンタジー世界の設定をブツブツ呟《つぶや》いており、あまり見られないレアな姿だけにけっこう不気味だ。

　ハルヒが定位置に収まったことで、部室の大気は本来持つべき熱量を思い出したかのように体感温度をせっせと上げている。

「ミステリ研の部長が長門に頼《たの》み事があるらしくてな」

「へぇ、どんな？」

　春は彼方《かなた》に過ぎ去り、この新緑の季節が終われば、瞬《またた》く間《ま》に太陽光の横溢《おういつ》する気候が太《たい》平洋《へいよう》高気圧とともにやって来る、そんな今日この頃《ごろ》、ＳＯＳ団の真の平常運転が始まった。

鶴屋さんの挑戦

　割と最近のことなのだが、ここのところ放課後の県立北《きた》高文芸部部室の一角で、何やら不穏当な会話が交《か》わされているシーンを、たまに見かけるようになった。

　曰《いわ》く「アリバイトリック」とか「不可能犯罪」とか「ホニャララの殺人」とか「ナントカの惨劇《さんげき》」とか「ナニナニの恐怖《きょうふ》」とかいうネガティブワードな面々から、果ては「ヨードチンキの瓶《びん》」とか「バールストンギャンビット」とか「レッドヘリング」とか「Yのマンドリン」とか「アクロイドのアレ」とかなどの、素人《しろうと》には何のことだかさっぱり解らないジャーゴンが、特に広くもない部室内を飛び交っている。

　会話の主体となる人物は三人おり、その中心にいるのは長門《ながと》であったが、これはこいつが手に広げた書物を黙々《もくもく》と読みふけりつつ文芸部室の隅っこのパイプ椅子に座ったままパラフィン固定されたように微動《びどう》だにしないため、残りの二人がわざわざそちらに寄って立ち話を余儀《よぎ》なくされているせいであり、文字通り三人の真ん中に位置しているだけであって、セリフを発しているのは主に古泉《こいずみ》とハニーブロンドの珍客《ちんきゃく》で、ごく稀《まれ》に長門が最低限の語句を呟く。

また、無の感情を絶対的顔面基本形とする長門以外の二人は、実ににこやかな表情で先程《ほど》述べたような単語を、さも楽しげに口にしており、まったくもってどこか異様な光景と言わざるを得ない。およそ殺人事件だの猟奇《りょうき》犯罪だの首なし死体だのという物騒《ぶっそう》な日本語が入り交じる会話を笑顔《えがお》でおこなうなど、ファナティックかつルナティックな連中と断じられても致《いた》し方ないだろう。

一方、視線を転じると、すぐ目の前に愛らしいメイドの姿があった。

春用メイド衣装《いしょう》を身に纏《まと》い、ＳＯＳ団に咲《さ》く一輪のカモミール、朝比奈《あさひな》さんは席に着き、じっと長テーブル上の盤《ばん》を見つめていた。四×四の丸いマス目には、木片《もくへん》のような駒《こま》がいくつか並んでおり、いま彼女が握《にぎ》りしめているのも何種類かあるそれらの駒の一つである。

「うーん……うーん？」

しきりに可愛《かわい》らしい唸り声を漏《も》らしつつ、長考に入ってもう五分ほど経《た》っているものの、首を傾《かし》げたり、眉を寄せたり、睫毛《まつげ》で空気を攪拌《かくはん》したり、盤上を色んな角度から観察したりする上級生には見えない上級生メイドの表情は見ていて飽《あ》きない。子猫《こねこ》の寝顔《ねがお》を眺《なが》めているような癒《い》やし効果を感じさえする。淹《い》れてくれたホット抹茶《まっちゃ》の残滓《ざんし》は湯飲みの底ですっかり冷え切っていたが。

「お二人にとって、」

古泉が言った。長門と客人に向かって、

「今まで読んだ中で、最も素晴《すば》らしいと感じた本格ミステリ小説は何ですか？」

「オールタイムベスト1・イン・マイ・ライフをこの場で即断せよ、と、あなたは提言するのか？」

金色の髪《かみ》を揺《ゆ》らしながら、ミステリ研女子、Tは顎《あご》を指でつまんだ。

「対象範囲《はんい》が広すぎて限定するのが困難だ。アンド、あたしはジャパニーズ本格ミステリに詳細《しょうさい》でないと承知していただかなければならない」

長門は無言でページに目を落としたまま、

「…………」

「では、海外のものでいきましょう。そうですね、手始めに、ジョン・ディクスン・カーの作品群の中で、一番好きなものは何ですか？　ただし『三つの棺《ひつぎ》』と『ユダの窓』と『プレーグ・コートの殺人』は一説によると殿堂《でんどう》入りを果たしているので、できればこの三つ以外から選んでください」

いったい誰《だれ》の決めた殿堂なのか。

古泉の提案に、Tはそれが癖《くせ》であるかのように前髪《まえがみ》を弄《いじ》った。

いつもは額にかかる金髪《きんぱつ》を気ままに流れるに任せているのだが、今日に限っては飾《かざ》り気のないヘアピンで留めている。その髪留めから溢《あふ》れたほつれ毛を指で弾《はじ》き、

「そのシンプルな問いには好感が持てる。もちろん、すべてを読んだわけではないが、あたしの場合を述べると、それは、『The Emperor's Snuff-Box』である」

「ほう、『皇帝《こうてい》のかぎ煙草《たばこ》入れ』ですか。意外なような、そうでないようなですね」

「ベリィライトだとでも言いたいのか？　あたしは好きなんだという感情に背を向けることはできない。古泉、あなたのターンだ」

「どれか一つと言われたら、それはもう『火刑法廷《かけいほうてい》』に尽《つ》きますね。ラストのエピローグ、ある人物の独白がもたらす衝撃《しょうげき》といい、ホラーとミステリ、二つのジャンルを融合《ゆうごう》させる傑出《けっしゅつ》した手腕《しゅわん》といい、物語としての完成度が桁違《けたちが》いです」

「ウーフ。異議はないようだ」

Tは長門の頭に目を落とし、

「長門サンは何か？」

「……『緑のカプセルの謎《なぞ》』」

低い位置から細く平らな声が答え、

「はあ」と古泉。

「へえ」とT。

二人は顔を見合わせ、

「これは少々意外ですね。どのあたりが……やはり、あの時代のあのトリックというか、アレですか」

「ううむ、アレだろう。きっと。アレのアレだ」

何の話をしているのやらさっぱりだが、これで意味が通じているらしいから恐《おそ》ろしい。

正直、長門がＳＯＳ団関係者でない第三者から質問されて素直に回答していることのほうがよほどミステリーだと思うが、立ち話を続ける二人には同意を得られそうにないようだ。

「じゃあ、あたしも尋《たず》ねるぞ」Ｔは嬉々《きき》として、「アントニー・バークリーの中ではどれかを問いたい。ただしアントニー・バークリー名義のものに限る。当然すべて読んでいるだろう」

「『毒入りチョコレート事件』ですね」古泉は即答《そくとう》し、「あなたは？」

「『毒入りチョコレート事件』だ。長門サンは？」

「……『毒入りチョコレート』」

ううむ、と古泉とTが同時に唸《うな》った。

「さすがにそうなってしまいますか。ではそれ以外でとなると……『最上階の殺人』、いや、『第二の銃声《じゅうせい》』ですかね」

「『Trial and Error』と『ウィッチフォード毒殺事件』も捨てがたい。どちらもユーモラス。とは言え」

パイプ椅子《いす》の長門を挟《はさ》んで両名、しばし沈思黙考《ちんしもっこう》をしていたが、

「まあバークリーはそれでいいでしょう。代表作が飛び抜《ぬ》けすぎていて太陽と惑星《わくせい》ほど、ネームバリューと存在感に隔《へだ》たりがありますからね」

「ウム。マニアにもビギナーにも推薦《すいせん》できるレアなミステリィ小説である」

本屋のポップに書いてありそうなことを言いつつ、Tは前髪のヘアピンに指を添《そ》え、

「次の話者は、誰か？」

「…………」

長門は膝上《ひざうえ》の本のページをそっとめくった。

「また僕から発言させていただきます。それでは、本格と言えばこの人、エラリー・クイーンの諸作品の中でフェイバリットなものを、さあ、どうぞ」

「一つ提案があるので聞くがよい」

Tは右手を小さく挙げ、

「日本で言うところのネーム・オブ・ア・カントリー・シリーズに限定したい。本当のことを言うと、それ以外をあまり読んでいないことを恥《は》じているあたしは現在進行形だ。『X』や『Y』はともかくなのだが」

「『Yの悲劇』が消えましたか」

言いつつ古泉はどこか嬉《うれ》しそうに、

「しかし、構わないでしょう。国名シリーズは名作の宝庫ですから」

「あたしの考えを述べると、それは『エジプト十字架《じゅうじか》の謎』。シンプル・イズ・エレガントだ」

「僕は断然、『シャム双子《ふたご》の謎』ですね。ああ、解《わか》ってます。当然、異論はおありでしょう。ツッコミどころがいくつか存在しているのは確かです。しかし物語のクライマックス、キャラクターたちが極限状態に置かれた中でのエラリーの推理と犯人指摘《してき》場面、そして絶望的な状況下《じょうきょうか》で最早《もはや》これまでかと思われたその瞬間《しゅんかん》に発生する、あの奇蹟《きせき》。そこから流れるように訪《おとず》れる最後の一行、それも、たった一つの事実だけを伝えるクイーン警視の短いセリフで物語が終わりを迎《むか》える。その幕の引き方が心底美しく感動的なんですよ」

「それは本格ミステリィとしてではなく、エンターテインメントとして、ということか。

読み方は好き好《ず》きだが、ラストシーンに重きを置く、それがあなたの習性なのか？　アイ・シー。……長門サンの答えを聞きたい」

「……『ギリシャ棺』」

ぽつりとした返答に、

「なんと『ギリシャ棺』か。長門サンにしては凡庸《ぼんよう》なチョイスだな！」

ぴく、とページを繰《く》りかけた長門の指が静止した。

古泉は苦笑《くしよう》気味に、

「実に長門さんらしい選択《せんたく》だと思いますよ。シリーズの中で一番分厚いですからね」

それはフォローになっているのかどうなのか。

「まあ『オランダ靴《ぐつ》』や『エジプト十字架』などに並んで名作の誉《ほま》れの高い作品ですし、僕としましても特に異論はないですね」

「それにしてもイッキー古泉、『シャム双子』を推《お》す人々は断じて多くなくないのではないか？」

「そうでしょうか。少なくとも『チャイナ橙《だいだい》』よりは多いかと」

「アー、マァ、アレは仕方がない。そう言えば、『シャム双子』には『読者への挑戦《ちようせん》』がないことでも有名であったな。他《ほか》のシリーズの解答編直前にはすべて付いているのに、だ。

これは作者にとって『シャム双子』はそれほどロジックに自信がないということの表明ではないのか。まさか単なる入れ忘れではないだろう」

古泉は得たりとばかりに頷《うなず》き、部室の本棚《ほんだな》に目を彷徨《さまよ》わせながら、

「もちろん、『シャム双子』に限って、いわゆる『読者への挑戦』が付されていないのは作者クイーンによる意図的なものです。ただし、推理のロジックがアバウトだからではありません。その理由に関しては、北村薫《きたむらかおる》氏によるエラリー・クイーンのパスティーシュ小説、『ニッポン硬貨《こうか》の謎　エラリー・クイーン最後の事件』に詳《くわ》しく書いてありますよ。ちょうど、ここにありますね」

本棚から長門の私物であろう一冊を抜き取ってパラパラとめくり、

「ネタバレしない程度に引用させてもらいましょう。この小説の中の登場人物が以下のように言います。セリフの途中《とちゆう》からになって恐縮《きようしゆく》ですが、

「そのために、ひとつの逮捕の度にひとつの論理が用意されることになりました。物語は論理の変わり玉となったのです。色の変化が、どこで止まるか、どこまで行くかが興味の中心です。従って、中途に《読者への挑戦》を入れることは、物語の根本精神に反してしまうのです。目次に《挑戦》の文字を置くことは、《それ以前の解決が総て偽りである》と、前もって宣言することになるからです」

続いて、こうとも。

「『シャム双子』では、真犯人を特定する最後の決め手が、犯人の行動になっています。勿論、論理の手掛かりもあるにはあります。しかし、論理ではない形で最終的な決着が付けられるのです。――だから《読者への挑戦》がなかったわけではない。『シャム双子』は、元々《読者への挑戦》を入れ得ない物語なのです」

どうでしょうか。これらのセリフを吟味《ぎんみ》しつつ、今一度『シャム双子』のプロットを反芻《はんすう》してみてください。思い当たるフシがありませんか？」

古泉は長門を見ていた。長門の目は膝上の書物に向いていたが、通常よりわずかに、ミリ単位で首を傾《かし》げているのが見て取れた。が、すぐに元の姿勢に戻《もど》った。おそらく何かを高速で思考し、何らかの結論を得たのだろう。長門は再び読書に戻っていた。

Tはお手上げのポーズを取り、

「あたしの頭脳は五里霧中《ごりむちゅう》のセンターポジションに隣接《りんせつ》している。イッキー古泉、さらなる説明を乞《こ》う。よりドルチェに、さらにアダージョで」

料理用語か何かだろうか。

「北村薫氏は一時消去法や円環《えんかん》法などの言葉を用いて説明されていますが、非礼を承知で、ごく簡単に言ってしまうと、『犯人特定プロセスにおいて、その効果を最大限に発揮する

ために は《読者への挑戦》はむしろ不要であり、もっと言えばあってはならないものだった』から、ということになるでしょうか」

Tではないが、まったく意味が解らない。

「このあたりは、読まないと解らない、と言うか、理解するには最初から『シャム双子の謎《なぞ》』を『国名シリーズの内この作品にだけ読者への挑戦状がないのは何故《なぜ》か』と思考しつつ読み進める必要があります。『ニッポン硬貨の謎』を副読本に使えば、新しい発見を得ることもできるでしょう。この二冊を未読の人がおられましたら、ぜひそのように読んでみて欲しいですね」

何でそんな面倒《めんどう》くさそうな読書方法に挑《いど》まねばならんのだ。本なんか好きに読むべきだろう。

「ごもっともです」

古泉は手にしていた本を棚に戻しながら、

「しかしながら、僕は『シャム双子』に挑戦状がない理由は、もう一つあるのではないかと考えています」

「オー、何だ」

SOS団きっての優男《やさおとこ》はTに微笑《ほほえ》みかけながら、

「『シャム』の舞台《ぶたい》は山火事によって周囲が包囲された山頂の館《やかた》です。実に国名シリーズで唯一《ゆいいつ》のクローズドサークルものなんです」

「そう言えばそうだが、それが何だと言いたいのか」

「クローズドサークルの利点を考えてみましょう。登場人物たちはそこからどこにも行けず、また新たに誰《だれ》かが入ってくることもできない。つまり犯人が不特定多数にまで拡大することがありません。必然的に容疑者は限定空間の内部にいる人物に制限されるわけです」

「キャラがわずか少しですむな」

「それも利点の一つですね。多すぎる登場人物は混乱の元ですから。特に海外物はね」

「あたしは日本人ネームのほうが覚えにくい。しかし、クローズドサークルと『読者への挑戦』がないことと、どうリレーションするのである？」

「容疑者が閉鎖《へいさ》された空間内にいる人物に限られるということは、推理の範囲《はんい》をそれ以上広げなくてもいいということです。『シャム双子』に関して言うと、犯人は確実に脱出《だっしゅつ》不可能状態の館内部にいる人物です。クイーンからすると、簡単すぎて『読者への挑戦』を入れる気にもならなかったのではないかと、僕は睨《にら》んでいるんですよ」

「なるほど。嵐《あらし》の孤島《ことう》や吹雪《ふぶき》の山荘《さんそう》等は雰囲気《ふんいき》作りにプラス、登場人物を減らし、プロットをシンプリファイするデバイスとしても効果を発揮すると言うのか古泉あなたは」

嵐の孤島も吹雪の山荘も経験済みだ。ハルヒが新しいクローズドサークルとやらを思いつくヒントのような会話は厳に慎《つつし》んで貰《もら》いたい。もっとも今ここにヤツはいないが。

「ところで」

古泉の微笑みはTに向いている。

「そもそも読者への挑戦状とは、何のためにあるのでしょうか」

「読者に向かって、ここまで読めば事の真相は明々白々であるゆえ、せいぜい頑張《がんば》って考えてみたまえ、まあ吾輩《わがはい》が組み上げたこの論理を何から何まで解き明かすことなど、オイルサーディンヘッドにできはしまいがな、WAHAHAHAHA——という余裕綽《よゆうしやくしやく》々さを高らかにトランスミットするためなのではないか？」

「そこまで人の悪いことを考えて挑戦状を挿入《そうにゆう》するミステリ作家は稀《まれ》だと思いますが」

「違《ちが》うのならば、何だ」

「むしろ逆なのではないかと」

「逆とは？」

即答《そくとう》せず、古泉はふと遠い目をしてから、

「実はそう思いついたのは、少し前に読んだ、ある本格ミステリに触発《しよくはつ》されたからなのです」

話が飛ぶな。

「話が飛ぶな」とT。

「そのミステリはパズラー要素がかなり強く、ロジックを重視した本格ミステリの王道を行くような名作ではあったのですが」

視線を本棚に向ける。

「探偵役《たんてい》が、犯人が犯人たる条件を五つほど挙げ、そのすべてに該当《がいとう》するのは登場人物のうちただ一人、Aという人物であり、ゆえに犯人はAである、といういわゆるクイーン的な消去法によって犯人が特定されたわけです。しかし」

古泉の目は棚に並ぶ長門文庫の背表紙を追っているようだった。

「確かに我々読者は、その五つの条件に合致《がっち》する人物はA以外に存在しないと知っています。ページのどこにもそれ以外の該当者は書かれていないからです。ですが、なぜ探偵役はそのことを知っているんですか?」

「ハハン」

Tはにこりと、

「読者はカバー折り返しの登場人物一覧を読むことができるが、登場人物の一員である探偵には読むことができないいな」

「解《わか》りやすく言うとそうです。現場はクローズドサークルではなく、よって登場人物は限定されていない。作中に出てこない第三者の中に、その五つほどの条件に合致する人物が存在するかもしれない、という可能性をどうやって排除《はいじょ》できたのか」

「どうやったのだ？」

「特に説明はありませんでした。だから僕の印象に強く残ったんですよ。犯人たり得る条件に該当する不特定多数の人間が、登場人物以外にいないことを、作者でも読者でもない、一介《いっかい》の登場人物に過ぎない小説の中のキャラクターは知り得ないはずなのに、なぜ、とね」

「フム。それは so-called、後期クイーン問題か」

「ええ」

古泉は深く頷いたが、何だそれは。

「それでは、後期クイーン問題を最も簡潔にまとめていると思われる文章がありますので、これも引用させていただきましょう」

本棚からノベルスを抜《ぬ》き出した。

「氷川透《ひかわとおる》氏の『最後から二番めの真実』において、探偵役でもある作中人物氷川透が次のように説明してくれます。

「（前略）国名シリーズにおける〈読者への挑戦〉は、江戸川乱歩《えどがわらんぽ》が言ったような騎士道精神なんかとは、ほとんど関係がない。純粋に、論理的な要請から生まれたものです。

早い話、作者は作品に対してメタレヴェルにいるのであり、ということは、どんなとんでもないこともなしうる恣意性を手にしている。でも、その恣意性を行使したらフェアプレイは崩れ去る。だから、その恣意性《しいせい》を禁止する装置――いや、正確に言えば、自分は自分にそれを禁止したぞと宣言する装置が、〈読者への挑戦〉であるわけです」

さらに、

「(前略)ある手がかりゆえに探偵が、犯人はAだと推理したとします。しかし、それは探偵がそう推理するだろうと先読みした真犯人Bが残したにせの手がかりである――これを論理的に否定する手だては、作品外にしかありえない。しょせん作中人物にすぎない探偵にはないんです。さあ、ここからただちに言えることがあります――作品内世界には、論理的に唯一ありうる犯人、という存在は論理的に言ってありえない。これが、法月さんの、あるいはクイーンの到達した、破壊的な結論です」

どうでしょう。一読瞭然ではないですか?」

誰だ、そのノリヅキさんとやらは。

「法月綸太郎《のりづきりんたろう》、現代のエラリー・クイーンと称《しょう》すべきミステリ作家にして優《すぐ》れた評論家でもあり、そして後期クイーン問題の生みの親とされる方でもあります」

手にしていた書物を元に戻すと、古泉は新たな書籍《しょせき》を手に取った。

「詳細《しょうさい》は、この『法月綸太郎ミステリー塾《じゅく》　海外編　複雑な殺人芸術』収録の『初期クイーン論』を参照していただきたいのですが」

何でもあるな、この本棚《ほんだな》には。未来の世界の四次元素材で出来ているのかもしれない。

「読者への挑戦は、実は作者だけを縛《しば》るものではありません。それは読者にも作用するんです。法月氏は『読者への挑戦』には読者の『当て推量』、つまり作者の構築した論理的な犯人当てに対し、丁半博打《ばくち》的な読者の直感の介入《かいにゅう》を禁止する機能があり、『このような相互禁止によって、はじめて閉じた形式体系＝自己完結的な謎解きゲーム空間があらわれる』と述べています」

もっと解りやすく言えないのか。

「要するに、読者が途中《とちゅう》でなんとなくこいつが犯人のような気がすると思ったとして、そしてそのキャラが真犯人であったとしても、作者としては読者に負けたとは思わないし痛くも痒《かゆ》くもないよ、ということですね。読者には論理的かつエレガントに真相の究明及《およ》び真犯人を指摘《してき》することが求められるのです」

そんな勝負にいったいどんな意味があるのかは知らないが、一つの形式へのとてつもない偏愛《へんあい》が介在《かいざい》している気配だけは伝わってくる。

「それだけ解れば充分《じゆうぶん》すぎるほどですよ」

古泉は次なる本を棚から選び取り、

「後期クイーン問題には色々な考え方があるようで、例えば有栖川有栖《ありすがわありす》氏は『江神二郎《えがみじろう》の洞察《どうさつ》』に収録されている短編、『除夜を歩く』にて、作中人物有栖川有栖と江神先輩《せんぱい》にこんな会話をさせています。

「偽の手掛かりで『探偵による完璧な推理が不可能になる』んやったら大変やないですか」

「どんな情報が隠されたままかもしれない状況にあっては完璧な推理・推断が不可能になる。それは、ミステリの外の世界も同じやろ。というより、小説の内部の情報は有限のものとして描けるから、推理の不可能性はむしろ現実の世界にある。そんな世界で困難に直面することはあるとしても、みんな日常を生きてるし、完璧、無謬《むびゆう》は実現されないまま、警察も司法もひとまず機能してるわな。ミステリが、わがことして抱え込むべき問題やと俺は考えん（後略）」

そこまで深く意識する必要はない、ということでしょう」

推理作家というのはトリックとかロジックとか以外の、何だかよく解らない理屈《りくつ》についても考えないといけないのか。いろいろ大変だな。

せわしなく古泉は、また書籍の交換《こうかん》をおこない、

「この江神先輩の提言を端的《たんてき》にまとめることもできます。石崎幸二《いしざきこうじ》氏の『記録の中の殺人』で、奇妙《きみよう》な規則性をもって犯行をおこなう連続殺人犯が出てくるのですが、犯人のプロファイリングに関する文脈で登場するセリフです。

「でもさ、犯人がそのプロファイリングを理解していたらどうするのよ。犯人がした行動や現場の痕跡が、もしも、犯人がわざと自分と違う人間にプロファイリングの結果が向かうように残したものだとしたらどうするのよ？　捜査員には、それが犯人がわざと残したものとはわからないでしょ」

これを受けて作中人物の石崎幸二が、

「ゲーデル問題だよ。本格ミステリィの行き止まり、ってことだな。それと同じだ」

と、発言するのに対し、別の登場人物がこう返します。

「プロファイリングを導入することでゲーデル問題が生じるわけでしょ。ということは、現実の事件だってゲーデル問題が生じるわけだから、本格ミステリィにおいてゲーデル問題が生じるのは当然の帰結なんじゃないの？」

ほぼ江神先輩の意見と同等で、プロファイリングという例を出すことで、より解りやすくなっていると思います。いくらフィクションといえど、現実ベースの物語作品ならば、その世界のルールはあくまで現実に即《そく》したものになる。当たり前の話ですが、そうでない物語も多々存在するわけですから、このように明示することは決して無意味ではありません」

話の流れでゲーデル＝後期クイーンとやらだということくらいは類推できる。

ところで、作者が作中人物で出てくるのが普通《ふつう》らしいが、本格ミステリとは私小説の一種なのか？

「作者と同名のキャラについては、また後ほど」

古泉は断りを入れると、本棚へノベルスを戻《もど》す代わりにB6サイズほどの雑誌を引き出し、

「もっと極端《きょくたん》な意見を紹介《しょうかい》すると、二階堂黎人《にかいどうれいと》氏は『論理《ロジック》の聖剣《エクスカリバー》』というコラムの中で、

名探偵はどのような特権を有するかという《後期クイーン問題》は、所詮、作家や探偵が怠けることとの言い訳にすぎないし、また、名探偵は推理という思索行動を発動させるためのジャンル的装置であるわけだから、そもそも、そんな問題はこの世に存在

しない。

と、一刀両断に処しています」

身も蓋《ふた》もないが、そこまで切って捨てられると清々《すがすが》しくもある。コチャコチャと余計なことを考えるくらいなら、いっそ何も考えずに次の一手を指してしまったほうがいいというのもよくあることだ。まさに朝比奈さん相手の今の盤上《ばんじよう》はそうなっている。

「オッカムの剃刀《かみそり》ですか。時と場合によっては有効な手立てですが、コチャコチャと余計なことを考えるのも、一部のジャンルの読者にとっては知的遊戯《ゆうぎ》の一つであるのですよ。まあ、その種のコミュニティ外の人々にとってはどうでもいい思考活動であることは認めざるを得ませんが」

自覚があるんだったらまだマシだからいいのか。

「一風変わったところでは、深水黎一郎《ふかみれいいちろう》氏『大癋見警部《おおべしみけいぶ》の事件簿《ぼ》』のchapter 7『テトロドトキシン連続毒殺事件』内で、登場人物の刑事《けいじ》がこう叫《さけ》びます。

「ですからこれからのミステリーには、登場人物にも、柔軟な思考が求められるということです！　後期クイーン問題に陥らないためには、自らに与えられた情報が全てなのか、そしてそれは果たして正しいのか、我々自身が常に疑ってかからなければなりません。そして時には自らの思考の枠外に出る努力が、必要とされるのです！」

さすがに、ここまで来たらジョークの一種ですけどね。この刑事は自分が小説世界の登場人物であることを知っており、ゆえにメタレベルを完全に無視した発言ができるわけですが、逆に言うと、そこまでしないと作品内のキャラクターには、このような発言が許されないわけです」

しかし何だな。そこまでやらないといけないものなのか。本格ミステリ作家という人種は、そんな苦行僧《そう》のようなことを好き好んで生業《なりわい》にしている奇特《きとく》な人々の集まりか。

「もっとも、後期クイーン問題は数学的な命題である『ゲーデルの不完全性定理』から派生したものなので、哲学《てつがく》的な論考はまだしも、小説の物語構成に援用《えんよう》するのは如何《いかが》なものかとする意見が存在することも申し添《そ》えておきましょう」

古泉は引用に使った書物を本来の住処《すみか》に戻しつつ、

「そこで話は元に戻るのですが」

何だったっけ。

「読者への挑戦状のレーゾンデートルに関して、であるか」

Tは覚えていたようで、

「ヘル古泉。クローズドサークルでないのに容疑者を不特定多数未満に抑《おさ》えることができないタイプのロジック。それに関連があるのか？」

「まさにそんなミステリにとって有効なんです。容疑者を登場人物に限りたいのに、現場の状況や舞台背景《ぶたい》によってそうすることができない。下手をすれば容疑者は全世界の全人類の誰《だれ》か、というところまで広がりかねない。さて、どうしましょうか——」

「『読者への挑戦』をインサートすればいいというわけか。こう書いておけばモアベターであるな。あたかもフェアプレイ精神に則《のっと》ったように親切心の発露《はつろ》のように、『犯人はこれまでに登場した人物の中にいる』と」

「何も、そこまであけすけに書かなくともいいのです。『読者への挑戦』が入っていたら、読者は当然、誘導《ゆうどう》されます。無意識にね。まさか今まで名前も出てこず登場もしていない第三者が犯人だとは、いや、作者がそんなあやふやな人物を犯人にするとは、常識的に考えてありません。では、そう思わせることが作者の狙《ねら》いなのだとしたら？　それも考えにくいですね。物語の枠外にいる人物が犯人などという、そんな変格じみたものならば、逆に読者への挑戦状などは最初からないはずです」

「本来なら作者と読者の間にあるはずの暗黙《あんもく》の了解《りょうかい》を逆手ひねりにするということか」

「このように、キャラクターを限定することで作者である自らを不利にしているのではなく、単純に容疑の拡大を防いでいるわけです。残念ながら諸事情によって名無しの第三者が犯人でないことを完全に排除《はいじょ》できなかったので御《ご》理解ください、と」

それだと、挑戦というよりは、弁解だな。

そこまで言うつもりはないですが、と言いつつ古泉は、

「もう一つ、『読者への挑戦』を含《ふく》むミステリには、作者と同名の登場人物がいることが望ましい。挑戦は、その名においておこなわれるべきです」

「筆名＝語り手のヴァージョンはクイーンパターンとヴァン・ダインパターンがあるが」

Tのツッコミに、

「どちらでも構いません」

古泉は鷹揚《おうよう》に、

「挑戦状付き本格ミステリが作者と読者の知的遊戯であるのは間違《まちが》いありません。そして問題文を作成しているのは当然ながら作者なのですから、『読者への挑戦』は作者の名前でもって為《な》さざるを得ない。しかし、ページの途中で作者が出てきてメタレベルからの意見表明をすると、どうしてもそこで物語への没入《ぼつにゅう》感が削《そ》がれてしまう。現実に引き戻されてしまいますよね。これが登場人物の名前でなされたらどうでしょう。自然に読み流すことができるのではないですか。作者と同名の探偵《たんてい》役もしくはワトスン役の存在は、現実と物語内現実の間をシームレスに行き交《か》うことを可能にする、もしくはそう錯覚《さっかく》させる効果があるのです」

しばし、沈思黙考《ちんしもっこう》する間があり、

「ミスター古泉。あなたのマインドに『読者への挑戦』へのシリアスなオブセッションが印刷されているのはよく理解した」

Tはハーフスマイルな表情で、

「しかし、あたしは必ずしもそうではない。『読者への挑戦』のあるやなしやをあまり意識しない。それはストレートなフーダニット、エラリー・クイーン作品を読むケースでもだ」

「クイーンも『読者への挑戦』にこだわっていたのは国名シリーズと『中途《ちゅうと》の家』くらいですからね」

肩《かた》をすくめながらも古泉は、

「ですが、僕としては読者への挑戦状があるような、ゴリゴリのパズラーこそ本格の条件だと力説したいところです」

「そこまで結論してしまうと、原理主義者のようで、ア・リトル、ガエンジしがたいものを感じる」

脳内でガエンジを、肯《がえ》んじ、に変換《へんかん》するまで少しかかった。

ふっとTは視線を転じ、

「長門サンにとっての本格ミステリの条件とは何か？」

「アンフェアでない」

長門の返答は素早《すばや》く短い。

「それはフェアであるということですか？」

疑念を呈《てい》した古泉への答えは、沈黙《ちんもく》だった。

「…………」

「アア、あたしには解《わか》るようだ。『アンフェアでない』ということと『フェアである』ということはイコールではない」

勝手に長門の意図を訳知った顔になったT。

「つまり、本文に嘘《うそ》が書いてなければそれでいい、と彼女は言いたいのである。いや、むしろ嘘が書いてあったとしても、いかようにも考えたら解るような嘘である場合は気にしないのだ」

古泉は右手のひらをミステリ研部員に向け、

「一人称《いちにんしょう》で進む物語ならば、時には信用ならない語り手が嘘を混ぜ込んでも問題にはなりませんが、さすがに三人称神視点ではマズいのでは？」

「それでも構わない、というのが長門サンズ・ステイトメントだ。たとえ三人称視点の地の文にフェイクが混入していたとしても、彼女は見破ることができるだろう」

「さすがにそれは過激思想ですね。本格ミステリ界に教皇庁のような組織があれば、異端《いたん》認定《にんてい》は確実ですよ」

「長門サンほどになると行間を通して作者の意図をリーディングするなど、三歳児のアームに小手ひねりをかけるよりもイージーテクニックなのだ」

それに、とTは一呼吸置き、

「一人称と三人称は究極的には同じものだ。一人称はキャラクター視点の叙述《じょじゅつ》形式だが、三人称は作者視点の一人称形式だ。主語を省いているだけである」

「すると一人称は作者、キャラクター、読者の三者による鼎談《ていだん》、三人称は作者と読者との対談だとも言えそうですね」

「むしろ」とTは続ける。「三人称神視点である文体は、早い話が作者による一人称なのだから、どう叙述しようが自由自在であろうし、人によっては嘘もミクスチャーされようというものであろう」

「自由すぎませんか。極限の頂《いただき》に至った叙述トリックがあるとするならば、そのようなものになるかもしれませんが」

そろそろかな。

朝比奈さんは意を決したような生真面目《きまじめ》な表情で、

「えいっ」

短い掛《か》け声とともに駒《こま》を盤《ばん》にちょんと置いた。それから駒入れにしているボール紙の蓋に手を伸《の》ばし、思い思いの格好で転がっている木切れのような駒の数個を手に取っては矯《た》めつ眇《すが》めつ、上から見たり横から見たりを三度ほど繰《く》り返してから、決死の面持《おもも》ちで、

「はい、どうぞ」

うち一つを手渡《てわた》してくれた。朝比奈さんの手の温《ぬく》もりをわずかに留《とど》めている木製駒を、三分ほど握《にぎ》っていたかったが、さすがにもう最終盤だ。これ以上は引っ張れそうにない。受け取ったそれをそのまま特に考えることもなく、十六マス盤の空いたスペースに置き、こうして変則的な四目並べは完成された。

「あっ」

朝比奈さんは上半身を乗り出し、高貴な料理人が作った気品溢《あふ》れる目玉焼きの黄身のように丸くした目で盤上を眺《なが》めると、

「そっかー。そのお友達がありましたね。また、負けちゃいました」

少し哀《かな》しげな微笑《びしょう》に胸を打たれながら、宣言するまでがゲームである。よって、

「クアルト」

と、俺は言った。

そろそろ梅雨《つゆ》の匂《にお》いが鼻先をかすめてきそうな、春と夏の端境期《はざかいき》におけるSOS団マイナス団長プラス部外者一名によるワンシーンである。

俺とのボードゲーム五番勝負を終えた朝比奈さんは、お茶の支度《したく》をするべく、パタパタといそがしく立ち回り始めた。

Tの持つ来客用を含めた全員の湯飲みを回収すると、一番茶の入った筒《つつ》を何よりの宝物のように抱《だ》きしめてヤカンをガスコンロにかける。そんな癒《い》やしメイドの可憐《かれん》なお姿を眺めて楽しむ放課後のひとときである。

昨日はやはり古泉が持ってきた『ごきぶりポーカー』をやってみたのだが、朝比奈さんはとにかく嘘がつけないらしく、「ハエさんです」などと言って出してくるカードがダウトかどうか表情ですぐ解る。そこで俺はあえて朝比奈さんの顔を見ずにプレイしてみたのだが、今度は声色《こわいろ》で解るようになってしまった。さすが俺、もはや朝比奈さんのプロと言っても過言ではなかろう。

「どうぞ」

やがて朝比奈さんは笑顔《えがお》と共に俺の前に湯飲みを置き、次いで部室の一角で何やら不毛とも思える専門的な意見交換《こうかん》をおこなっている一団に給仕して回った。

古泉とTは立ったまま受け取って礼を言うと、すぐにまた善良な一般《いっぱん》人には理解不能な不穏《ふおん》ワードをまじえて語り始め、長門は自分近くのテーブルに置かれたお茶には目もくれない。そう言えばこいつが部室でお茶を飲んでいるシーンを見たことがないが、いつの間にか中身は減っているようなので、誰も見てない隙《すき》に口を付けているか、もっと謎《なぞ》なコズミックスタイルで摂取《せっしゅ》しているかのどちらかだろう。

しかし、Tのヤツはいつまでここにいるつもりなのだ？　放課後すぐ、長門に借りた本を返しに来て以来、古泉と長門……主に古泉相手の茶飲み立ち話を延々と続けているのだが。ミステリ研究部は放任主義者の集まりか。

全員に配り終えた朝比奈さんは、俺の前の席に座ると、自分の湯飲みを両手持ちし、ふーふー息を吹《ふ》きかけながらチビっと啜《すす》り、

「涼宮《すずみや》さん、遅《おそ》いですね」

いつものことですが、と俺は無人の団長机を見ながら、

「何かで遅《おく》れるって言ってましたよ、教室で。美化委員の会合とかだったかな」

「綺麗《きれい》好きの側面があったんですね。これは新しい発見です」

「ウチのクラスでは委員はクジ引きで決めましたからね。適当ですよ」

とは言え、ハルヒのことだから無意識にクジを操作して美化委員になり果《おお》せたのかもしれない。何かの企《くわだ》てでなければいいのだが。


特別な企ても何もなかったことはすぐに知れた。

我らが団長、涼宮ハルヒは、

「美化委員長の話が長いのなんの。三分で済む話に四十五分もかけるなんて、逆に才能があるわ。あたしは居眠《いねむ》りしてたからよかったけど、隣《となり》の一年に起こされたとき、まだ話が終わってなかったことに驚《おどろ》きよ。真面目に聞いていた他《ほか》の人たちにはえらい迷惑《めいわく》よね！」

不真面目極《きわ》まりないことをまくし立てつつ威勢《いせい》よく部室に入ってくると、眦《まなじり》を吊《つ》り上げながら団長机に向かい、

「みくるちゃんお茶頂戴《ちょうだい》、やや温《ぬる》めで。あ、T、来てたの？　遠慮《えんりょ》せずに座りなさいよ。せっかく来客用のパイプ椅子《いす》があるんだから。古泉くんも、湯飲み片手じゃどんなポーズも決まらないわよ。有希《ゆき》、今日も元気そうね、良いことだわ。それからキョン！」

喋《しゃべ》っているうちに委員長への怒《いか》りは薄《うす》れたらしい。俺を睨《にら》む目は平常運転の色をして

いた。ハルヒは団長机のパソコンを起動しながら、

「あたしがいない時に、何か面白《おもしろ》いことがなかった？」

俺がつつがないことこの上なしだった小一時間ほどの出来事を、どう報告しようかと考えていると、

『メ〜ルで〜す〜』

パソコンが着信を知らせた。サンプリングされたその声の主は朝比奈さんである。他にも何パターンかあるので、そのうち紹介《しょうかい》しよう。と、思うのだが、それより、

「あら、珍《めずら》しい」

さしものハルヒも意表を突《つ》かれた格好だ。

「SOS団のアドレスにメールが来るなんて」

サイト運営黎明期《れいめいき》から、ほとんど機能していなかった本サイト。この世の不思議を広く追い求めるSOS団に同調し、思い当たる不思議を空気も読まず連絡《れんらく》してきたアホウがついに出てきたかと身構えていたところ、

「あれ？　鶴屋《つるや》さんからだわ。なんでわざわざこのアドレスに送ってくるのかしら」

ハルヒが首を傾《かし》げる。そのセリフを聞いて俺の頸骨《けいこつ》も斜線陣形《しゃせんじんけい》に身構えた。

あの鶴屋さんが？　メール連絡？　しかも滅多《めった》に使われないSOS団直通アドレスに？

用があればノックもなしに部室に飛び込んできそうなキャラ筆頭候補が、どうしてこんな回りくどい手段を取るのだろう。

俺の疑問に、朝比奈さんが片手を小さく挙げて、

「鶴屋さん、数日前から学校を休んでいるんです。い、いえ、病気とかじゃなくて、旅行だって言ってました。家庭の事情で、どうしても出かけないといけないとか……。先生にも了承《りょうしょう》して貰《もら》ってるんだそうです」

「へえ、そうなの」

ハルヒはマウスを操作しつつ、

「じゃあこれは旅行先からのメールなわけね。地方から出すお土産《みやげ》代わりの絵葉書みたいなもんね、きっと」

しかし朝比奈茶を一気に呷《あお》った後、

「んん？」

モニタに顔を寄せ、

「と思ったら、違《ちが》ったわ。添付《てんぷ》ファイルが付いてる」

気になったので俺もハルヒの背後に回った。メールの本文をさっと読む。

思わず呻《うめ》き声を漏《も》らしそうになった。

何てタイミングだ。

俺は何事かとこちらを見ている隅《すみ》の三人、古泉、長門、Tを見やった。

鶴屋さんが送ってきたのは、よりにもよってSOS団への挑戦状《ちょうせん》だったのだ。


ハルヒの音読によるメール本文は以下の通りである。

「やっほい。SOS団の諸君。元気でやってるかっ？　あたしはフツーにギンギンのテンションだ。

なんかノリノリの親父《おや》っさんに付きあって、あちこちドサ回りをやらされてるんだよ。たいていパーティなんかで親父っさんの横で渋々《しぶしぶ》ニッコニッコしているのがあたしなんだけど、もうヒマでヒマでアレだね、死ねるね。旅行ってほどノンビョリはできないし、一人でウロチョロも禁止だし、中途半端《ちゅうとはんぱ》に時間が余る余る。顔つなぎという行事が必要なのは解《わか》るけれどもだけれども、あたしを自分の代理か分身のように扱《あつか》うのはやめて欲しいところのココロだよ。

そんなこんなしていたところなんだけど、実はちょっとだけ面白い事件に遭遇《そうぐう》したんだった。うん、そういうことだった。まあ、あたしのトラベルエピソードもまじえて、その時のことを書いて送ってみようって試みってわけさ。まずはメールに貼っ付けた乱筆乱文を読んでくれまっせい。最後のほうに問題を出すから、皆《みな》の衆には解答をお願いするよ。じゃじゃ」

鶴屋さんの声を再現したハルヒの声帯模写テクニックは、本人が喋っているとしか思えない見事さで、この伏線《ふくせん》は何かのトリックに使えるかもしれないと思ったほどだ。散々ミステリがどうのとかいう会話をＢＧＭにしていたせいだろう。

「ふうん」

ハルヒの双眸《そうぼう》が輝《かがや》き始める。

「鶴屋さんもやってくれるじゃない。あたしたちのために遠方からクイズを出題してくれるなんて！　課外活動として不思議なことを探してくれていたんだわ。キョン、あんたも少しは見習いなさい。正団員でもない鶴屋さんのこの気配りをね！」

さてどうだろう。性格的に鶴屋さんがハルヒに気を遣《つか》うことなどなさそうだし、ただの近況《きんきょう》報告を俺たちに知らせる義理もないはずで、そうなるとやはり「面白い出来事に遭遇した」という一文が気になる。そして「問題」に「解答」と来た。

ハルヒはマウスを左クリックし、添付されていた文章ファイルを展開させて、

「これが問題編ってわけね。どんな謎が待ってるのか、楽しみだわ」

そしてまた朗読を始めた。

＊

どこかのホテルのパーティ会場だねえ。

あたしは退屈《たいくつ》していたんだ。親父っさんに無理矢理連れて来られたけど、まあ慣れっこと言えばそうなんだけど、やっぱり退屈なものは退屈だよね。

周囲はおっちゃんおばちゃんばっかりだし、一通り顔見せ挨拶《あいさつ》回りが終わると、あたしに出来ることはなくなったさ。というかあたしの仕事は本当にただそれだけで、親父っさんはご苦労とも言わずに、何だか地位と態度が偉《えら》そうな人たちとシャンパン片手に談笑《だんしよう》しておられる。これも慣れっこで、そっちのけにされるのはむしろありがたいね。

だもんで、あたしはオレンジジュースのグラスを持って、だだっ広い会場をぴこぴこ歩いていた。よそ行きのパーティドレスがそれはもうウザったい。これも親父っさんの趣味《しゆみ》でやたらぴらぴらしたのを着せられていてゲンニョリだ。あたしには似合わないって何度も言っているんだけど聞きやしないのさ。

途中、立ち止まって一面まるごと嵌《は》め殺しのガラスになってる壁面《へきめん》から下の風景を眺《なが》めてみたりもしたけど二秒で飽《あ》きた。ここはたぶん三階くらいで、そやので眺望《ちようぼう》には期待するのが間違いなのだ。夜景ならともかく、まだ太陽ががんばっている時間だしね。したもんで、会場の奥っ側の壁際《かべぎわ》に並んでいる椅子に座って一休みしよう。じっとしているのも退屈だけど、お腹も減っていないし、それにここのビュッフェの料理はあたしのベロにはあんまりだった。金かければいいってものじゃないよね。

そうして、隅っこに移動したあたしは、そこに先客がいるのを見っけた。

たぶん、あたしと同じような境遇《きようぐう》なのだ。複雑に結《ゆ》った髪《かみ》に銀ピカのヘッドドレスを付けた女の子が一人、お付きのお姉さんみたいな人と一緒《いつしよ》に座っていた。その娘《こ》があたしと同程度に着飾《きかざ》っているのに比べて、お姉さんは地味なパンツスーツ姿だったから、その娘の従者っぽい役回りなのだと見当を付ける。その人はしきりと話しかけてるけど、女の子はむすっとしたままうなずいたり首を振《ふ》ったりしているだけであった。よっく解るよ。この場にいるのが、心底退屈なのは、あたしも同じだからね。

というわけで、あたしはその娘と友達になることにした。

ジュースのグラスをそこらへんのテーブルに置いて、あたしはつかつかっと歩み寄ったよ。近くで見ると、そりゃもう、ただ者じゃないね。お姫様《ひめさま》オーラがバシバシに迫《せま》って来る。とりあえず、やあ！

って感じの挨拶から始めてみた。

キミも親父《おやじ》さんか誰《だれ》かに引っ張ってこられたのかなっ？　あたしもそうなんだ。大人は困るよね。自分の娘をゴルフコンペのトロフィーか何かと勘違《かんちが》いしてるんじゃないだろうか。綺麗《きれい》なヒラヒラを着せても中身が宝石になるわけないのにね。あ、キミはとても綺麗だねっ。いや、ナンパじゃないよ。あたしは本当のことしか言わないんだ、きっと。この場にいる同世代の人間同士、仲良くしよう！　どうじゃろ？

ってなことを一方的に喋って、握手《あくしゅ》を求めた。

したらば、その娘はお人形さんのような顔の二つの大きな瞳《ひとみ》をまん丸くして、それからクスクス笑い出した。笑いどころなんか一個もなかったはずだけどね。現にお付きのお姉さんは変顔をしてあたしを見ていた。変なところも一個も……まあ、いいか。

あたしが伸《の》ばした手を握《にぎ》り返して、その娘は立ち上がった。

にっこり笑った顔が愛らしかったね。やっぱお澄《す》ましポーカーフェイスより無邪気《むじゃき》な笑顔《えがお》のほうが人類にとって相応《ふさわ》しい表情だね。

「はじめまして、よろしく」

予想通り、声も可愛《かわい》かったよ。

んじゃ、行こっか！

あたしはその娘の手を握ったまま、会場を抜《ぬ》け出した。お付きの人は追って来ないね。あたしとこの娘があまりにすんなり歩き出したから虚《きょ》を衝《つ》かれたのかな？　それか、あたしの顔を知ってたか。閉鎖《へいさ》空間から邪魔《じゃま》されず出られるなら、どっちでもいいよ。

あたしは彼女の手を握ったままとっとと歩くのだった。ちょっとばかり歩幅《ほはば》が違うことにやっと気づいて、あたしは意識してゆっくりめ。そのままエスカレータを降りて一階を目指す途中で振り返る。

キミ、スポーツ得意かい？　テニスとかしない？

訊《き》いたらば、ちょっと首を傾げてから「しないでもない」という返答だ。じゃあ決まりだね。

ロビーを突っ切ってフロントへ行ったよ。他《ほか》の宿泊《しゅくはく》客の皆さんの目をなぜか引いてるみたいだね。彼女が美人さんだからだね、きっと。

フロントで制服のキマったコンシェルジュのお姉さんにいくつか頼《たの》み事をする。愛想《あいそ》のよさと気高さを両立したようなお姉さんが、職業用なだけでない笑顔で万事《ばんじ》オッケーと太《たい》鼓判《こばん》を押してくれたので、あたしとあたしに手を引かれた彼女はどこかに電話をかけるコンシェルさんに一礼して、すったかたとホテルの正面玄関《げんかん》から出てった。

あたしと彼女の硬《かた》い靴《くつ》が立てる音がユニゾンを奏《かな》でるのであった。

すんなり行きすぎてる？　まあ間違いなくホテルの人たちはあたしの苗字《みようじ》を知ってるだろうからね。こういう時にはあたしが何も言わなくても名前がものを言って便利だよ。もちろんこんなのあたしの功績じゃあないし誇《ほこ》りたくもないけど、わずらわしさを覚える局面の回数とどっこいだから、たまにはいいんじゃないかな。今さら改名したいとも思わないしね。面倒《めんどう》だ。

とか言ってるうちに、辿《たど》り着いたのがホテル付属のテニスコートだよ。パーティ会場から外を眺めたときに確認《かくにん》しておいたのだ。

コートハウスに入ってロッカールームに来た。ベンチにテニスウェアとシューズ、ラケットがツーセット、載っかっている。さすがは一流ホテルのコンさん、仕事が速いね。それだけでなく正確だね。テニスシューズのサイズはあつらえたみたいにあたしたちの足にフィットしたさ。

あたしとお揃《そろ》いのテニスウェアを手に持って広げ、彼女はにっこり笑った。そうして着《き》替《が》えようとしたので、あたしは止めた。

せっかくの機会だし、この格好でプレイしないかい？

「ドレスで」

怪訝《けげん》そうだね。

うん、さすがにシューズは履《は》き替えるけど、あえてこの服装でやらないかい？　こんなヒラヒラでテニスしてるところをみなさんに披露《ひろう》してあげようじゃないか。あたしたちはお人形さんじゃなくて、ぴょんぴょん飛び跳《は》ねたい微妙《びみょう》なお年頃《としごろ》なんだってことを教えてあげるんだ。面白《おもしろ》そうじゃないかな？

彼女の意志の強さを表明しているような瞳があたしを見ていて、すうっと緩《ゆる》んだ。

「いいよ」

話が通じて一安心だよ。

あたしたちはラケットを手にコートへ来た。他のプレイヤーの姿はまったくの無で貸し切り放題状態さ。一面あれば充分《じゅうぶん》なのが残念だね。

あたしは彼女にサーブ権を譲《ゆず》ると、軽く屈伸《くっしん》運動をしてから、クレーコートのベースラインに陣取《じんど》った。

対角線上にいる彼女は感触《かんしょく》を確かめるように、ラケットでボールを何回かバウンドさせて、あたしを見る。

いつでもいいっさ。

あたしが合図する。彼女はボールを高く放《ほう》ると、ちょっとびっくり、すっごく様になったサーブを打ってきた。反応がコンマ二秒遅《おそ》ければエースを決められていたね。

とっさに打ち返したボールはかろうじてサイドラインのイン側で弾《はず》んでくれた。ラッキー。彼女も何だか驚《おどろ》いたように、バックハンドで叩《たた》き込んできた。うひゃ、いい球だね。脚にドレススカートをまとわりつかせているとは思えないほどだよ。

そのクロスボールにあたしは追いついてセンターを狙《ねら》って打つ。返ってきたボールは少し優《やさ》しげだ。あたしも彼女が返しやすそうな場所を狙った。無言でも意図って伝わるものだね。ポイントを競って楽しむんじゃなくて、純粋《じゅんすい》にラリーを楽しむプレイに即座《そくざ》に切り替わったよ。

しばらく打ち合いを続けながら、あたしはバカ高いホテルを横目でチラ見る。パーティ会場のガラス越《ご》しに、何人かあたしたちに注目しているのが解《わか》ったさ。話の接《つ》ぎ穂《ほ》を見失《うしな》った人たちかな。パーティドレスでテニスに興じるあたしたちをお酒の肴《さかな》にしてるんだろう。予想通りだね。

お互《たが》い、何回かミスして、そのたびにサーブ権を譲り合ってまたラリー。会場の見物客が増えてるね。その中にうちの親父《おや》っさんがいたかどうかまでは見てないけど、あたしのすることに一々驚いてくれなくなっててね、もうこの程度じゃねえ。そこはお互い様なんだけどさ。

彼女と二人、スカートの裾《すそ》をバサバサさせつつのお遊びテニスは結構続いたのだった。ラリー目的だったんだけど、途中でやっぱり熱くなってきたのかな。戻《もど》ってくるボールがサイドライン付近を鋭《するど》く突《つ》き刺《さ》す勢いになってきた。そうなるとあたしも余裕《よゆう》をかませていられないから必死にボールを追いかけてしまう。ボールに回転かけたりダウンザラインは、こんな衣装《いしょう》の時じゃなくて、真面目《まじめ》にプレーするまでお預けだ。ってことで潮時だね。

あたしは、彼女が放ってきたドライブショットをラケットで真上に跳ね上げて、落ちてきたボールを手でキャッチした。

彼女は一瞬《いっしゅん》、不思議そうな顔をしたけど、すぐに笑顔になる。以心伝心って素晴《すば》らしいね。

「もう、こんな時間」

腕時計《うでどけい》を見て言ったんじゃないよ。太陽が沈《しず》みかかっているのさ。パーティ会場の観客はまだいたけど、サービス終了《しゅうりょう》だ。

「楽しかった」

少し息を切らしながら歩いてきた彼女と、ネット越《ご》しに握手をして、ナイスゲームを称《たた》えた。

キミ、テニスうまいねえ。習っているコーチはプロかい？

冗談《じょうだん》で言ったんだけど、あっさり肯《うなず》かれた。

たぶん、あれだね、いっぱい習い事をやらされてるパターンだね。テニスにピアノにバイオリン、バレエに乗馬にスイミングってところかな。我ながら想像力が貧困《ひんこん》な富裕《ふゆう》層向けレッスンの数々だけど。

「そんな感じ」

憂鬱《ゆううつ》そうな表情の彼女と肩《かた》を並べてコートハウスに戻ってシャワールームに直行だ。ドレスを脱《ぬ》ぎ捨てると、ようやく仕舞《しま》っておいた羽を伸ばせた妖精《ようせい》さんのような気分になったよ。ヘッドドレスを外して髪《かみ》を下ろして服を取っ払《ぱら》った彼女の姿はマジで妖精かと思ったっさ。

二人してシャワーで汗《あせ》とホコリをさっさと流し去り、バスタオルを巻き付けながらロッカールームに舞《ま》い戻る。身体中の水分を拭《ふ》き取って髪を温風で乾《かわ》かした後、彼女が物憂《ものう》げにドレスを手にするのに、あたしは言った。

そっちじゃなくて、テニスウェアに着替えよう。彼女は不思議そう。

「テニスの時はドレスで、テニスが終わってからテニスウェアを」

そうっ。あえてそうするのだ。面白いと思わないかな。それに運動して少なからず汚《よご》れてるし。

「汚れてるし」

あたしと彼女は微笑《ほほえ》み合いながら、ホテルのコンシェルお姉さんが用意してくれたウェアを身につけた。やっぱりつるつる素材のドレスよりこっちがいいね。シューズもね。

脱いだ服と靴はこのまま放置でいい、だけどねえ。

ちょっと借りるよ。

断って、あたしは彼女の髪飾《かみかざ》りを手に取った。何の変哲《へんてつ》もない純銀細工のヘッドドレス。これではなさそうだねえ。

靴を持ち上げて観察する。シンプルにゴージャスな作りで装飾《そうしょく》が付いてない。これも違うかな。

ドレスはどうかな。袖《そで》にボタンが付いてるね。何の役にも立っていない見せかけだけのボタンが片方三つ、両方で計六個。

あたしは袖口に顔を近づける。さすがに匂《にお》いでは判別できない。指の先でボタンを一つずつコツコツ叩いてみる。おや、一個だけ音の感じが違うね？　どういうことかな？

単一の固体じゃなくて、ボタンの中に材質の違う何かが入ってるんだね。

「まさか」

彼女も顔を寄せてきた。

「盗聴器《とうちょうき》」

そういう発想に至るところが、彼女の生活環境《かんきょう》を如実《にょじつ》に表してるねい。

いや、そこまでじゃないね。たぶん、これはGPSトレーサーだよ。

「トレーサー？」

GPSで特定したこっちの位置情報を誰《だれ》かに伝えている発信機さ。

「まあ」

優雅《ゆうが》に手で口を覆《おお》う様子。実に様になってるよ。

「どうして解ったの」

あたしにも似たようなものが仕掛《しか》けられていた時期があったからね。見つけ次第《しだい》、投げ捨ててたけど。最後のほうはあたしと親父っさんの知恵比《ちえくら》べみたいになって、ちょっと面白かったよ。それはもう、いろんなものに擬装《ぎそう》させた発信機をつけられては外してた。

よくもまあ発信機ごときに何もそこまでって気がしたけどね。おかげで今は綺麗《きれい》な身さ。

知らないうちに身体《からだ》の中に直接埋《う》め込まれているんでない限りね。

お互い、心配性《しょう》な親御《おやご》さんを持つと苦労するってことだねえ。子供が気がかりな親心な気持ちも解らなくもないけどさ。

あたしは彼女の許可を得て、発信機入りボタンを袖から外した。ボタンを留めていた糸を犬歯でかみ切るあたしを見て、彼女は口元に手の甲《こう》を当ててゆるゆると笑った。不調法者だと思われたかな？

「これからどうするの」

まずはホテルに戻ろう。喉《のど》が渇《かわ》いたんで何か飲みたいよ。

彼女は少し顔に影《かげ》を落とす。パーティ会場に戻ると思ったのかな？

いや、そうじゃないよ。

あたしは彼女にこしょこしょと囁《ささや》きかける。

彼女の顔に笑みが戻り、あたしたちはドレスと靴《くつ》を持ってハウスを後にした。

歩きながらホテルを見上げる。ここからでは会場は見えない。ということはあっちからもあたしたちが見えない。パーティ会場からテニスコートは見えても、コートハウスからホテルまでの動線は死角になっているんだよ。それは会場にいたときに確認済みだった。

あたしたちは堂々と正面からホテルに入って行く。ドレスを抱《かか》えたテニスウェアのペアルックの入場は一瞬だけ人目を集めたかな。チェックアウトを済ませたんだろう、おっちゃんが一人、フロントを離《はな》れてトランク片手にエントランスに向かってきた。あたしたちを見て微笑《びしょう》を浮《う》かべ、あたしも微笑を返す。

そしてすれ違《ちが》いざま、あたしはおっちゃんのスーツのポケットに外したボタンを滑《すべ》り込ませた。三秒数えて振《ふ》り返る。おっちゃんの姿はなく、誰もあたしに注目していない。防犯カメラをスロー再生したらバレるだろうね。けど、当分は平気左衛門《ざえもん》さ。

あたしたちは何食わぬ顔で、お世話になったお姉さんコンシェルジュを呼んで貰《もら》い、お礼を言うと、ついでのお願いとして二人分のドレスのクリーニングを頼《たの》んだ。

ああ、一つボタンが取れてるけどそれは気にしないでいいのです。

お姉さんはどこまでも慇懃《いんぎん》に快諾《かいだく》してくれ、さらばあたしたちのパーティドレス。しばらくは袖を通したくないねえ。

あたしたちは堂々とエレベータに乗り込んで、重力に逆らい、数分後にはあたしの部屋にいた。ドアを開けるために使ったカードキーは壁《かべ》の電源ホルダーに挿《さ》さないでおく。

冷蔵庫からグレープフルーツジュースのペットボトルを取り出してグラスに注《つ》いで彼女に渡《わた》す。あたしが自分の分も注いだのを待って、二人して一気飲み。

ベッドに座ったあたしたちは、そっから適当なおしゃべりに興じたよ。自分たちの家のこととか、その他諸々《もろもろ》さ。たったそれだけのことが、とても楽しくてね。ずっと話していたかったんだけど、どこまで時間を稼《かせ》げるかなあ。見っけた発信機を関係ない人に押しつける手口はウチの親父っさんにはバレバレだからねえ。

そだ、ベッドの下に潜《もぐ》り込もう。

「え」

ビックリするほど目が丸いね。

そう、この部屋に踏《ふ》み込まれるのも時間の問題っさ。さすがにベッドの下に隠《かく》れるなんてゆう原始的な手段をとるとか、これはかえって盲点《もうてん》だ。あれだよ、盗《ぬす》まれた手紙作戦と命名しよう。

あたしたちはトカゲになりきって腹ばいになると、のそのそとベッド下に移動した。彼女はコロコロと笑いながら、

「こんなところに入ったの初めて」

あたしは結構色んなところに潜り込むからね。彼女と違って新鮮《しんせん》な気持ちを失いつつあるみたいだ。

こうしてあたしたちはうつ伏《ぶ》せになったまま、肩を寄せ合った暗がりの中で、適当な話題を転がし続けた。いやぁ、面白《おもしろ》かったよ。

そのうち、あたしは睡魔《すいま》くんに襲《おそ》われた。前夜どうもうまく寝《ね》られなくてね、今まで平気だったんだけど、暗いところで寝っ転がってじっとしてると、どうしてもさ。

いつの間にか、あっさり眠《ねむ》り込んでいたよ。

目を覚ましたら、あたしはベッドの上にいて、布団《ふとん》を掛《か》けられていた。窓の外は完全に

夜だった。

彼女の姿はない。

ただテーブルの上に置いてある空の二つのグラスだけが、彼女がいたという存在証明のように――ええと、ように、……うん、思いつかないよ。

あたしはまた布団を頭から被《かぶ》ると目を閉じた。

すみやかな二度寝に陥《おちい》りながら、あたしは思ったのだった。

また会えるといいね。

＊

ハルヒが口を閉《と》ざすと、文芸部室に沈黙《ちんもく》と大書された垂れ幕が覆い被さった。

運動部の張り上げる無駄《むだ》に元気な掛け声と吹奏楽部《すいそうがくぶ》の金管の騒音《そうおん》が、やけに遠く、かつ長く感じる。

誰も何も言わないので、俺が全員の心象を表現した。

「それで？」

「それでも何も、これだけしかないわ」

ハルヒはマウスを操作しつつ、

「他《ほか》に添付《てんぷ》ファイルはないし、メールの文章はあれだけだし、リンクもどこにも張られてないわよ。新しいメールも来てないしね」

待てよ。鶴屋さんはメール本文で「最後のほうに問題を出すから解答をお願いする」とか書いてたが、どこに問題があるんだ？

「そうねぇ、何となく引っかかるところはあるけど」

ハルヒは珍《めずら》しく考え込む様子を見せ、

「古泉くんは、聞いててどう思った？」

「そうですね」

古泉は湯飲みを片手に立ったままの姿勢で、

「実に鶴屋さんらしいと言えるでしょう。ポジティブかつ力任せな行動力と、茶目っ気たっぷりの悪戯《いたずら》心に微笑ましさを覚えましたが」

「そういう読書感想文みたいな意見を期待したんじゃないんだけど」

手厳しく返したハルヒは、温《ぬる》くなったであろう朝比奈茶を一気飲みすると、

「ところで、古泉くんもTも、いつまでつっ立ってるの？　座りなさいよ」

すかさず古泉が部屋の片隅《かたすみ》にあった来客用パイプ椅子《いす》を広げ、Tに恭《うやうや》しく手を差し伸《の》

べる。目映《まばゆ》い髪のミス研部員が鷹揚《おうよう》な仕草で座るのを確認《かくにん》して、古泉は自分の席に着いた。

これでTの長っ尻《ちり》が確定したか。ん、そういえば、

「ところで、お前は鶴屋さんを知っているのか？」

同じクラスの交換《こうかん》留学生は、真っ直《す》ぐな視線を俺に向け、

「もちろんのこと、真実だ。キタ・ハイスクールのフェイマスガール、鶴屋センパイを知らない人類はノーバディに決まっている」

草野球大会の人数合わせで来てくれた時まで俺は知らなかったがな。

「それはキャム、あたしには、そんなあなたがインクレディブル」

デキの悪いキャッチコピーみたいなセリフだ。それはそうとキャムはやめてくれ。決してキョンと呼ばれたいわけではないが、どうにもむず痒《がゆ》くてしかたがない。

Tは肩《かた》をすくめて俺の抗議《こうぎ》を受け流すと、来客用湯飲みの中身をすすり、

「ではキャミィならよいのか」

意思の疎通《そつう》に根本的な問題があるとしか思えない。

俺があきらめ気味の境地に浸《ひた》っていると、

「解《わか》ったわ！」

ハルヒが椅子を蹴《け》って立ち上がった。その瞳《ひとみ》の中にシリウスとカノープスとアークトゥ

ルスをまとめて放《ほう》り込んだような輝《かがや》きを発見し、誰かが何を解ったのか質問してくれないかと待っていたのだが、やはり誰もしないようだったので、

「何が解ったんだ」

「これは叙述《じょじゅつ》トリックなのよ！」

ハルヒの発したその単語を聞いて、古泉・T・長門の読書感想会トリオの耳がピクリと動いた気がした。そして、

「じょじゅちゅ？」

小さく呟《つぶや》く朝比奈さんの頭上にクエスチョンマークが浮かんでいるのは幻視《げんし》するまでもなかった。

「去年、会誌作ったときにキョンが書いてきた恋愛《れんあい》小説モドキがあったでしょ？　ああいう、こしゃくなヤツよ」

お前のテーマ選びのほうにそもそも難があったんだ。俺に書かせてどうするんだ、あんなものを。

「こしゃくという表現は誤解を招きますね」

古泉が爽《さわ》やかな微笑《びしょう》とともに話に入って来た。

「古くは『日本書紀《にほんしょき》』における神功皇后《じんぐうこうごう》の項目《こうもく》にも使用されている由緒《ゆいしょ》正しい文章技法で

すよ。俗《ぞく》にいう『魏志倭人伝《ぎしわじんでん》』など中国側資料の記載《きさい》と整合性を取るために、編纂《へんさん》者たちが苦心したであろう痕跡《こんせき》が窺《うかが》えます」

凄《すご》いのかどうか判断が付きかねる以前に真偽《しんぎ》不明なことを言い、

「それで、鶴屋さんの文章のどこに叙述トリックが仕掛けられているのでしょうか」

ハルヒは自信満々に、

「ついつい鶴屋さん風に読んじゃったけど、そこから鶴屋さんの罠《わな》は始まっていたわけよ」

得意げに胸を反らした団長閣下は重々しく断言した。

「この文章で書かれている『あたし』は鶴屋さんじゃないわ」

「なるほど、そう来ましたか」

古泉は何やら含《ふく》むところがありそうな表情で、

「初手から仕掛《しか》けてきたと、そう、お考えなわけですね」

「多分、あたしが鶴屋さんっぽく読んじゃうことも計算のうちだったのね。見事に引っかかったわ。さすがは鶴屋さん。SOS団名誉顧問《めいよこもん》は伊達《だて》じゃないわね」

伊達はともかく酔狂《すいきょう》ではありそうだが、それはちと脇《わき》に置いといて、

「いや、本当にそうか？　聞く限り、『あたし』というのが鶴屋さんだとしか思えないんだが……」

しかしハルヒは、

「その証拠《しょうこ》に、名前が出てこないでしょ。あたし、とか、彼女とか、人称《にんしょう》名詞でだけ描《びょう》写《しゃ》されているもの。叙述トリックの初歩ね」

初歩だか奥義《おうぎ》だか知らんが、では『あたし』が鶴屋さんでなければ、誰《だれ》だって言うんだ？　鶴屋さんは自分の話でもないエピソードをわざわざ書いて送ってきたことになるぞ。

「いいえキョン、これはちゃんと鶴屋さんの体験した実話なのよ」

どういう理屈《りくつ》だ。

ちっちっと顔の前で立てた人差し指を振《ふ》りつつ、

「まだ解らないの？　パーティ会場で『あたし』が出会って、その後一緒《いっしょ》に遊んだりした、『彼女』と書かれているほうが、実は鶴屋さんなのよ！」

んなアホな。にわかには信じがたい。根拠《こんきょ》を教えて欲しいね。

「あえて言うならば、勘《かん》、かしら」

そんなもんは根拠とは言わん。俺からしたら、例の文章の一人称の主はどっからどう見ても鶴屋さんだ。

「だからよ。わざと取り違《ちが》えするように書いているわけ。でないと、トリックにならないでしょ？」

だとしてもだ。お前の説によると『彼女』＝鶴屋さんだという図式だが、これまたどっからどう見ても『彼女』とやらが鶴屋さんとは思えない。

「その根拠は？」

ハルヒの質問返しに、俺は「勘」とは答えない自分に誇《ほこ》りを抱《いだ》きつつ、

「第一に、パーティ会場で隅《すみ》の椅子にじっと座って大人しくしている鶴屋さんなんて想像できない」

揺《ゆ》るぎない笑《え》みを浮《う》かべるハルヒは、

「案外、公的な場所では猫被《ねこかぶ》りスタイルでいるのかも。このパーティだって、家業の絡《から》みで出席してるんでしょ？　親父《おやじ》さんに連れてこられているわけだし、やはり仕事の時はそれ相応の応対になるんじゃないの？」

「第二に、文中で『彼女』のセリフが少なすぎる。こんな無口な鶴屋さんが実在するとも思えない。加えて、お淑《しと》やかなイメージが強すぎる。鶴屋さんのどこを探したら、そんな要素が出てくるのか俺が聞きたい」

「高級そうな社交界にいるときは、さすがの鶴屋さんもバージョンを切り替《か》えるんでしょ。人間誰しも表と裏の顔を持っているものよ」

その割には仏頂面《づら》で端《はし》に座っていたと書いてあるが。

「たまにはあるんでしょ。そういう気分の時も」

「第三に、そしてこれが最大の理由だ」と俺は続けた。「お前の言うとおり、『彼女』が鶴屋さんだったとしよう。必然的に『あたし』は鶴屋さん以外の人物だということになる」

「当たり前の話じゃない。何が言いたいわけ？」

「そうなると、鶴屋さんみたいなノリとテンションを持っていて、鶴屋さんみたいな語り口をする人物が、この世にもう一人いることになる。とてもじゃないが信じられない。あんな人が二人といるものか」

「それもそうね」

意外にも、あっさりとハルヒは認め、

「となると、こうかしら。『あたし』も『彼女』も、どっちも鶴屋さんではないんだわ」

さらに飛躍《ひやく》したことを言いだした。

「えーっと？」

と、朝比奈さんはキョトンという擬態語《ぎたいご》の模範《もはん》的サンプルとして画像データを保存しておきたくなるような表情で、

「じゃあ、これは鶴屋さんが書いた文章じゃないんですか？」

「いいえ、書いたのは鶴屋さんで間違いないわ。キョンじゃないけど、こんな特徴《とくちょう》的な

文体を駆使《くし》できる人が他にいるとは思えないから」

「ふぇ？　それなら、どうして鶴屋さんは自分ではない、別の人たちのお話を自分の手で書いてメールしてきたんですか？」

「そんなの知らないわ」

団長席に座り直したハルヒは手にした湯飲みの中身が空であることに気づき、

「みくるちゃん、お代わりちょうだい。ややあったかめで」

「はぁい」

即座《そくざ》に給仕モードにチェンジする朝比奈さんの中からは、先刻自分が発した疑問がすっかり失われているように感じられた。彼女にとっては謎解《なぞと》き∧お茶くみなのかもしれない。

ハルヒは頬杖《ほおづえ》をついてモニタを見るともなしに眺《なが》めており、朝比奈さんはいそいそと急須《きゅうす》とヤカンに相対し、古泉とTは揃《そろ》って腕組《うでぐ》みをして斜《なな》め上に視線を送るポーズを決め込んでいて、仲いいなお前ら。

そして長門は部室の影《かげ》に溶《と》け込むように、ただ黙々《もくもく》と読書を続けていた。

何となく、この話はこれで終わり的な空気が流れ始めるのを感じ取り、

「ちょっと待ってくれ」

ピタリと静止した朝比奈さんに、いえ、お茶の準備を待ってと言ったわけではないんで

す、と弁解した後、

「そもそもの話だ。これは本当に問題文なのか？　だとしたら、何を解答すればいいんだ？　鶴屋さんから追記は来てないんだろ？」

マウスを一操作してハルヒは、

「そうみたいね」

この鶴屋文書に何らかのミステリーが隠《かく》されているのだとしたら、俺やハルヒより詳《くわ》しそうな連中の意見を参考にすべきだろう。

とりわけ間のいいことに、そのうちの一人はミステリ研究部員である。いわば、この手の話題の専門家に違いない。

「あたしに意見せよと言うのか」

Tはちびちびとついばむように口にしていた来客用湯飲みから唇《くちびる》を離《はな》し、

「まずは長門サンの感想をお伺《うかが》いしたい。いかがどうであろう」

長門は視線を落としていた、やたら黄色っぽいページの長方形の本から緩《ゆる》やかに顔を上げ、

「……まだ、何も」

呟くようにそれだけ言って、また読書する人型オブジェに戻《もど》った。

誰か解説してくれ。

「キャム、なぜゆえあなたは長門サンの真意を理解しない。彼女が言うには、現時点ではあらゆる可能性が網羅《もうら》されているため、一つの真相にコンバージするにはデータがミッシング状態をキープしているということなのだ」

たった二言からそこまでの長文を編み出すお前の超訳《ちょうやく》ぶりには感心するしかないが、だったら一言、情報不足でいいだろう。特にお前の一行目のセリフは余計だ。

Tはやれやれと言いたげに首を振った。まるで長門の言葉の有用性を知っていて、かつ俺が知らないのを哀《あわ》れに感じているかのようなボディランゲージである。実際、長門がSOS団以外の誰かと会話を成立させるなど奇跡《きせき》に近いのだが、こいつこそ自分が奇跡の体現者だと理解しているのだろうか。

Tの首振りに合わせてヘアピン付きの前髪《まえがみ》が揺れた。よく見るとヘアピンは髪留《かみど》めとしての役割を行使するというよりは、ただファッションの一付属物として存在しているだけのように思える。

俺に向かって呆《あき》れの表情を作るのに飽《あ》きたのか、そのうちTは俺から視線を外し、

「しかし古泉、あなたなら、何らかの推論をプレゼント可能なのではないか？」

「そうですね」

古泉は前髪を指先で弾《はじ》きながら、

「実際のところ、この文章に何らかの叙述《じょじゅつ》トリックが仕掛けられているのは間違いないところでしょう。ですが、一人称の語り手が鶴屋さんではない、というのは、いささか行き過ぎな気がします」

ここで俺にアイコンタクトを送って、

「さすがに、『あたし』が鶴屋さんであるのは疑いようがありません。いくら何でも鶴屋さんがここまで悪辣《あくらつ》な仕掛けを弄《ろう》するとは思えませんからね。ここは素直《すなお》に受け取っておきましょう」

「ふうん」とハルヒは朝比奈さんから新しいお茶を受け取り、「じゃあ、鶴屋さんの意図は何なのかしら。トリックがあるにはあるんでしょ？」

「何もない日記のようなものを、あの方が僕たちに送ってくるとは思えませんからね」

茶目っ気全開で生きているような人だからな。

「そこで、まずメール本文に注目してみてください。鶴屋さんは前提として、『ちょっとだけ面白《おもしろ》い事件に遭遇《そうぐう》した』と述べていますが、『あたし』と『彼女』の多少風変わりではありますが心温まるような交流が、果たして事件と言えるでしょうか？」

「事件らしいことは『あたし』がＧＰＳ発信機を知らない人に押しつけたことくらい？」

とハルヒ。

「悪戯《いたずら》の類《たぐい》であって事件と呼べるものではなさそうです。鶴屋さんのメールをもう少し注意して読んでみましょう。『あたしのトラベルエピソードもまじえて』とありますね」

「そっか」

ハルヒが得心したように指を鳴らし、

「この『あたし』と『彼女』のエピソードは、本当にただのエピソードだったわけね」

どういうことだ。

「キョン、あんたも覚えているでしょ？　鶴屋さんのメールには『最後のほうに問題を出すから』ってあったわよね」

なにぶん聞き流し気味だったので詳しくは覚えてねえな。

「つまりね」

ハルヒは偉《えら》そうに背を反らして、

「鶴屋さんが送ってきたこの文章は、これで終わりじゃないのよ。続きがあるわけ。まだ『最後のほう』に辿《たど》り着いてもいないんだわ。そろそろ新しいメールが届くはずよ。きっとその最後に問題が提示されるって仕掛《しか》けね」

なぜ、そんなタイムラグをわざわざ作るんだ？

「あたしたちを引っかけるための前振《まえふ》りなんじゃないの？　現にまんまとこうしてああだこうだやってるじゃない。あんまりしてやられた感じはしないけど」

すっきりと納得《なっとく》はできないな。あれが単なる目くらましのために送ってくるような文章か？　何かもやもやするんだが。

「そうですね」

古泉が加勢してきた。

「僕も同意見です。肝心《かんじん》の問題文がまだ先なのは確かでしょう。しかし、この第一の鶴屋文書がプレーンなテキストだと結論づけるのは時期尚早《しょうそう》ですね」

「かもね」

ハルヒは俺たちを試《ため》すような笑み。

「具体的に、どこがおかしいと思ったの？」

古泉も微笑《ほほえ》み返し、

「この際、『あたし』は鶴屋さんであると断定します。その『あたし』こと鶴屋さんと、謎《なぞ》のお嬢様《じょうさま》である『彼女』の行動が全体的に稚気《ちき》に富みすぎています。ごく端的《たんてき》に言って、行動が幼いんですよ」

「そうねえ。発見を遅《おく》らせるために、ホテルのベッドの下に二人で潜《もぐ》り込むのは、高校生の身長ではかなり難しいんじゃない？」

「他《ほか》にも、見物客が見下ろす中、パーティドレスで屋外テニスをするというのは、さすがの鶴屋さんでも躊躇《ちゅうちょ》するでしょう。相手である『彼女』が簡単に同意したというのも、時制が現在と考えると無理があります」

その『彼女』とやらはともかく、鶴屋さんなら過去も未来も格好も気にせずテニスでもバスケでもセパタクローでもやってくれる気がするが。そして肝心なところはどうやっても絶対見えないように立ち振《ふ》る舞《ま》うスキルをも有していそうだが。

「GPSトレーサーにしてもそうです。どうやら『彼女』の家柄《いえがら》も鶴屋家に匹敵《ひってき》するレベルの資産家なのでしょうが、いくら子供が心配でも衣服に仕込むのはやり過ぎでしょう。しかも無断でです。相手が高校生ならば、せめて了承《りょうしょう》を得るくらいはするのではないかと」

「それをしてなかったってことは」

ハルヒの合いの手に、古泉は、

「そのあたりで疑問が湧《わ》いてきました。本当にこれは、現在の鶴屋さんのエピソードだったんでしょうか？」

そこまで聞けば俺にでもタネが解《わか》るな。

古泉は悠然《ゆうぜん》と脚と腕《うで》を組み替《か》え、

「涼宮さんが直感したように、叙述トリックの仕掛けがあるというのは正しかったんです。ただそれは人物の入れ替えではなかった。錯誤《さくご》の対象とされたのは時制でした。現在の鶴屋さんによる最近の出来事ではなく、もっと昔、おそらく小学生あたりのエピソードを、あたかも最近、ちょうど今、出先の旅行地で起こったかのように書いて送ってきたわけです」

小学生ならベッドの下に隠れたあげく、そのまま眠《ねむ》り込んでしまっても、そんなに不自然ではないな。俺は自分の妹の姿を思い描《えが》く。残念ながらテニスとも社交界とも縁遠《えんどお》い生活を送っているせいで顔の解らない『彼女』のシルエットに当てはまることはないが、飼《か》い猫《ねこ》のシャミセンと一緒《いっしょ》に押し入れの中で寝《ね》ているところは一度ならず見かけた。なぜ俺の部屋の押し入れだったのかは謎だが。

「嘘《うそ》を書いていない」

Tが独り言のように、

「しかしながら手掛かりの明示もない。かと言って、それをもってフェアではないとも断言できない、ということなのか？　長門サン？」

問いかけるTの呼びかけに長門は反応せず、ただ細い指先がページをめくるのみだった。

ハルヒは頭の後ろで手を組んで椅子《いす》をリクライニングさせ、パソコンのディスプレイに

視線を据えながら、

「まあ、すぐに答え合わせできるでしょ。そろそろ次のメールが――」

『メ〜ルで〜す〜』

まるで部室内を透視《とうし》でもしていたかのようなタイミングだ。

気の抜《ぬ》けた朝比奈さんのデジタルボイスが、次なる鶴屋文書の到着《とうちゃく》を教えた。

ハルヒの音読によると、

「やあやあ。連続メール攻撃《こうげき》で申しわけない。さっきのメールにくっつけたあたしの旅先エピソードなんだけど、たぶんもうご存じの通りだ。実はあれ、今から七年くらい前のお話さ。ちょうど退屈《たいくつ》してたもんで、同じくらい退屈していた昔を思い出しては、その追憶《ついおく》に浸《ひた》っちゃってね、いい機会だとばかりに思い出話を書いてみた。そしてキミたちに送ってみた。せっかく書いても見せる相手がいないのは、ちいとばかし寂《さび》しさの周波数が高まったというわけで、簡単に言って誰《だれ》かに聞いて欲しかったんだね。それだけの話だよ。まあ、あたしの知る辺《べ》の中で一番ヒマな集団と言えばキミたちだし、ハルにゃんたちならそれなりに楽しんでくれる気がしたのさ。どうだったかな？」

古泉が正解だったか。

しかしSOS団きっての優男《やさおとこ》は的中をいたずらに誇《ほこ》ろうともせず、微苦笑《びくしょう》を浮《う》かべてハルヒの声に耳を傾《かたむ》けている。Tは腕組みをして部室の大気中に焦点《しょうてん》を合わせており、長門の視線は膝上《ひざうえ》の書物から上がらない。朝比奈さんは一人、

「え？　え？」

俺たちの表情を見回しながら、要領を得ていないご様子だ。

ふと鶴屋さんの七年前の姿を想像してみた。ちょうど俺の妹が現在小六だからそのあたりとして、七年前のミニチュア版の鶴屋さんをイメージしようとしたものの、なかなか頭の内部で若かりし彼女の姿が結像しない。なんとなく、今とあんまり変わってなさそうな気がする。

「昔話で終わったらそりゃ何じゃって思われそうだから、今度は去年の秋頃《ごろ》の旅情エピソードを送ってみるよ。前のメールに書いた彼女とはあれ以来、ちょくちょく顔を合わせる間柄になったのだった。今度も親父《おや》っさんに連れられて出てった先で出会ったんだけど、比較的《ひかくてき》ゆとりのある日程でのんびりすることができたんはよかったさ。たまたま温泉地だったんで、二人して風呂《ふろ》入りに行ったのところ。その時の話を、まあゆるゆると聞いておくれよし。そいじゃっ」

そこまでいったん口をつぐんだハルヒは、マウスをさっと操作し添付《てんぷ》ファイルを展開、モニタに文章ファイルを表示させると、

「今度こそ、ちょっとだけ面白い事件ってやつかしら」

と、呟《つぶや》いたのち軽く息を吸い込んだ。

鶴屋文書の朗読が再開される。

*

どこかの温泉の露天《ろてん》風呂だねえ。

あたしは天然の岩っころを背もたれにしてお湯に浸《つ》かっていた。

空を見上げるとどこまでも透《す》けて見えそうな晴天が広がっていて、こうして真っ昼間から入る風呂もたまにはいいものだ。

「晴れてよかったですね」

すぐ横で手足をお湯の中でゆらゆらさせていた彼女が言った。

そうだねえ、と答えながら、あたしは彼女の笑顔に視線で穴を開けようとする。

この彼女というのは、例の彼女だよ。前のお話で知り合って、それ以来、何度となく親

に連れられていく先で顔を合わせるうちに、より一層親密度がアップしたのさ。大抵《たいてい》、あたしたちは親父っさんのオマケみたいなもので、オマケ同士で仲良く遊んでいることが多かったからね。

何か遊び道具やプレイスポットがあれば、退屈を紛《まぎ》らわせることもできたけど、時にはパーティ会場と宿泊施設《しゅくはくしせつ》以外なんもないという、子連れで行くにはあるまじきところもあってね。

そんなとき、あたしと彼女が熱心にやったのが、リアル隠《かく》れんぼだ。

ルールは簡単、大人たちから如何《いか》にして姿をくらますか、それだけのゲームだよ。まず、お互《たが》いの身体《からだ》のどこかにひっついているGPSトレーサーを見つけ出すところからがスタートだ。そんなもん付いたままなら隠れんぼにならないからね。

まあ、前回書いたとおり、あたしには仕掛けられていない確率が高かったけど、フェイントで仕込まれている可能性もあるし一応調べたよ。それより彼女のほうは、これがもう百パーの確率で極小《ごくしょう》発信機が付いてた。ある意味感心したよ。それも日に日に進歩していく技術革新をこの目で見ることができたので、ちょっと感動したくらいだ。科学の発展には、親が子供を心配する気持ちが大いに役立っていたんだね、きっと。

それくらい、トレーサーは見つける度《たび》に小型化していったよ。

一番見つけづらかったのは、彼女の履《は》いている靴《くつ》の中に入っていたヤツだね。オーダーメイドの靴を組み立てる工程で、あらかじめ米粒《こめつぶ》みたいな機械が埋《う》め込まれていたのさ。バラバラに分解しないと発見すらできないレベルだよ。何もそこまでって感じだよね。

ほんと、どこに行っても見つかるんで、不思議に思ったあたしたちは、最終的に真《ま》っ裸《ぱだか》に靴だけという格好でウロウロしてみてたら、速攻《そっこう》で彼女のお付きの人が飛んできた。それで、ああこれは靴だなと解ったんだ。

場所の特定さえできれば対処も簡単。靴を電子レンジでチンするだけさ。この手の電子機器は電磁パルスに弱いからね。履き替えられそうな靴がないときなんかには使える手だよ。ただーし！　お茶の間のよい子のみんなは真似《まね》しないように！　キミたちの靴に発信機が入ってることなんかないからさ。

そんなわけで、それ以降、靴の内部に仕掛《しか》けられることはなくなった。発信機の破壊《はかい》より、靴だけの格好で歩き回るのがNGだったんじゃあないかなぁって今なら思うかな。若気の至りってことで許して欲しいね。

ただし、それでも居場所の追跡《ついせき》をあきらめてくれることはなかったんだ。手を替え品を替え形を変え。あたしたちは発信機業界の進化の過程を目《ま》の当たりにし続けた。そして見つける度に素直《すなお》に感心していた。

ちなみに、発見した発信機を見ず知らずの人に押しつけるパターンは何度も繰《く》り返して使ったから、その作戦はとっくに通用しなくなっていた。どこかあらぬ方向に移動する信号を受けとっても、はなから無視されて効果なしだよ。

だもんで、あるとき、あたしたちは逆手に取ることにした。付けられたGPSトレーサーをそのまま外さず、堂々と外に出てったんだ。題して盗《ぬす》まれた手紙作戦第二弾《だいにだん》！

親父っさんたちはまたいつものアレかと思って、シグナルの位置情報を無視して近場を捜《さが》していたわけさ。

その頃、あたしたちは適当な車をヒッチハイクして、親とか家とかの束縛《そくばく》をぶっちぎり、晴れて自由を叫《さけ》ぶことができたのだ。もちろん超《ちょう》高級トレーサーは車から降りる際に親切なカードライバーにお礼と共に進呈《しんてい》してきたよ。

その何時間か後、見知らぬ街で思う存分買い食いをしているところを、彼女のお付きの人たちとか、あたしの親父っさんの秘書みたいな人とか、なんか大勢に囲まれて捕縛《ほばく》されちった。聞いたらヘリコプターまで飛ばして車を追っかけたらしくてね。さすがに遠出をしすぎたかと、あたしたちは反省の色を見せるだけは見せたということだった。

何が言いたいのかというと、自由は苦労してつかみ取るものだ、なんてところかな。うん、ちょっと格好いいことを言った気がするね。

「本当に、そうですね」

彼女が物憂《ものう》げにつぶやいた。お湯でおでこに張り付いた前髪《まえがみ》をかき上げる仕草がキマってるね。

「鶴屋さんが羨《うらや》ましい。いつも自由そうで」

そりゃもう人生のフリータイムを大いに楽しんでいるよ。したっけ、見かけほどフリーダムってわけではないんだよ。こうやって、温泉に入っているのも家の仕事の延長線上だからね。でも、家のしがらみみたいな、こういうのがないとキミにも会えなかっただろうから、そこは人間万事禍福《ばんじかふく》はあざなえる塞翁《さいおう》が馬《うま》の縄《なわ》さ。

「ええ、鶴屋さんと知り合えたのは幸甚《こうじん》でした。それまでは、父のお供はただ退屈なだけでしたから。毎回でないにせよ、こうして鶴屋さんとお会いできて、わたしはとてもありがたく思っています」

こっちこそだよ。いつも大人相手の隠れんぼに付きあってくれてありがとうだ。

「いいえ。鶴屋さんが話してくださる様々なことをいつも楽しみにしています。鶴屋さんの学校生活は楽しそうですね」

学校はまああってとこだね。けんども、そこにいる学生は面白《おもしろ》いのが目白に押すくらいいるねぇ。まるで狙《ねら》って集まって来たみたいにね。

「鶴屋さんは、どこかの部活動に所属しているのではないのですね」

うん、どうやらあたしは、何らかの集団に属するということが苦手みたいだ。一人でトコトコ、目的を持たずに歩いているのが好きなのさ。そのほうがフットワークも軽くなるし、あっちこっちに首を突《つ》っ込んでは面白いところをついばんでいられる。無所属なればこその声の掛けやすさってのもあるみたいで、なかなか愉快《ゆかい》な目に遭《あ》ってるよ。

「はあ」

これは溜息《ためいき》だね。彼女はびっくりするくらい長い睫毛《まつげ》を伏《ふ》せ、

「鶴屋さんは自由意志でそうなさっているのでしょう？　わたしには部活動を選ぶ自由もありませんでした」

何部だっけ？

「古典詩の朗読サークルです」

李白《りはく》とか、一休宗純《いっきゅうそうじゅん》とかかい。

「いえ、ゲーテやボードレールなどです。たまにブロンテ」

洋物のポエム朗読が好きなわけではないんだね。

「ええ。父の強制です。従う義務はないのですが、父が多額の寄付金を使用して理事長と学校長に働きかけ、わたしをそこに押し込んでしまいました」

父上は詩が好きなのかい？

「読んでいるところを見たことがありません。おそらく、最も害のなさそうな部活を選んだのでしょう。部員はわたしを含《ふく》めて女子数人のみです。ですから、せめてもの抵抗《ていこう》に、」

と、ここで彼女は淡《あわ》い微笑《びしょう》を浮《う》かべ、

「わたしはそのサークルを『死せる詩人の会』と呼んでいます」

何かのジョークだと思うんだけど、元ネタが解《わか》らないや。

でも、と、あたしは言った。

父君のことが嫌《きら》いなわけではないんだね。

「はい」

てらいもなく即答《そくとう》できるのが凄《すご》いね。

「とても厳しいですが、それ以上に優《やさ》しい人です。感謝することはあっても、嫌うことはありません」

さんざん彼女を連れて逃《に》げることしばしばなあたしを、あえて遠ざけようともしないし、そうするように親父っさんに言うこともしていない。その包容力には畏敬《いけい》の意を表したい。なんだかんだと笑って許してくれるしね。実際、あたしにとっても好ましいおっちゃんだよ。

「ですが――、部活くらいは、と思っていたのですが」

彼女は憂《うれ》い顔でも様になるね。

「わたしの通う高校はお堅《かた》い校風で知られています。あまり自由闊達《かったつ》な部活動が許されていないのです」

それはつまんないなあ。でも、あたしが知っている後輩《こうはい》の女の子と男の子の二人なら、たとえどんな校則でがんじがらめな学校でも、妙《みょう》ちきりんで年がら年中カラ騒《さわ》ぎに見えて実はカラ騒ぎではない大騒ぎをしているようなオリジナルサークルを作ってしまうだろうね。そして誰彼《だれかれ》ともなくサイクロンみたいに巻き込んであちこちひっくり返していることだろうね。ねえ？　お二人さん。

「その方々のお話もまた聞かせてください。仄聞《そくぶん》したところ、さぞ素敵な人たちなんでしょうね」

ちょうどここに来るちょっと前に学園祭をやっててね。そこでもなんか色々やらかしていたよ。あたしもちょっぴり、いっちょ噛《か》ませて貰《もら》ったけど、いやあ自分にこれだけ感情の種類があったのかと驚《おどろ》くやら笑えるやらだったよ。

「ふふっ」

彼女は人差し指の第二関節を唇《くちびる》に当て、ぐっと来る微笑《ほほえ》み。

「やっぱり、とても楽しそうな学校で羨ましいわ」

うーん。彼らはともかく、あたしも学校も、そんな言うほど羨望《せんぼう》の眼差《まなざ》しに足る代物ではないけどね。隣《となり》の芝生《しばふ》はみな古色蒼然《こしょくそうぜん》たる面持ちだよ。

ただ、彼女が自由という状態ステータスに飽《あ》くなき恋心《こいごころ》を抱《いだ》いているのは知ってるっさ。長い付き合いだからね。

不躾《ぶしつけ》に、あたしは彼女の右隣へ目を向けた。あたしと反対側、彼女を挟《はさ》んだ向こう側にいるその人物は、努めて無表情を作りながら、半身を湯に浸《ひた》している。

かれこれ数年もの付き合いで、あたしにもすっかりおなじみになった、彼女のお付きの人が、油断ならぬ気配と共に影《かげ》のように付き従っているのだった。

温泉の露天風呂《ろてんぶろ》の中にまで付いてくることないのにねえ。

ここまでされちゃあ、そりゃ、自由の実感には程《ほど》遠いってものだよ。

逃亡癖《とうぼうへき》のあるあたしたち二人への対策って言われたら、ニヤッと笑っちゃうしかないんだけどもね。

「お嬢様《じょうさま》」

今まで無言の観客でいてくれた付き人さんが声を発した。

「温水との戯《たわむ》れは充分堪能《じゅうぶんたんのう》したかと存じます。御身《おんみ》がふやけきる前に、そろそろお出になることをお考えください」

「解ったわ」

彼女は顎《あご》まで湯に浸《つ》けた。

「考えておきます。それでいい？　それとお嬢様というのはやめていただきたいわ。特に人前では。恥《は》ずかしいんですもの」

「お嬢様」

付き人さんはくじけない。

「当温泉の泉質が誇《ほこ》る美肌《びはだ》効果とやらは、とうの昔にお嬢様方の御身に十全たる効能を与《あた》えているであろうこと、疑いを得ません。不肖《ふしょう》、わたしの目からも清らかなるお二方のお身体《からだ》が神々《こうごう》しいまでの目映《まばゆ》き光に包まれているごとく映っております」

「そうですか」

「これ以上の美を求めるは、天界に住まう女神《めがみ》たちの嫉妬《しっと》心をいたずらに煽《あお》ることと相成りましょう。ここがかの古代ギリシャの地ならば、気分を損《そこ》ねたオリンポスの女神による災《わざわ》いが降りかかること必定でございます」

早く風呂から上がれ、ということをとっても回りくどく言っているだけなんだけど、あたしはこういう言い回し、けっこう好きだよ。

「ここはギリシャではないし、今は神代《かみよ》でもありません」

彼女はつっけんどんに言うのだった。

「温泉から出る時間の決定権すら、わたしにはないのかしら？」

「お嬢様……」

やれやれと首を振《ふ》り、付き人さんはあたしに流し目を送ってきた。

今までも何度かあったサインだね。彼女が突発的《とっぱつ》に意固地になったとき、あたしに助力を求めたいのだがどうか的なお願いの合図だ。特に打ち合わせたことはないんだけど、いつの間にか出来上がった一方向へのSOS信号だね。彼女はとりわけ、あたしといるときにこうなりやすいらしいという傾向《けいこう》があるとかないとか。あたしは触媒《しょくばい》か。そうなのかなあ、ならまあ、ちょっとは責任感を発揮して見せてもいいかなぁと思うんだよ。触媒として。上手に乗せられている感がないでもないけどね。

でも、確かに相当の長湯をしていることは間違《まちが》いないんだよ。スケジュール的にはまだ余裕《よゆう》があるはずだけど、ずっとお湯の中にいるわけにもいかないのだ。

ふと思いついたんだけど、人類は進化の過程で一時期水棲《すいせい》生物化してラッコみたいにプカプカ浮いていたって説があるよね。あたしはあれ嘘《うそ》だと思うよ。

「……鶴屋さんがそう言うのなら」

なぜか通じたよ。

不承不承という風に呟《つぶや》いた割には、彼女は思い切りよく立ち上がった。

「行きましょう」

思わず見とれちゃうほど、綺麗《きれい》な流線形のボディラインなのだ。

揺《ゆ》れる小波が押し寄せてくる前に、あたしと付き人さんも彼女に追随《ついずい》する。

すたすたと脱《だつ》衣《い》所に向かう彼女の背中を追いながら、付き人さんは小さくあたしに会《え》釈《しゃく》した。

ちなみに付き人さんのプロポーションも、これがもう、ものげっつくてね。並んで歩いているあたしなんか、まるでモヤシかつくしんぼにしか見えないんじゃないかな。

あたしは小さく手を振って、ペタペタと鳴る裸足《はだし》歩きの音に耳をすました。

風呂上がりに秋風は身に染《し》みるね。早いとこ服を着ないとあっという間に冷えそうだ。

あたしは足を速め、彼女と肩《かた》を並べた。

付き人さんが控《ひか》えめに後ろをついてくる――、と思ってたら建物に着くなり、あたしたちを追い越《こ》すように素早く脱衣所に飛び込んでいった。たぶん、あたしたちに先んじて身《み》支《じ》度《たく》を調《ととの》えたいんだろうね。

あたしと彼女は顔を見合わせ、互《たが》いの顔に浮かぶ笑みの色彩《しきさい》を確認《かくにん》しながら、脱衣所に足を踏《ふ》み入れたのだった。

それからしばらくのことはただの風呂上がりルーチンワークだから手早く書くよ。

タオルで身体を拭《ふ》いて温風で髪《かみ》を乾《かわ》かし、元通りに服を着てよく冷えたミックスフルーツジュースをぐいぐい飲んでから外に出ると、お付きの人は動きやすさ優先なんだろうね、比較的《ひかくてき》カジュアルな格好で、すでにあたしたちを待っていた。

まるで、あたしたちより遅《おく》れて出るとそのまま逃げられてしまうことを恐《おそ》れているような気配がヒシヒシだ。あたしたち二人は前科者ゆえ、その懸念《けねん》も致《いた》し方なしだね。

そっから三人で温泉施設《しせつ》の外に出る。ここまで乗って来たハイヤーが待っていた。あたしたちが泊《と》まってるホテルが手配してくれたやつさ。ドライバーが手ずからドアを開けてくれるエスコートぶりにも彼女は慣れっこみたいで、実に優雅《ゆうが》な無駄《むだ》のない動作で革《かわ》張りのシートに収まるのだった。

あたしと彼女が後部座席、付き人さんが助手席に落ち着くのを確認し、運転手氏はすべるように車を発進させる。しばらくは道なりの田舎《いなか》道が続くよ。

お付きの人はちらちらと腕時計《うでどけい》を確認してドライバーにプレッシャーをかける振りをしてる。法定速度を遵守《じゅんしゅ》している車がちょっと加速をしようかってところで、

「夜の懇親《こんしん》会にはまだ時間の余裕があるはずです」

彼女が口を挟んだ。

「この地方の風景をもう少し楽しんでいたいわ」

アクセルペダルを踏みしめる足から力が抜《ぬ》ける感覚。見なくても解った。

「お嬢様」

清流のような涼《すず》しい声は付き人さんだ。

「ただでさえ予定外の行動なのです。思いもよらぬアクシデントが起こるのではないか、その可能性を考えるたび、わたしの胸は安らぎから最も遠い場所へと誘《いざな》われ暗い森の中へ彷徨《さまよ》い込むことになるのです。綿密なるスケジュールから逸脱《いつだつ》するような行為《こうい》はお慎《つつし》みください、と事前にあれほど念押ししたではないですか」

「これくらいはいいでしょう？　せっかく温泉地の近くに来たのですから。羽は伸《の》ばせずとも、少々足を延ばしても」

「お嬢様。これを近くと仰《おお》せですか？　お嬢様方が宿泊《しゆくはく》なさっているホテルから、馬車でなら半日はかかる距離《きより》ですよ？　今が産業革命後の世であることを内燃機関の発明者に感謝なさいませ」

「現代のこの場で馬車を例に持ち出す必要を認めません。ですが、どなたに感謝を？」

「ルノアールかニコラス・オットーあたりでよいでしょう」

「その方々に尽《つ》きせぬ感謝を捧《ささ》げます。これでいい？」

「充分《じゅうぶん》でございましょう」

まあ、こんなやり取りをしているけど、実のところ、彼女と付き人さんはとても仲がいいんだよ。単なる主人と使用人の間柄《あいだがら》というドライなものではないのは確かだね。あたしがそう言うと彼女は渋《しぶ》い顔をするけど、親密であるのは認めてるのさ。今回も丁寧《ていねい》な小言を言いながら手際《てぎわ》よく温泉の手配をしてくれたしね。

それからどれくらい走ったかな？　窓の外を流れていた木々や山なんかが不意に途切《とぎ》れ、車は町中に差し掛《か》かった。町というより村のほうが近いような、そんな自然に囲まれた町だよ。

途端《とたん》、運転手さんが速度をうんとゆっくりめにしたので、何かなと思ったんだ。後部座席から首を伸ばしてフロントガラス越《ご》しの光景を目《ま》の当たりにする。

「何かしら？」

彼女もあたしと同じ姿勢だった。

道路に人混《ひとご》みができてた。よっく見ると、全員、妙な格好をして歩いている集団がいた。まるで仮装行列だね。

「時季外れのハロウィンではなさそうね。何かのお祭り？」

彼女は興味深そうに周囲を見やると、

「運転手さん、止めてくださらない？」

すかさず「お嬢様」と鋭《するど》い声が飛ぶ。

でも。

「わたしの時計によると、まだ二時間かそこらの猶予《ゆうよ》はあるはずよ。このままホテルに戻《もど》ってもパーティまでの待ち時間に居眠《いねむ》りをしてしまいそう。あなたはわたしに寝起《ねお》きの顔と頭でお父様のお友達の方々に挨拶《あいさつ》しろと言うのですか？」

うちの親父《おや》っさんならそんなこと気にしないけどねっ。

「少しだけですよ」

渋々《しぶしぶ》ながら割と簡単に折れてくれるあたり、二人の関係性がうかがい知れるというものだよ。

運転手さんが路肩《ろかた》に適当なスペースを見つけて車を寄せ、あたしと彼女は後部座席の左右からそれぞれ大地に降り立った。

外に出ると、どこかで軽《かろ》やかな音楽が鳴っていて、その素朴《そぼく》で陽気なメロディはたちまちあたしのお気に入りの旋律《せんりつ》になる。音の感じからいって生演奏だね。加えて、大勢の歓《かん》声《せい》も耳に届いた。

あたしと彼女は仮装行列の後を追って歩き出し、当然、付き人さんも付いてくる。

それにしても仮装のコンセプトがよく解《わか》らない一団だね。

魔女《まじょ》っぽいケープとコーンハットを被《かぶ》っているチビッコたちがいたからサバトなのかと思ったら、昔のヨーロッパの田舎娘《むすめ》みたいな格好の娘さんたちもいる。

屈強《くっきょう》な男の人たちが背負っているのは木の皮で編んだような大きなカゴで、中に果物のようなものが一杯《いっぱい》に詰《つ》まっていた。

魔女っ子たちは手にした棒きれを、そのカゴに向かって、てんで自由に振りかざし、何やら呪文《じゅもん》みたいなものを唱えてる。カボチャ頭は見当たらなかったから、やっぱり予定の狂《くる》ったハロウィンじゃあないみたいだね。

集団に交じって歩いているうち、音楽と歓声はますます大きくなり、すぐに何の祭りだったか、解ったよ。

到着《とうちゃく》したのは町の広場みたいなところで、即席《そくせき》のアーチみたいなのがあたしたちを出《で》迎《むか》えた。仮装行列は音楽に合わせてステップを踏みながら、アーチをくぐっていった。

そのアーチに、木の板で作った看板が打ち付けてあって、そこには、

『秋祭り恒例《こうれい》、葡萄踏《ぶどうふ》み娘ペア・コンテスト開催中《かいさいちゅう》！　飛び入り参加大歓迎《だいかんげい》！』

って書いてあった。

大勢の町人……いやもう村人でいいや。が、笑顔《えがお》と喝采《かっさい》と楽器の生演奏で行列の到着を祝った。

広場の中央にはでっかいタライのような容器があって、男の人たちが担《かつ》いできたカゴの中身をぶちまけている。当然、それは丸々と実った葡萄だったよ。どうやら魔女たちの呪文は葡萄が美味《おい》しくなるためのおまじないだったみたいだ。

一際《ひときわ》大きな歓声が沸《わ》いた。

田舎娘コスの女子が二人、裸足でタライに足を踏み入れ、音楽に合わせて踊《おど》るように、というか確実に踊りながら、葡萄を踏みつぶし始めた。

なるほど、聞いたことがあるよ。こうして葡萄を潰《つぶ》してできた果汁《かじゅう》をワインにするんだね。と言っても葡萄踏みはパフォーマンスで、実際は正規の方法で葡萄を粉砕《ふんさい》するんだろうけど。だよね？

このわざとらしいまでにエキゾチックぶりを強調したイベントが町興しの一環《いっかん》で意図的に奇祭《きさい》ぶりを装《よそお》っているのか、それとも普通《ふつう》に以前からやってる行事なのか、ちょっと見ただけでは……うーん、どっちに見えるだろ。あたしの感覚では引き分けだね。

ともかく、あたしたちは、この地方の収穫《しゅうかく》祭的な行事に出くわしたようだった。

彼女はしげしげと眺《なが》めていた。葡萄を踏む素足《すあし》と、飛び散る飛沫《しぶき》が特に彼女の好奇心をぐいぐい引きつけたのが解ったよ。

「よもやとは思いますが……」

付き人さんの声色《こわいろ》は呆《あき》れを通り越して呆然《ぼうぜん》としたイントネーションだった。

「この、いささかどころではなく行儀《ぎょうぎ》の悪い催《もよお》しに参加しようと、おっしゃるのではないでしょうね」

「鶴屋さん」

いいよ。

「では、わたしたちも参加しましょう」

ほいっさ。

そうと決まれば行動は早いもの勝ちに限るね。力尽《ちからず》くで止められる前に、あたしと彼女は広場の片隅《かたすみ》に設《しつら》えられていた受付所へとリスみたいにささっと移動し、彼女が参加したい旨《むね》を伝え、受付のおばちゃんは満面の笑みで台帳のようなものを差し出し、どうやら名前を書くだけで参加条件は満たされるらしく。

きちんと本名を記したあたしと彼女が次に向かうのは、おばちゃんが指差した公民館みたいな平屋の建物だ。

あたしたちのすぐ後ろで、追いついてきた付き人さんが何か呟《つぶや》きながら歩いてる。過去と現在の若い女性の風紀の乱れについて哲学《てつがく》的な論考を思い巡《めぐ》らせているようだった。どんな結論が出たのかは後で聞いておくことにするよ。

彼女が扉《とびら》をノックする。

返答ののち、開いた扉の中へあたしたちは身体《からだ》を滑《すべ》り込ませる。

公民館の中は臨時の物置と更衣《こうい》室を兼《か》ねているような、と言えば雑然とした感じが解るかな。

何人かの女性がいて、それぞれ着替《きが》えたりおしゃべりに興じたりしていた。

ハンガーラックに外で見た葡萄踏みコンビと同じ衣装《いしょう》がいくつもぶら下がっていて、その脇《わき》にいた衣装係らしきおばちゃんが、あたしと彼女を値踏《ねぶ》みするような目つきで眺める時間は三十秒くらいだったかな。

手渡《てわた》された衣装に、その場で着替えるように言われたのでそうすると、ちょいとビックリ、サイズがぴったりだったよ。

自慢《じまん》げにうなずくおばちゃんとハイタッチしてから、あたしはさっくりと着替え終えた彼女の姿をまじまじと眺めた。どこにも鏡がなかったので自分の代わりに彼女を見ることでどんなものか確かめたかったのだ。

「どうです？　どこか、おかしなところはありませんか？」

「まるで印象派の絵画から抜け出してきたようですよ、お嬢様《じようさま》」

どっから見ても見事なまでに中世ヨーロッパふう田舎娘のコスプレをした淑女《しゆくじよ》にしか見えないよ。全然違和感《いわかん》がないね。

彼女はスカーフで髪《かみ》をまとめながら、唇《くちびる》の片方だけで笑う表情を作った。器用だね。

「あなたもとてもお似合いです。鶴屋さん」

チロリアンダンスとかがマッチしそうな衣装でさ、みくるにも着せてみたいって思ったのを覚えているよ。彼女と二人で並んだらあたしよりしっくりしていたはずさ、きっと。

衣装係のおばちゃんによると、名前を呼ばれるまでここで待機でいいらしい。

折良く、外でハンドマイクがひび割れたような大声で一組の名前を叫《さけ》んだ。

あたしたちより前にいた娘さん二人が、笑いさざめきながら、そしてちょっと照れた顔付きで扉に向かう。

様子をうかがいたくて、あたしも戸口まで二人についていった。

戸口から葡萄入りの巨大《きよだい》タライまでは赤絨毯《じゆうたん》が元素転換《てんかん》した成れの果てのような敷物《しきもの》が敷《し》かれていて、そこを裸足《はだし》で歩いて行く。葡萄踏みタライに入る前には、水の入った桶《おけ》で膝《ひざ》から下を入念に洗う。これで準備オッケーだ。

再び、二人の名が読み上げられ、歓声が上がり、音楽が始まり、葡萄踏みも始まった。

葡萄とタライはペアが入れ替《か》わると、中身もろとも新しいのが用意されるみたいだ。

やったね、新鮮《しんせん》な葡萄が踏《ふ》み潰し放題だよ。

あたしたちの番が巡ってきたのは次の次だった。

彼女とあたしの名前ががなり立てられるように呼ばれ、あたしたちは作るまでもなく自然とこぼれる笑みとともに、腕《うで》を組むようにして外に出た。

裸足で野外を歩くのはなぜか楽しい。麻《あさ》っぽい敷物の感触《かんしょく》も気持ちいいね。

あたしと彼女は片手を挙げて歓呼《かんこ》とかに応《こた》えながら、見物人たちの取り巻くタライへ向かうのだった。

作法に従って脚《あし》を清めると、あたしと彼女はタライの中に降臨した。足の裏で新鮮な葡萄がひしゃげていく。生まれて初めて味わう感覚に、ちょっくら感動。

生演奏楽団が底抜《そこぬ》けに明るくて勇ましいＢＧＭを奏《かな》で始めた。アップテンポの曲に合わせ、あたしの脚が独りでに動き出す。スカートを摘《つ》まんで裾《すそ》をたくし上げ、見よう見まねのアドリブで、葡萄を踏みつつダンシング・イン・ザ・タライ。

あたしに釣《つ》られるように、彼女の身体も弾《はず》むように動いた。スカートを摘まむ仕草も上品に、軽《かろ》やかなステップは果てしなく優雅《ゆうが》で、晴れやかな表情で、それでいて力強く葡萄の実を踏みしめる。日頃《ひごろ》の鬱憤《うつぷん》を叩《たた》きつけるように、ぶちぶちと踏み潰す。

果汁が飛び散り、彼女とあたしの素足はたちまち紫色《むらさきいろ》に染められた。

その様子を、いつの間にか最前列で見守る付き人さんが卒倒《そっとう》しそうな顔で眺めていた。

「まあ、お嬢様。まことにまことに、はしたのうございますわ」

「こんなところで、お嬢様はやめて」

「そのようなお姿をお父上が御覧《ごらん》になれば、いったい何とおっしゃいますやら」

「黙《だま》っててくださらない？」

彼女のくすくす笑いは、すぐに肩《かた》を揺《ゆ》らすほどに高まった。

愉快《ゆかい》げに笑いながら、彼女は演奏の調べに乗り、葡萄の木の精霊《せいれい》のように舞《ま》っていた。

そして葡萄を踏んづけていた。とても楽しそうに。

その動きにあたしも合わせる。

小綺麗《こぎれい》な格好してホールで踊るような堅苦《かたくる》しさがここにはなかった。

純粋《じゅんすい》にプリミティブな、人間生活に根ざしているような、季節の恵《めぐみ》と自然への畏敬《いけい》を同梱《どうこん》した二人だけの舞踏《ぶとう》会。シャーマニズムの一端《いったん》が垣間《かいま》見《み》えた気がする。

なぁんて感じのナレーションを付けてみたら雰囲気《ふんいき》出るかもね。

あっという間の時間だったよ。

ダンスタイムは曲のイントロから終わるまで。三分くらいはあったと思うんだけど、気がついたら余韻《よいん》だけを残して演奏は終わってた。

あたしも彼女も軽く息が切れていた。ああ、実にいい運動をしたねえ。

あたしは彼女の脚を見て、彼女はあたしの脚を見て、お互《たが》い指差して笑い合った。

それから、拍手《はくしゅ》と歓声の中、タライから出ると桶の冷水で足を洗って、公民館へと戻ったのだった。

影《かげ》のように付き従う付き人さんが、しきりと腕時計をついたり天を仰《あお》いで嘆《なげ》きの言葉を呟いたりしている。豊穣《ほうじょう》の女神《めがみ》のジェラシーを心配しているのかもしれないね。それくらい、葡萄踏み音頭《おんど》に熱中する彼女は魅力《みりょく》的に見えたよ。

付き人さんの独り言を背中で聞き流しながら、公民館の戸口からスルッと入り込んだ。

衣装係のおばちゃんに尋《たず》ねたところ、すべての参加者が葡萄踏みダンスを披露《ひろう》した後、審査《しんさ》員による結果発表があるそうだ。

まだ何組か残っているから、早くて一時間後になりそうだとのことであったよ。

ミス葡萄踏み娘に選ばれると、豪華《ごうか》賞品と金一封《きんいっぷう》がいただけるらしい。どうする？

「コンテストの審査は辞退します」

彼女は民族衣装を脱《ぬ》ぎながら言った。

「事情があって、少々先を急ぎますので。ごめんなさい。でも、とても楽しかった」

おばちゃんに頭を下げ、振《ふ》り向く。

「機会があれば、また参加してみたいわ。来年のスケジュールはどうなっています？」

「一年もあれば、いかなる予定の調整でも可能でしょう。しかし、今回のことがお父上の耳目《じもく》に触《ふ》れたりしたらどうなりますやら」

「父は鶴屋さんをとても気に入っているから、鶴屋さんと一緒《いっしょ》におこなう大抵《たいてい》のことは許してくれるでしょう」

それは光栄だね。小さい頃《ころ》から今までけっこうなイタズラ騒《さわ》ぎを起こしてきたのに、問題児扱《あつか》いされてないのは、彼女の親父《おやじ》さんの懐《ふところ》が深いのか、あたしたちのイタズラレベルがまだまだ甘っちょろいのか。たぶん両方だろうねえ。かと言って、罪のない悪ふざけをして遊ぶには、そろそろどうかなあという年頃になってきてるあたしたちだ。

何かワンランク上のトリッキーなお遊びスキルを身につける必要があるかもね。なぜ必要なのかと聞かれると困るけど。

いや、違《ちが》うね。やっぱり困らない。そっちのほうが面白《おもしろ》い。それだけで充分《じゅうぶん》だよね。

皆《みな》の衆なら解《わか》ってくれると思うんだけど、どうじゃろか？

着替えを終えたあたしと彼女は、葡萄《ぶどう》踏《ふ》み娘《むすめ》の衣装をおばちゃんに返して、身支度《みじたく》を調《ととの》えた。

それにしても今日はよく着替える日だね。夜の懇親会《こんしん》だかパーティだかに参加するとなると、また違う衣装で身体を飾《かざ》ることになる。その服はさっきの民族衣装より着心地《きごこち》がよくないだろうね。間違いなく。

喧噪《けんそう》が高まった。次の挑戦者《ちょうせん》がタライに入場したようだ。楽曲がかき鳴らされて建物の中まで響《ひび》いてくる。

表から出ると葡萄踏みに熱中する出場者たちの気を散らせてしまうかもだ。タライの中で葡萄を踏みしめつつダンスするなんて、滅多《めった》にできない経験だからね。できるだけ邪魔《じゃま》をしたくないのさ。あまり人目を引きたくもないしね。

なもんで、あたしたちは裏口からひっそり出ることにしたよ。

華《はな》やかな広場と違って、木の生《お》い茂《しげ》る裏道を歩き、広場を迂回《うかい》するように回って車道に出た。

待っていたハイヤーを探すのにちょっと苦労して、でもすぐ見つけて近寄ると、運転手さんはシートをリクライニングして居眠《いねむ》りしていた。窓をノックして起きてもらって、あたしたちは車に乗り込んだ。

走り出したハイヤーの後部座席で、彼女は身をよじって背後を見つめ、名残惜《なごりお》しそうに奇妙《きみょう》な祭りの余韻を嚙《か》みしめる様子であったけど、シートに座り直して目があたしと合ったとき、ウィンクして微笑《ほほえ》んだ。

「この上、まだどこか立ち寄りたい場所があったりはしませんか？　お嬢様？」

付き人さんがこの状況《じょうきょう》で言ったら皮肉に聞こえるセリフだね。

「いいえ」

彼女はかぶりを振った。

「この後は予定通りで」

「では、そのようにいたしましょう」

行き先が解っている運転手さんは静かにハンドルを握《にぎ》っている。

そしてしばらく走った後、あたしたちは目的地の駅に着いた。

券売機で人数分の切符《きっぷ》を買ってホームへ向かい、やって来た列車に乗るまでどれだけ待ったんだったかなあ。

やがて指定席に落ち着いて窓の外の風景が流れ始めると、やっと一息つけた気がしたよ。

隣《となり》の席で彼女が言った。

「温泉と葡萄踏み、逆だったら丁度よかったですね」

それもそうだけど、きっとあの村のレトロなコスプレ大会みたいなお祭りは神事でもあったと思うんだ。葡萄を踏む前に温泉で身を清めたと考えると全然無駄《むだ》じゃあないよ。むしろ良かったんじゃないかな。湯上がりの肌《はだ》の乙女《おとめ》の足裏が造ったお酒を捧《ささ》げられたらディオニュソスも喜ぶと思うよ。

「ここはギリシャではありませんが、でも、だといいですね」

温泉の露天風呂《ろてんぶろ》と地域色豊かな葡萄収穫《しゅうかく》祭。

つつましやかな思い出が刻まれた土地が遠くなっていく。

列車が加速する。

あたしたちを遥《はる》か彼方《かなた》にある街に運ぶために。

＊

ハルヒが長い独演会を終えると、部室内に静寂《せいじゃく》が舞《ま》い戻《もど》った。

グラウンドではサッカー部と野球部と陸上部が幅《はば》をきかせている中、端《はし》に追いやられているハンドボール部がやけくそのような声出しをしており、部室棟《とう》にほど近い体育館ではバスケ部とバレー部の二大騒音《そうおん》源のおかげで卓球《たっきゅう》部の気配が感じられず、吹奏楽《すいそうがく》部は相変わらずどこからともなく下手なラッパの不協和音を黙示録《もくしろく》の天使たちのように吹き鳴《な》らしていて、そんな校内環境《かんきょう》ＢＧＭを脳内でマスキングしながら、

「それで?」

俺のデジャブめいた問いに、ハルヒは、

「それでも何も、それだけよ。これで終わり」

前例を重視したかのようなセリフで答え、

「これが問題編なのだとしたら、ずいぶん何もない話ね。でも……うーん」

珍《めずら》しいことに思慮《しりよ》深げな表情を作ると顎《あご》に手を当てた。

「何か途方《とほう》もない違和感《いわかん》を覚えるわ。読みながら思ってたんだけど、何だか鶴屋さんにしてやられた感じがビリビリするのよ」

鶴屋さんの文章にはハルヒの直感を狂《くる》わせるほどの魔力《まりよく》が込《こ》められているのか。試《ため》しにカラス除《よ》けの呪符《じゆふ》でも書いてもらってゴミ捨て場に貼《は》っておくと効くかもしれん。

室内を見回すと、長門は聞いていたのかいないのか膝《ひざ》の上のペーパーバックに目を落としたままで、Tは脚《あし》を組んで首を傾《かたむ》け前髪《まえがみ》のヘアピンを無意識のように弄《いじ》っている。

朝比奈さんは、やはり、

「えっ? えっ?」

と、俺たちの表情をうかがうように頭を左右に振っていた。

古泉はしばらく思案げな顔をしていたが、指を弾《はじ》かんばかりにカットインし、

「なるほど、そういう系ですか」

どういう系だ。

「だんだん解ってきました。一見、何の不思議もなさそうな話の中に、実は隠《かく》されている謎《なぞ》があるので、それを指摘《してき》せよという系、趣向《しゅこう》なのでしょう」

では、鶴屋さんの最初のメール本文にあった『ちょっとだけ面白い事件』というのは、今回の話にもないのか？

「おそらくは。どういう意図があるのかは解りませんが、鶴屋さんはその事件の顚末《てんまつ》を後回しにして、『彼女』なる友人との思い出話を僕たちに送ってきている。その文中には何らかの仕掛《しか》けが施《ほどこ》されている。それはいったいどのような仕掛けか、次のメールが到着《とうちゃく》するまでに考えよ。と、言ったところでしょう」

前回もメールの本文でさっさとネタばらしをしてくれていたな。

「キョン」

ハルヒが椅子《いす》から立ち上がり、モニタに人差し指を突《つ》き付けた。

「この鶴屋さんの文章ファイルを人数分印刷してちょうだい」

団員は全員自前のノートパソコンを持っているからデータを転送すればいいのではと思ったが、それだとTがハブられるのを気にしたのか、そんな配慮《はいりょ》をハルヒがするとは驚《おどろ》きだと感じながら団長席に座って、鶴屋さん第二の添付《てんぷ》ファイルを六セットほど逆順印刷するようプリンタに命じたあたりで、いい加減この程度のパソコン操作くらい覚えろとツッコミを入れ忘れたことに気づいた。

俺の心中を読んだわけでもないだろうが、朝比奈さんがかいがいしく、

「あ。あとはあたしが」

プリンタが吐《は》き出すコピー用紙を取り出してまとめ、右肩《みぎかた》をクリップで留めて六人分の小冊子を作ってくれた。

エプロンドレスの裾《すそ》を翻《ひるがえ》しながら全員に配り終えると、自分の分はテーブルに置き去りにし、新しく淹《い》れるお茶の準備に取りかかる。朝比奈さんにとっては鶴屋文書の解読よりもよほど重要なことなのだろう。

その間に俺はハルヒと入れ替《か》わりに自分の席に戻り、十枚ほどのA4用紙を埋《う》める文章を頭から読み始めた。

大したもので、まるで鶴屋さんの声が頭に響いてくるようだ。ハルヒの声真似《こえまね》調朗読が完璧《かんぺき》すぎたせいもあるな。一度耳で聞いていたからか、するする読み進めることができる。

急須《きゅうす》にお湯を注いでいる朝比奈さん以外のメンツが全員同じ行動を取っていたが、ミス研Tが最初に顔を上げ、

「あたしは未《いま》だ日本の現代国語に小さじ一杯《いっぱい》ほども精通していない。一つ問わせていただくが、鶴屋センパイの文章は一般《いっぱん》的な日本文学のスタイルに則《のっと》って書かれているであるものなのか」

「独特の話し口調で記された文章ではありますが」と古泉。「一人称《いちにんしょう》の文体としては珍しいものではありません。ところどころ、引っかかりを覚える箇所《かしょ》があるにはあるんですが……、まあ、それは置いておきましょう。ところで一つ提案なのですが」

緩《ゆる》い微笑《びしょう》の前に人差し指を立て、次いで中指も続かせた。

「最初に鶴屋さんが送ってきた幼少期の話をエピソード1、今回の温泉と葡萄踏《ぶどうふ》みの話をエピソード2と呼ぶことにしませんか？　まず確実にエピソード3も来るでしょうから、区別しやすいように」

反対する理由はないな。気にかかるところと言えば、この鶴屋さん的旅情小話がエピソードいくつまで続くのかということくらいだ。鶴屋さんが今どこにいるのかは知らないが、さすがに下校時間までには終わらせてくれると思いたい。

「それでいいわ」

言いつつ、ハルヒは手にしたボールペンで印刷されたエピソード2の文字列にところどころチェックマークを入れている。見た感じ、終わりのほうに気がかりな部分があるようだ。

その面持《おもも》ちは現国の定期試験五分前よりもよほど真剣《しんけん》で、それほどエピソード2に込められた鶴屋さんからの出題を解き明かしたいらしい。

なんでまた、そんなに熱心になるのか不思議だが。

「それはね、キョン」

ハルヒはコピー用紙を見据《みす》えたまま、

「あたしが鶴屋さんのトリックの片棒を担《かつ》いじゃった気がするからよ」

傍線《ぼうせん》を引いて矯《た》めつ眇《すが》めつしているのは、登場人物の会話文のようだ。

古泉が挙手して発言を求めた。

「まず大前提として、このエピソード2にはエピソード1と同様に何らかの叙述《じょじゅつ》トリックが使われているのは間違《まちが》いないということでいいですね」

俺と長門と朝比奈さんとT以外が頷《うなず》いた。

「エピソード1は年齢《ねんれい》を誤認《ごにん》させるパターンでしたが、このエピソード2は時期が判明しています。鶴屋さんがメールで『去年の秋頃《ごろ》の旅情エピソード』と明示してくれていますし、文中にも文化祭のしばらく後であることが記されていますからね」

「それはそうなんだけど……そうねえ」

なぜか煮《に》え切らないハルヒは、ボールペンのノック部分でこめかみをつつきながら、

「みくるちゃん、あなたの純粋《じゅんすい》で素直《すなお》な感想が訊《き》きたいわ。最後まで聞いてて何か感じることがなかった？」

「えっ？」

急須を抱《かか》えてテーブル上にある各人の湯飲みに番茶を注いで回っていたメイド姿がぴたりと止まった。

ハルヒは団長専用湯飲みに口をつけ、茶の熱さを確かめてから、

「特に最後のほう。何かおかしくない？」

「そう……そうですね」

愛らしく小首を傾《かし》げ、朝比奈さんは記憶《きおく》を探《さぐ》るように目を動かして、

「電車に乗って、どこかに行っちゃいましたよね？　いったいどこに行ったんでしょう。あの後はパーティに出ることになってたんじゃ……」

「それよ！」

「ひゃひっ？」

一センチほど宙に浮《う》いた朝比奈さんだったが、それでも急須を手放すことはなかった。

「さすがはみくるちゃん、何のひねりもないそのまんまな疑問だわ。そして素晴らしく貴

重な意見でもあるわ。キョンも見習ってピュアな心を養うべきね」

朝比奈さんのピュア度に関しては疑いを差し挟《はさ》む余地などないので黙《だま》っておく。

ハルヒはエピソード2のラストページにペン先を載せ、

「しれっと駅に行って列車に乗り込んでるわよね。どう考えてもおかしいじゃない。鶴屋さんと名無しの彼女と付き人はホテルから温泉まで車で移動したんだから。ほら、『ここまで乗って来たハイヤーが待っていた。あたしたちが泊《と》まってるホテルが手配してくれたやつさ』（p208）って書いてあるでしょ」

何かの事情があって、帰りは列車を使ったのかもしれないぜ。

「どんな事情よ。道路が崖崩《がけくず》れで塞《ふさ》がっていたとか？　だったらそう書けばいいじゃない。隠す必要なんかないでしょ」

「文中にホテルから温泉地までの移動時間が推測できる部分がありますね」

古泉が尻馬《しりうま》に乗ってきた。

「『お嬢様方《じょうさま》が宿泊《しゆくはく》なさっているホテルから、馬車でなら半日はかかる距離《きより》ですよ？』（p209）とあります。この付き人のかたがどのような馬車を想定しているのか不明ですが、だいたいですね……」

と、自分のノートパソコンで何やら検索《けんさく》し、

「時速十㎞ほどのスピードで走る馬車だと仮定しましょう。すると半日十二時間で百二十㎞進むので、ハイヤーの平均時速が六十㎞ならば約二時間で到着します。高速道路などの有料道路を使えばさらに時間短縮が見込めます。いずれにせよ、わざわざ列車に乗り換《のか》える手間をかける必要はないはずです。彼女が『せっかく温泉地の近くに来たのですから』（p209）と言っているように、車で少し足を延ばせるくらいの距離だったと思われます」

「つまり矛盾《むじゅん》するのよ。エピソード2の最後の一行、『あたしたちを遥《はる》か彼方《かなた》にある街に運ぶために』（p223）っていうのとね。車でひょいっと行ける距離を遥か彼方なんて形容するわけないでしょ。列車の行き先の街が、宿泊していたホテルのある街と同じだとは到底《とうてい》思えないわ」

すると、どういうことだ。付き人は彼女と鶴屋さんを一刻も早くホテルに帰したがっていたはずなのに、一緒《いっしょ》になって全然違う場所へ行く列車に乗ったのか？

「だから、一緒じゃなかったのよ」

ハルヒは今気づいたように、

「そうだわ。列車に乗ったのは彼女と鶴屋さんだけだったのよ。二人はお目付役の付き人を撒《ま》くと、懇親《こんしん》会をブッチしてホテルじゃないどこかへ旅立ったわけ」

「そうなると、鶴屋さんがエピソード2で弄《ろう》した叙述トリックが何かは明らかですね」

古泉までもが納得《なっとく》顔だが、俺には全然明らかではないぞ。彼女の付き人はいつ、どこで消えたんだ？

俺はページをめくってラストシーンを読み返す。

駅に到着して以降、確かに付き人さんのセリフはなく、鶴屋さんの地の文にも登場しない。ということは、車を降りてから列車に乗るまでの間に付き人を振《ふ》り切ったのか。

「違うわよ」

「いいえ」

ハルヒと古泉の声が被《かぶ》った。古泉が表情と所作で発言権をハルヒに譲《ゆず》り、

「キョン、あたしの朗読を聞いてて、どのセリフを誰《だれ》が喋《しゃべ》っているのか、どうやって判別してた？」

そりゃあ、お前がご丁寧《ていねい》に天然ボイスチェンジャーをやってくれていたからな。鶴屋さんの語りは呆《あき》れるほどそっくりだし、姿と声を想像するしかない名無し彼女と付き人さんとやらも、口調を使い分けていたからこんがらがることもなかったね。

「それよそれ」

ハルヒは溜息《ためいき》に姉妹《しまい》がいたらその末娘《むすめ》のような吐息《といき》を漏《も》らし、

「してやられたって言ったのは、まさにそれが理由なのよ。なんとなく音読しちゃったのがマズかったわね。ひょっとして誘導《ゆうどう》された？　いえ、そんなわけもないから、偶然《ぐうぜん》でしょうけど、あたしが自分でミスディレクションを作ってしまったことには歯がみするしかないわ」

楽しげに悔《くや》しがるという器用な表情を見せるハルヒから、長門に目を転じると、すでにエピソード2をテーブルに放置し、やたら縦長の黄色っぽい本の読書に戻《もど》っていた。

その、いつもの静寂《せいじゃく》たる居住まいからは、すべての謎《なぞ》を解いたのか、それとも興味を引かれなかったのか、どっちとも取れない。

こういうのが本職であろうミス研Tはと言うと、コピー用紙をパラパラとめくりながら、

「漢字仮名《かな》交じり文はとても難しい。日本人の頭はどんなコンストラクションをしているのか、あたしは知りたい。フォノグラムとイデオグラムをミックスして使うことを思いついた人間はソークレイジーだ。せめてカタカナかヒラガナかどちらか一つだけ選択《せんたく》できるようにしてもらいたい。よくもこんなややこしい文字システムをクリエイトして後世に残してくれたな。呪《のろ》ってやまないぞ。その彼、もしくは彼女を」

俺たちの遠いご先祖に恨《うら》み言をつらつら述べていた。

俺の視線が部室を周回して自分に戻ってきたのを確認して、ハルヒは、

「エピソード1と2に共通する文章の特徴《とくちょう》が何かくらいは解《わか》るわよね？」

鶴屋さんのセリフがカギ括弧《かっこ》付きで書かれていないってことだろうな。

エピソード1の文面を見たわけではないが、ハルヒの独演会を聞く限り、そういう書き方をしていると察せられる。

「その通りよ。それでね、鶴屋さんのセリフを地の文に落とし込んだエピソード1の文体自体が、次のエピソード2に仕掛《しか》けられたトリックの目眩《めくら》ましとして作用していたってわけ。あたしも初読でまんまと引っかかっちゃったわ」

どういうふうに引っかかったのか教えてくれ。それと付き人がいつ消えたのかも。

「その二つの問いの答えは同じようなものだから簡単に言うわ」

ハルヒはすうと息を吸い、若干《じゃっかん》のタメを持たせた後、

「付き人さんのセリフだと思っていたもののうち、いくつかは実は鶴屋さんのセリフだったのよ」

その言葉の意味を頭が咀嚼《そしゃく》するのに多少の時間がかかった。

俺はエピソード2に目を落とす。たまたま開いていたのは最後のページで、

「ではこの、『この上、まだどこか立ち寄りたい場所があったりはしませんか？　お嬢様？』（p222）というのは、どっちのセリフだ？」

俺の問いに、

「もちろん、鶴屋さんよ」

嬉《うれ》しそうにハルヒは答える。

「その後の『では、そのようにいたしましょう』（p222）も、か？」

「それも鶴屋さんね」

さも当然のように言いやがる。

「いったいどこからだ？　そして鶴屋さんはなぜ、こんな付き人口調で喋っているんだ？　さらに言うと、突然《とつぜん》カギ括弧付きで話し出した理由は何だ？」

無数のクエスチョンマークが俺の脳から飛び出して頭上を旋回《せんかい》し始めた。ハルヒと古泉が揃《そろ》って似たような笑《え》みを浮かべているのが癪《しゃく》に障《さわ》る。

何かヒントがつかめないかと二つの鶴屋さんのものとされているセリフを見比べていると、ある行に目が引っかかった。

「ちょっと待て。『この上、まだどこか立ち寄りたい場所があったりはしませんか？　お嬢様？』の後の地の文で鶴屋さんはこう書いてるぞ。『付き人さんがこの状況《じょうきょう》で言ったら皮肉に聞こえるセリフだね』（p222）という、これは、直前のセリフが付き人のものである証拠《しょうこ》なんじゃないのか？」

「それこそが、鶴屋さんの仕掛けがあからさまに浮かび上がった瞬間《しゅんかん》なんですよ」

古泉は自分用のエピソード2の該当箇所《がいとうかしょ》を指でなぞり、

「その文章は仮定法なんです。実際にはなかったことを、あったとしたらどうであったかを表現するための文法で書かれている。その一文を正確を期して書き直すとしたら、『もし、付き人さんがこの状況で言ったのだとしたら、そのセリフは皮肉に聞こえただろう』となるでしょう。つまり、付き人はそんな事は言わなかった。それどころか、その場に居さえしなかった。鶴屋さんはわざとパーツを省略して書いたんです。その結果、一見して仮定法には見えない文章に加工されたというわけです」

「仮定法か」

やにわに顔を明るくしたTが、

「それならば、あたしにも解るぞ」

鶴屋語が印刷されたコピー用紙をしばらく睨《にら》んでから、

「If the attendant had said it in this situation, it would have sounded sarcastic. ……とでもトランスレイトすればいいか？」

「仮定法過去完了《かんりょう》ですね」と古泉が頷《うなず》いた。

何となく釈然《しゃくぜん》としない。うまくスカされている気がしてならないのだが、ミス研T的に、その文章はオッケーなのか？

「あたしにとっては、そうだな……限りなくアウトに近いセーフでない何かだ」

そういうのは普通《ふつう》アウトと言うべきだろう。

すかさず古泉がフォローするようにTに向かい、

「そう思うのは、あなたが英語に翻訳《ほんやく》して読み替《か》えたからですよ。鶴屋さんは日本語特有の曖昧《あいまい》表現を利用したんです。日本語は単数形と複数形の区別が明確ではないですし、時として動詞の現在形と過去形すらあやふやです。口語調で書かれているとなおさらそう感じますよね。小説を読んでいると、しばしばそんな思いに駆《か》られませんか？」

ことさら意識したことがないから解らんね。

「鶴屋さんは自分の文章が書き手としてフェアかアンフェアか、ギリギリのラインを狙《ねら》ったのでしょう。特に『この状況で言ったら』の『言ったら』がキモですね。『言ったのだとしたら』の短縮形とも読めるし、現在形にして『言うと』とも変換《へんかん》できます。どちらの意味でも取れるように、わざと砕《くだ》けた表現を使っているんですよ」

まあ、そうなんだろうが、鶴屋さんのことだ。ノリと勢いで思いのままに書いているだけの可能性も無視できない。俺はセカンドオピニオンを文芸部部長に求めた。

「長門はどう思う」

「アンフェアとは言えない」

それだけ呟《つぶや》き、長門はまたギリシャの哲学者《てつがく》が楽器を演奏してそうなタイトルのペーパーバックの世界に戻っていった。

「長門サンが言うなら、あたしは長門サンのフレンドリィでよい。限りなくセーフに近いセーフではない何かに訂正《ていせい》するものである」

Tが微妙《びみよう》な方向に宗旨替《しゆうしが》えするのを尻目《しりめ》に、古泉の司会進行が続けられる。

「それでは、どこから鶴屋さんのセリフがカギ括弧付きで始まっていたのか、まずはそこを検証していきましょうか」

「そうね、キョンがちょうどいい疑問を何個か言ってくれたから、ちょっと細かくなるけど、そのあたりから考えていけばいいんじゃない？」

何つったっけ。

代弁者古泉が、

「これまで一貫《いつかん》して鶴屋さんは自分のセリフを地の文で処理していましたが、エピソード2の途中《とちゆう》からカギ括弧付きのセリフとして書くようになったことに対する疑問として、
1．それはいったいどこから始まったのか。
2．そのセリフが鶴屋さんだとして、なぜ付き人のような口調で話しているのか。

3．なぜ、その部分だけカギ括弧付きのセリフとして書く必要があったのか。

反射的に出てきた設問にしては核心を突《つ》いていますね」

褒《ほ》め言葉ではなさそうだな。

古泉は肩《かた》をすくめて誤魔化《ごまか》しつつ、手元のエピソード2をめくった。

「手始めに、確実に付き人さんのもので間違《まちが》いないと思われるセリフを特定しておきますか」

ハルヒはすでにチェック済みだったらしく、

「温泉に入っている時の『お嬢様《じょうさま》』（p204）から、葡萄踏《ぶどうふ》み大会に参加を決める直前の『この、いささかどころではなく行儀《ぎょうぎ》の悪い催《もよお》しに参加しようと～云々《うんぬん》』（p214）のセリフまでは、ちゃんと付き人さんが喋っていると見ていいわ。セリフの前後に『付き人さんが声を発した』（p204）とか、『付き人さんの声色は呆れを通り越《こ》して』（p214）とか、声の主が誰なのか解りやすく主語を書いてくれてるから」

「怪《あや》しいのはその後のセリフ……すると公民館の中での着替《きが》えをするシーンですね」

各々《おのおの》が一斉《いっせい》に該当する箇所までページをめくり始め、コピー用紙が触《ふ》れ合いカサつく音が部室内の空気を振動《しんどう》させ、俺を現国の授業中のような気分にさせた。

いち早く古泉が辿《たど》り着き、

「『まるで印象派の絵画から抜《ぬ》け出してきたようですよ、お嬢様』（p216）、これを誰《だれ》が話したのか、確定できる文言はありません。ここが第一の疑問の解答でよさそうですね」

「末尾《まつび》に『お嬢様』ってあるから、そこだけ見たら付き人さんのセリフに思えるわよね。まして、そこまで鶴屋さんは地の文だけで喋《しやべ》っていたんだし、一瞬で気づくのは難しいわ」

確かにハルヒはそのセリフは鶴屋さんでも彼女でもない第三の声色《こわいろ》で読んでいた。おかげでまったく気づかなかったが、こうして後から文章を読み返してみると、うーむ、そう言われると何となく怪しく見えてくるかどうかだな。

「あたしはハルに感謝しているのだ」

唯一《ゆいいつ》の非SOS団員Tが、

「日本語文字のリーディングが上手《うま》くないあたしには、ヒアリングのほうが助かるのだ。それにハル、あなたのボイスは比類なく明瞭《めいりよう》である。アズイフ、オーディオドラマを聴《き》いているかのようだった」

その意見には全面的に賛成する。何をやらせても達者なヤツだよ、こいつは。

「ありがと、T」

ハルヒは照れることもなく返して、

「その後の付き人さんっぽいセリフはいくつある？」

「列挙してみましょう」
ハルヒの忠実なるフォロー役を演じる古泉がピックアップを開始する。
「『あなたもとてもお似合いです。鶴屋さん』（p216）、これも不明と言えば不明ですが、話の流れから判断するに彼女のセリフでしょう。これ以降となりますと、
『まあ、お嬢様。まことにまことに、はしたのうございますわ』（p218）
『そのようなお姿をお父上が御覧《ごらん》になれば、いったい何とおっしゃいますやら』（p218）
『一年もあれば、いかなる予定の調整でも可能でしょう。しかし、今回のことがお父上の耳目に触れたりしたらどうなりますやら』（p220）
この三つと、先に述べた例の、
『この上、まだどこか立ち寄りたい場所があったりはしませんか？　お嬢様？』（p222）
そして最後に、
『では、そのようにいたしましょう』（p222）
合計五つですか。意外と少ないですが、そもそもセリフ自体がそれほどありませんからね」

鶴屋さんが独特の口語調で一方的にまくしたてる文体だから、というのもあるんだろう。

「このうちの、どれが付き人でどれが鶴屋さんかを判定していけばいいのか？」

俺の疑問形を、ハルヒは指を鳴らして弾《はじ》き返した。

「その必要はないわ」

ハルヒはすでにぬるくなっているだろう湯飲みのお茶を一気飲みしてから、

「それ全部、鶴屋さんのセリフだから」

こん、と音を立てて団長用湯飲みを机に置く。

すかさず、朝比奈さんが急須《きゅうす》片手に出動し、新しい番茶を注いだ。理想的メイド像を日々追求する朝比奈さんのかいがいしい奉仕《ほうし》ぶりに違和感《いわかん》を覚えることがなくなって久しい。以前、Tが初めてこの部室を訪《おとず》れたとき、この愛らしい上級生を奇異《きい》の目で見ていたのに気づいて、文芸部室にメイドがいるという一般《いっぱん》的な頭で考えると謎《なぞ》としか言いようのない事情を改めて実感したくらいだ。

いや、朝比奈さんの生態観察描写《びょうしゃ》は今は止《や》めておこう。

ハルヒの言葉を吟味《ぎんみ》するのが先だ。

とは言え、ええと、つまり、どういうことだ……？

俺は印刷されたエピ2をいそがしく読み流しつつ、

「着替えるために公民館に入った以降の会話……これは全部、鶴屋さんと『彼女』のものなのか」

「そ」

付き人さんは鶴屋さんが自分の口調を真似《まね》しているのを聞いて、何もツッコミを入れなかったのか？

「入れようがないわよ。付き人さんはその場にいなかったんだから」

なんだって？

「正確に言うと、いなかったのは公民館の中ね。それとお祭りの会場から乗ったハイヤーの中と、最後に乗った列車の中」

どんだけ中が嫌《きら》いなんだ、と条件反射のような言葉を返すことは自重する。

古泉が印刷されたエピ2を指で押さえた。

「ここに注目してください。彼女たちが最初に公民館に入るとき、『返答ののち、開いた扉《とびら》の中へあたしたちは身体《からだ》を滑《すべ》り込ませる』（p215）とありますが、この時の『あたしたち』は鶴屋さんと『彼女』の二人だけで、付き人のかたは入室しなかったんですよ」

なぜ解《わか》る。というか、なぜだ。どうして付き人は二人の後に続いて建物に入らなかったんだ？　エピ2のニュアンスからしてこの付き人は監視《かんし》役とボディガードを兼《か》ねたような存在じゃないのか？　常にそばにいないと意味がないだろう。

「第四の疑問が出ましたか。しかし、その提言については、いったん置いておくことにしませんか？」

古泉の笑顔《えがお》に若干《じゃっかん》の人の悪さが混入しているのを読み取り、俺は片眉《かたまゆ》を上げた。

「適当に理屈《りくつ》をでっちあげるならば、葡萄踏みダンス参加者以外は立ち入りが禁止されていた、ということでもいいのですが……」

ということは、そうではないと言いたいんだろう、お前は。

しかし、

「そうね、そっちは後回しで構わないわ」

意外にもハルヒが側面から援護《えんご》射撃《しゃげき》を飛ばして来た。その表情に満面に近い笑みを認め、何やらよからぬ予感がする。

「古泉くん、後はお願い」

ハルヒはホット番茶をすりつつ静観の構え。

「では、ラストまでの流れを簡単に追っていくことにして」

古泉がテーブルの自分用スペースの前にエピ２を広げた。

「鶴屋さんたちが公民館に入ったところから話を進めましょう。とりあえず、この時点で付き人さんは中にはいません。ここで鶴屋さんと『彼女』は衣装《いしょう》に着替えると、付き人さんが見守る中でタライダンスをひとしきり踊《おど》り終え、また公民館に着替えに戻《もど》る。そして、二人は裏口から公民館を出たのです」

さすがの俺でも解った。

「鶴屋さんと『彼女』が付き人を撒《ま》いたのは、そこでだな」

「そうなるでしょう。付き人さんが公民館に入れなかったのはここからも明らかですね。ですから、『一年もあれば、いかなる予定の〜云々』（ｐ２２０）も鶴屋さんのセリフだと解ります。その後、二人はその場を後にするのですが、『あまり人目を引きたくもないしね』（ｐ２２１）、そのため『裏口からひっそり』（ｐ２２１）出て行きました。当然、本当に引きたくなかったのは付き人さんの目です」

ということは、付き人から逃《のが》れるために二人が乗り込んだハイヤーは……。

「ホテルが手配し温泉地の行き来に使っていたハイヤーではなく、まったく別の車だったのですよ。『待っていたハイヤーを探すのにちょっと苦労して』（ｐ２２１）とあるのが傍《ぼう》証《しょう》となるでしょう。乗って来た車なら、どこに止まっているのか知っているはずです。初めて見る車で、待機している場所をだいたいでしか把《は》握《あく》していなかったから、見つけるのに手間取ったんですね。このハイヤーはあらかじめ鶴屋さんか『彼女』かが、付き人には内緒《ないしょ》で手配し、この村のその場所、その時間に待機してくれるように依頼《いらい》していたのでしょう」

帰りに秋祭りをやっているところに通りかかり、『彼女』の興味を引いたように見せたのは演技だったわけだ。

「鶴屋さんと『彼女』は、ホテルと温泉の間にある山村《さんそん》で秋祭りがあることも、葡萄踏み娘《むすめ》コンテストがあることも事前に調査済みだったに違いありません」

しかし、雑なように見えて卓越《たくえつ》したタイムスケジュールだ。

「確かに。時間をしきりと気にしている付き人さんとは対照的に、鶴屋さんたちはのんびり、のほほんとしていた様子が強調されていましたが、実際は二人の方がよほど時間に追われていたはずです」

それでも逃走《とうそう》用に呼んでおいたハイヤーを待たせてしまっていたらしい。『運転手さんはシートをリクライニングして居眠《いねむ》りしていた』（p221）からな。

「そこもヒントになっていますね。付き人さんを含《ふく》めた三人が乗って来たハイヤーの運転手なら、客のいぬ間に一眠りなど、そんな無作法なことはしないでしょう。『ドライバーが手ずからドアを開けてくれるエスコートぶり』（p208）の描写から考えて、ハイヤーは二台あったことを示唆《しさ》しています」

二台目のドライバーは『彼女』や鶴屋さんの身分を知らなそうだ。

「後はそれほど語ることがありません。付き人さんと一台目のハイヤーを置き去りにした鶴屋さんと『彼女』はホテルに戻ることなく、懇親会《こんしん》でしたか？　それに出ることもなく、自由を求めてどことも知れない街へと列車でその地を去って行った、というわけです」

特に目的地があったわけではない気がする。俺はエピ2のプリントアウトを繰《く》って、最初のほうを読み直した。

『リアル隠《かく》れんぼ』（p197）や『適当な車をヒッチハイク』（p199）などのワードが目に入る。

「このエピソード2は、その冒頭《ぼうとう》に書いてあったように、付き人の監視やGPS発信機によるトレースをかいくぐって、しがらみの多い家業から手に手を取って二人でエスケープする話だったのです。自由への疾走《しっそう》ですね」

古泉が結論めいたことを言って締《し》め括《くく》り、手つかずだった湯飲みを手にした。

なるほど、鶴屋さんが書きたかったのが何かは解った。早い話が家業をサボりたかったのだろう。しかし、俺の胸に渦《うず》巻《ま》く疑念はまだ収まってはいないぞ。

「キョンの疑問その二ね」

今まで黙《だま》って聞いていたハルヒが嘴《くちばし》を突《つ》っ込んで来た。

「なぜ鶴屋さんは、まるで付き人さんのような口調で喋《しゃべ》ってたのか。古泉くんはどう捉《とら》えてる？」

「エピソード1、2ともに地の文を見聞きする限り、鶴屋さんは親しい友人相手のざっくばらんで明け透《す》けな口調で話しているように思えます。しかし、あくまでそれは鶴屋さんの内心の声であり、実際にはカギ括弧《かっこ》付きのセリフのような丁寧《ていねい》語で会話していたのかもしれません。モノローグをそのままセリフとして口にしているという保証は鶴屋さん以外の誰《だれ》にもできませんから」

それにしても付き人さんとほぼ同じってのはアリなのか？

「そこんとこは何とも言えないわ。『彼女』の家柄《いえがら》が鶴屋家より格上だったのかもしれないしね。けど、あたしは鶴屋さんがおふざけで喋っていたんだと思う。わざと付き人さんの口ぶりを真似たのよ。からかうと同時に親愛の情を込《こ》めた軽いジョークだったんだわ」

ハルヒはコピー用紙を一枚取り上げ、

「タライの中で葡萄踏《ぶどうふ》みをしているときの描写と会話を見てみて。これをこうすると解りやすいわよ」

ハルヒはボールペンを軽快に走らせた。その書き込みによるものが以下の文章である。

果汁《かじゅう》が飛び散り、彼女とあたしの素足《すあし》はたちまち紫色《むらさきいろ》に染められた。

その様子を、いつの間にか最前列で見守る付き人さんが卒倒《そっとう》しそうな顔で眺《なが》めていた。

鶴屋「まあ、お嬢様《じょうさま》。まことにまことに、はしたのうございますわ」

彼女「こんなところで、お嬢様はやめて」

鶴屋「そのようなお姿をお父上が御覧《ごらん》になれば、いったい何とおっしゃいますやら」

彼女「黙っててくださらない？」

彼女のくすくす笑いは、すぐに肩《かた》を揺《ゆ》らすほどに高まった。

「『彼女』が鶴屋さんに返した言葉やリアクションからして、ふざけ合っているのが解るでしょ。このテンションがずっと続いたと考えたら、鶴屋さんが最後まで丁寧調で通したのも納得《なっとく》できる話だわ」

反論したいのだが、何と言っていいのか言葉が出てこない。しかし、何だ？　このモヤモヤ感は。

「有希は？　アリかナシで言えば」

長門は目も上げず、

「問題ない」

「ね？」とハルヒは俺に向けて得意顔。

Tはどうなんだ。ミステリ研だろ、お前。いいのかそれで。

金髪《きんぱつ》の留学生は舞台《ぶたい》俳優のようなオーバーアクトで立ち上がると長門の肩に手を置いた。

「あたしも長門サンに同調する。アリに一票とカウントいただきたくがよろしく」

胸のモヤつきは晴れないままだが、多数決には従わざるを得ないようだ。こういった場合、概《おおむ》ね長門サイドについていたほうが正解に近いのは知ってるさ。とは言え、俺と同じような感覚を持っているヤツがもう一人くらいはいて欲しいところだ。

朝比奈さんは思考を放棄《ほうき》したように日本茶のオリジナルブレンド作りに取りかかっているが、案外彼女のようなスタンスが神経の摩耗《まもう》を防ぐ正着の手なのかもしれない。

「それで次は」

ハルヒはボールペンをハンドスピナー代わりにしながら、

「キョンの疑問その三ね。物語の途中《とちゅう》で鶴屋さんのセリフが唐突《とうとつ》にカギ括弧付きで書かれるようになった理由について、か。でもね、キョン。これってわざわざ理由を問いたださないといけないほどの問題？」

それこそ恣意的《しいてき》すぎるだろ。セリフがあるなら最初からそういう風に書いたらいいし、なしで通すのなら最後までまっとうすべきだ。

「それはあんたの感想でしょ」

まあ、そうだが。

「逆に言うと、そうしてはダメなんてルールもないわけよ。別にいいんじゃない？　何をどう書こうと鶴屋さんの自由だわ。あたしは大して気にしないわよ」

大らかにもほどがある。

「僕たち向けのミスディレクションだったのでしょう。それ以外に理由があるとは思えません」

フォローのつもりか古泉が身も蓋《ふた》もない意見を述べた。

「あたしはミステリとかあんまり読まないけど、こういうのってよくあるの？」

「もともと叙述《じょじゅつ》トリックは、登場人物である犯人が同じく登場人物である探偵《たんてい》役を騙《だま》すためのトリックではなく、作者が読者を直接的に騙す手法ですからね。騙されたような気分になるのは当然かもしれません」

「ルール上の問題はないの？」

「極論かもしれませんが、そもそもの話、ミステリに限らず小説にルールなど存在しないと僕は考えています。個人的には読者への挑戦《ちょうせん》が間に挟《はさ》まっているような犯人当てが好みではありますが、自分の趣味《しゅみ》をグローバルスタンダードだと言い張るほど偏狭《へんきょう》ではないつもりですよ。第一、ルールを意識しながらの読書が楽しいとは到底《とうてい》思えないですしね」

ハルヒと古泉の会話を横耳に振《ふ》りかけながら、俺は長門に視線を向けた。

どうなんだ、長門。

開いた本のページから緩《ゆる》やかに目を上げた長門は、一秒という長時間をかけて思案する様子だったが、

「必ずしも問題があるとは言えない」

こいつにしては長いセンテンスの言葉を放ち、また読書に戻った。

「あたしも」とT。「長門サンにアイシンクソーだ」

お前は長門教の信者か。解釈《かいしゃく》次第《しだい》ではコズミックホラーな存在だから、あまり何でもかんでも崇拝《すうはい》すればいいってもんじゃないぞ。

古泉が再び司会者ぶりを発揮し、

「長門さんのお墨付《すみつ》きが得られたところで、そろそろ結論と行きましょう」

あれがお墨付きに聞こえるとは驚《おどろ》きだ。

「三人いると見せかけて実は二人しかいなかった。すなわち人数誤認《ごにん》の叙述トリック。そ

れがエピソード2に仕込まれたカラクリだったのです――」

やけに意味深な語尾《ごび》を持たせた古泉のセリフを、ハルヒが受けた。

「――ってだけじゃ終わらないのよね。でしょ、古泉くん」

「ええ、そうですね。やはり、お気づきでしたか」

ずいぶん仲のよさげなやりとりでいいことだ。

「第四の疑問よ、キョン。なぜ付き人さんは公民館に入らなかったのか？　あんたが言い出したことなんだから、しっかり記憶《きおく》してなさい」

付き人さんとやらはボディガードも兼《か》ねているような役割なんだろうから、一瞬《いっしゅん》でも目を離《はな》してはいけないんじゃないか？　仮に出場者以外立ち入り禁止だとしても、強引《ごういん》に押し入ってしまえばいいだろう。露天風呂《ろてんぶろ》にまで付いてくるんだ、どこかの町の公民館の防御力《ぼうぎょ》などないに等しい。いっそのこと、自分が同席しないのならタライダンスはあきらめていただく、くらい言ってもおかしくない。

「でしょ？　にもかかわらず、付き人さんは公民館に入らなかった。葡萄踏みの前も、終わってからも」

確かにそう書いてある。

「公民館の中で、鶴屋さんと彼女がやってたことって何？」

それならば考えるまでもない。

「着替《きが》えだろ」

「つまり、そういうことよ」

それだけ言うと、ハルヒはすべての証明は終了《しゅうりょう》したとばかりに湯飲みを持ち上げ、番茶をすすりながら目線をパソコンのモニタにくれ、

「そろそろ答え合わせのメールが来る頃《ころ》なんじゃない？」

なんて、つぶやいている。

古泉はかろうじて苦笑《くしょう》だと解《わか》るほどの淡《あわ》い笑みを浮《う》かべて知らぬ顔をしており、長門は読書中、朝比奈さんは煮出《にだ》したブレンド茶のテイスティング中、Tは解っているのかどうなのか微妙《びみょう》にニヤついた笑顔《えがお》で俺を眺めているといった始末で、どうやら俺の質問待ちらしい。思惑《おもわく》にまんまと乗るのは業腹《ごうはら》だが、説明不足解消のためなら仕方がない。

「何が、そういうこと、なんだ？」

文節ごとに区切って発言した俺に、

「鶴屋さんと『彼女』の二人と、付き人さんとでは何が違《ちが》っていたか解る？」とハルヒ。

学生と社会人。

「そうじゃなくて」

主従の関係。

「そうでもなくて」

騙すほうと騙されるほう。

「だいぶ遠くなったわ」

この間違い探しに正解はあるのか？

「間違い探しと言うより、仲間はずれ探しね。もろちん仲間はずれは付き人さんよ。付き人さんは鶴屋さんたち二人とはまったく違う属性を持っているの」

ハルヒは十ワットほどのエコ笑顔で俺を見ていたが、フッと息を吐《は》くような笑みを漏《も》らし、

「そのヒントが着替えよ。あんたのヒラ団員頭でも、もう解ったでしょ」

公民館で鶴屋さんと『彼女』が衣装替《いしょうが》えをしていた時、付き人はそこにいなかった。あるいは、いられなかった。もしくは、いてはいけなかった……。

「まさか」

「ん。たぶん、それよ」

「性別か！」

俺は精一杯《せいいっぱい》、声を張り上げた。

「この付き人さんは、男だったのか！」

「キョンはどうして付き人さんが女性だと思っていたの？」

そりゃ最初のほうで三人揃《そろ》って露天風呂に入ってるし、何よりお前が。

「そうなのよね。あたしが朗読で付き人さんのセリフを普通《ふつう》に女声で読んじゃってたからってのが大きいわね。男性だと知っていたらちゃんと男っぽく演じたわよ。鶴屋さんは真似《まね》しやすいけど、『彼女』と付き人さんは想像で喋《しゃべ》るしかなかったし、あたしも最後までまんまと騙されていたもの」

やれやれと首を振るハルヒは、しかしどこか楽しげに、

「もしかして鶴屋さん、あたしがエピソード1や2を音読することが解ってたの？　どこかに誘導《ゆうどう》されるようなものがあったかしら」

「そこまで疑うのは穿《うが》ちすぎでしょう」と古泉。「メールの本文に音読を誘《さそ》うような文言は含《ふく》まれていなかったと記憶しています。ただ、鶴屋さんは涼宮さんの性格をよくご存じですから、そこに賭《か》けた可能性はありますが、おそらくどっちでもよかったんですよ」

「あたしの性格って？」

メールを全員のアドレスに転送したり、人数分をプリントアウトして配ったり、そういう手間のかかることをするより先に声に出して読み始めるという、甚《はなは》だしくせっかちなと

ころだ。

「だって」とハルヒは口を尖《とが》らせて「あの時は読んだほうが早いと思ったのよ。エピソード1はそんなに長い話じゃなかったし」

それが第一の罠《わな》だったのかもな。

古泉が深く肯《うなず》きながら、

「一つ目を音読したら、そのままの流れで二作目もそうしてしまう。心理の働きを読んでの作戦だったとしたら相当練られています。ギャンブル要素が強いとは言え、賭《かけ》に負けても特に問題がないところがまた巧妙《こうみょう》ですね」

最初から印刷された文章だけを読んでいたら、もっと早く気づけたのか。

「かもしれません」

「念のため、エピソード1も印刷しときましょ。キョン、よろしく」

俺は団長椅子《いす》にふんぞり返って退《ど》こうともしないハルヒの脇《わき》から手を伸《の》ばしてマウスを操作し、望み通りにしてやった。ま、俺も目を通しておきたかったからな。

人数分の冊子を作って配るのは朝比奈さんと、なぜかTが手伝ってくれた。

古泉はまだほんのりと温かいコピー用紙を片手に、

「エピソード1には『お付きのお姉さんみたいな人と一緒《いっしょ》に座っていた』（p165）と

か『お姉さんは地味なパンツスーツ姿だったから、その娘《こ》の従者っぽい役回りなのだと見当を付ける』（p165）等、性別を確定させている文章がありますね。これもまた目眩《めくら》ましの意味合いだったのかと」

二つの資料を超速斜め読《ちょうそくななめよ》みしてみると、確かにエピ1とエピ2の付き人が同一人物だとはどこにも書いていない。長門的に言えば「問題ない」といったところか。

ハルヒは頭の後ろで手を組み、しみじみとした口調で、

「記憶をなくしてもう一回最初から読んでみたいわ。今度は黙読《もくどく》で」

そういう恐《おそ》ろしいことを考えるのはやめとけ。

「一つよろしいであるか？」

Tが右手のひらをこちらに向けて、

「2に登場するアテンダントが男性体であるエビデンスは確実化されているのか？　ストーリーのどこにそのようなエレメントがあったか、日本語が自由に振る舞《ま》えないあたしにご教示ご鞭撻《べんたつ》をお願いしたい」

左手でエピ2のペーパーをヒラヒラと振っている。

「二人の生着替えの現場にいなかっただけで充分《じゅうぶん》じゃない？」

平然と言うハルヒに、俺は反駁《はんばく》の必要を感じ取り、改めてエピソード2のプリントアウ

トを雑に流し読みしながら、

「温泉の露天風呂に一緒に入っているが、これは混浴だったという解釈でいいのか？」

「でしょうね。ただし、全裸《ぜんら》で入っていたとは思えないわ。まあ、鶴屋さんならマッパでも気にしない気がするけどね」

瞬間、俺の脳裏《のうり》に露天風呂に入っている鶴屋さんの姿のイメージが湧《わ》きかけたが、修《しゅ》行僧《ぎょうそう》のごとき自制心を発揮して霧散《むさん》させる。この場にテレパスはいないと思うが、あまり心を読まれたら困るような想像は慎むに越《こ》したことはない。

ハルヒはエピ2の冒頭《ぼうとう》部分に視線を向けていたが、

「読み取れる描写《びょうしゃ》はないけど、野外スパみたいなものだったんだと思うわ。プールみたいに大きな露天風呂で、水着着て入る形式のがあるでしょ。それよ」

何となくだが、勝手に鄙《ひな》びた感じの露天風呂温泉に脳内変換《へんかん》されていた。田舎《いなか》感が強調されていたからだろうが。

手元のノーパソで野外スパを検索《けんさく》してみる。なるほど、温泉をゴージャスな温水プールにしたような画像が出てくるな。

「大浴場ですね」と横から覗《のぞ》き込む古泉。

これと似たようなものだとしたら、その露天風呂に入ってたのは鶴屋さんたち三人だけではなく、周囲に大勢いたってことになる。さぞ賑《にぎ》やかだったことだろう。

当初の、麗《うるわ》しき女人三名が秋深まる地方の温泉地で静かに入浴を楽しんでいる趣《おもむき》のある情景が崩落《ほうらく》して消えていった。

そんな俺の感傷など素知らぬ風に、

「エピソード2における、付き人氏の性別がそれとなく描写されていたであろう箇所《かしょ》を抜《ぬ》き出してみましょう」

仕切り野郎《やろう》古泉が復活した。

「まずはここですね。鶴屋さんたちが湯から上がって脱衣《だつい》所——更衣《こうい》室と言っていいでしょう、へ向かう場面で『付き人さんが（中略）、あたしたちを追《お》い越すように素早《すばや》く脱衣所に飛び込んでいった。たぶん、あたしたちに先んじて身支度《みじたく》を調《ととの》えたいんだろうね』（p207）という部分、鶴屋さんの感想を含めてあからさまです」

ハルヒが当然と言った面持《おもも》ちで首肯《しゅこう》し、

「付き人さんが飛び込んでいったのはもちろん男子更衣室で、鶴屋さんたちより早く着替えを終えたがっているのは、鶴屋さんと彼女に逃《に》げられないように女子更衣室の前で待ち構える必要があったからよね」

「実際にそうだったようですね。女子更衣室に付き人氏がいた描写はなく、二人が着替えを終えて出ると、『すでにあたしたちを待っていた』（ｐ２０８）のですから。付き人氏の苦労が忍《しの》ばれます」

その直前にある、『付き人さんのプロポーションも、これがもう、ものげっつくてね。並んで歩いているあたしなんか、まるでモヤシかつくしんぼ』（ｐ２０７）というのは、どう考えたらいい。

「付き人兼《けん》ボディガードでしょうから、格闘家《かくとうか》かボディビルダーのごとき筋肉の持ち主だったのでしょう」

イメージの瓦解《がかい》と落差が酷《ひど》い。

「ここなんか微妙じゃない？」

ハルヒがコピー用紙を人差し指で押さえ、

「ほら、『彼女と付き人さんはとても仲がいいんだよ。単なる主人と使用人の間柄《あいだがら》というドライなものではないのは確かだね』（ｐ２１０）ってところ、一見すると姉妹《しまい》みたいな関係性が匂《にお》わされているわ。ちょっとサブリミナル的だけど」

「そうですね。本当は『姉妹のように仲がいい』と書きたかったのではないでしょうか。しかし、それはさすがに事実に反すると考えたのでしょう。兄妹《きょうだい》と書けばネタバレになってしまいますし、あったとしても家族のように、あたりですか」

「それだとなぜ姉妹のようにって書かないのかという疑問が湧くでしょ。そこは抑《おさ》えた表現で正解だったと思うわね」

文章の添削《てんさく》か校閲《こうえつ》めいてきたな。

「まとめますと」

古泉が清涼《せいりょう》飲料水のCM感溢《あふ》れる微笑《びしょう》を浮《う》かべつつ、

「鶴屋さんは二重の叙述《じょじゅつ》トリックを仕込んでいたのです。性別誤認《ごにん》の仕掛《しか》けはそれ単体では気づきにくいのですが、ラストシーンの違和感《いわかん》から人数誤認トリックであることが解ると、そこから遡《さかのぼ》る形で性別の取り違《ちが》えが浮かび上がるようになっている。男女の錯誤《さくご》と二人三役、両方を指摘《してき》して合格点といったところでしょう」

などという総括《そうかつ》めいたコメントを発した。

「なるほど」とTが、「あなたたちが納得《なっとく》しているというファクトをあたしは知った。あなたたちがそれでよいと感じるあたしは長門サンに尋《たず》ねる。ハルたちは正解に辿《たど》り着いたのか？」

「…………」

長門は口を開かず、よって、そうとも違うとも言わず、そして驚《おどろ》くべきことに本から顔を上げると、質問したTを二秒ほど見つめ、そののち、再び読書する人型模型に戻《もど》った。

「……キャム、今の長門サンのムーブはどのように捉《とら》えたらよいことなのだ？」

当惑《とうわく》気味の声を出すTにかける言葉は俺にも持ち合わせがない。少なくともイエスかノーかだけはハッキリしている長門がファジー表現に目覚めた瞬間《しゅんかん》かもしれない。

ハルヒも長門の意外な挙動に、

「有希、あたしと古泉くんの答えは間違ってるの？」

長門は今度は顔を上げず、

「間違っていない」

透《す》き通りそうなほど細い声で答えた。

「じゃあ、合ってるのね？」

長門の小振《こぶ》りな頭がわずかに上下した。いつもの長門っぽい微細な仕草で、妙《みょう》な安心感がある。

しかし――。

なんだろう、いつからか続いている、このモヤモヤ感は。

喉《のど》に錠剤《じょうざい》が張り付いてなかなか落ちていかないような、いわく言いがたい違和感は何だ。

エピソード2の解答は、本当にあれでよかったのか？

まだ何かある気がするんだが、この手の問題に関しては俺は長門の首肯を全面的に信じるので、あいつがいいと言えばそれでいいのだろうが、だが、何だろうね。鶴屋さんの手のひらの上でゴロゴロしている感じ。

そんなに悪くはない気分ではあるものの、正体がつかめないのはやはり気がかりだ。

らしくなく思索《しさく》に励《はげ》んでいると、目の前のテーブルに小皿が置かれた。皿から伸びるたおやかな指の持ち主は、西洋メイド衣装《いしょう》に身を包んだ朝比奈さんで、

「お茶請《ちゃう》けです。どうぞ」

小倉羊羹《おぐらようかん》には木製フォークが添《そ》えられていた。俺に向けられた貨幣換算《かへいかんさん》不可能な価値を持つ朝比奈スマイルだけでお茶が何杯《なんばい》でも飲めるというものだが、あいにく朝比奈さんは笑顔《えがお》を絶やさず全員に羊羹を配膳《はいぜん》し、Tは皿の上の茶褐色《ちゃかっしょく》の長方形をエイリアンの携帯《けいたい》食料を見るかのような目つきで凝視《ぎょうし》している。

こうしてSOS団プラスワンの小休止が始まった、というタイミングだった。

『メ〜ルで〜す〜』

団長机のパソコンが、鶴屋さん第三のメールの到着《とうちゃく》を告げた。

鶴屋さんのタネ明かしメールを音読するハルヒの声は、懲《こ》りることなく鶴屋さんボイスで作られた読み上げソフトのようだった。

「きゃっぽーい。二つ目のお話はちょっと長かったから、これくらいでメールするのがちょうどいいとヤマ勘《かん》を働かせてみたんだけど、どうだったかなっ。

そう、お察しの通りだよ。あたしと彼女は村祭りの飛び入り参加を利用して付き人さんを全力で置き去りにしたのさ。この日の付き人が彼で助かったよ。

露天《ろてん》温泉では、もちろん水着を着用していたよ。そういうシステムのところだったのだ。

安心してくれまっせい。

懇親《こんしん》会をドタキャンしてもよかったのかって？　全然平気だ。懇親会と言っても彼女とウチんとこの関係者だけだったからね。あたしと彼女は賑やかしみたいなものさ。小綺麗《こぎれい》な服を着てひたすらニコニコしてるっていう簡単な仕事だけど、一度やってみたらいいよ。あたしと彼女が逃げ出したくなる理由がよっく解《わか》ると思うっさ。じゃけん、とてつもなく退屈《たいくつ》なので、とってもお勧《すす》めはできないねっ！

でもって、その後の話なんだけども、結果から言うと、あたしたちの逃避行《とうひこう》はあっさり終わったよ。

あたしと彼女が目的地の駅で列車を降りると、ホームで付き人さんが朗《ほが》らかな笑顔で待ち受けていたからね。うっそん。さすがに啞然《あぜん》としたっ。

　真相を言うと、あたしたち二人には新しく開発されたばかりの最新式発信機が張り付いていたんだよ。温泉で長湯をして身体《からだ》をくまなく洗い流しても取れないような厄介《やっかい》なやつで、しかも肉眼ではまったく見えないというエゲツなさだ。

　未《いま》だにアレがあたしたちのどこに付いていたのか解らないくらいなのだ。詳《くわ》しく書きたいところだけど、超《ちょう》のつく機密事項《じこう》になっちゃってるんだよね、これ。書けなくてごめんよ。

　どうりで、あの日に限ってガードが緩《ゆる》かったなとは思ったのさ。うまく逃げおおせたと思ったんだけど甘かったね。相手が一枚上手だったんだから仕方ないねえ。次はもっと考えてからやる必要があるねえ。うん、俄然《がぜん》やる気になってきたよ。うまくいったらまた報告するんで、よっしく。

　で、今回のメールに添付《てんぷ》したお話なんだけど、これが最後だから安心召《め》されて欲しいよ。

　ご存じの通り、今、あたしは親父《おや》っさんに連れられてあちこちドサ回っているところなんだけど、そんな小旅行の真っ最中、ほんのついさっきと言っていいくらい最近に出くわした事件があったのだった。

　ちょっとだけ面白《おもしろ》かったから、皆《みな》の衆にも聞いてもらいたくなっちゃって、でもこれだけだと唐突《とうとつ》みが甚大《じんだい》なので、あたしのトラベル思い出話を二つほど書いて送ったのは読んでもらった通りだね。前の二つは前説か前座だと思ってくれるがよろし。

じゃ、あたしたちの旅情道中こぼれ話第三話をどうぞっ。ちゃお！」

＊

ここはどこなんだろうねえ。

なんて、思わせぶりな始め方をしてみたものの、後が続かなかったよ。

最初に言っておくけど、今回あたしのセリフは最初に送った一個目のと同じで全部地の文と一体化しているから、余分なことを考えなくていい親切設計だ。

これ以降、この、これ↓「」内は全部あたし以外の人のお言葉なので、前回のような小細工はなしの精神でお送りする、そこは保証していいっさ。

てなわけで、あたしは腕組《うでぐ》みをして窓の外を見てた。

場所はタクシーの後部座席。時はそろそろ日が沈《しず》む頃《ころ》だね。

乗ってるのはあたしと運転手さんだけさ。前回みたいなハイヤーではなく、普通《ふつう》にあたしが泊《と》まってる宿の前で客待ちしていたタクシーだよ。

目的地はどっか別のホテルのまたまたパーティ会場と来たもんだよ。やんなるね。

ちなみにこうして、あたしが単独行動しているのには理由があって、それはあたしがそうしたいからだ。

親父っさんの出張に付きあわされてハッピースクールライフを何日か削《けず》る代わりに、各地をあいさつ回りするときは、できるだけ単身でいたいとの主張をむりくり呑《の》んでもらったのであるよ。旅先で泊まるところに乗る車まで親父っさんとツーショットなんて、あんまり愉快《ゆかい》な光景ではないしね。

ただし一つくらいはこちらも条件を呑まなくてはいけなくて、それがあたしが腕組みして窓の外を睨《にら》んでいる理由だよ。

あたしが今着ている服やら履《は》いている靴《くつ》やら付けている何やらは、頭の先から爪先《つまさき》まで、親父っさんがコーディネイトしたドレッシースタイルでね、今時こんな格好で出かける場所なんてアカデミー賞の授賞式くらいしか思いつかないな。

そして、あたしはオスカーさんとは縁《えん》もゆかりもないので、ただただ着心地《きごこち》の悪さだけを味わってムッスーとしているところだよ。

指定の衣装を着てパーティ会場では愛想《あいそ》よくしていること、それがあたしの自由行動の条件だった。

これも言っとくけど、今回ばかりは逃亡《とうぼう》の計画はなかったよ。

なんだか重要な発表会を兼《か》ねているとかで、エスケープの代償《だいしょう》は高く付くぞと軽く脅《きょう》迫《はく》されてたし、まだ新型発信機の在りかを見つけてなかったこともあったけど、発表内容にちょほほいと興味があったのは確かなんだ。

実はあたしん家と例の彼女の家は、ほとんどあたしたち専用の超《ちょう》小型《こがた》マイクロGPSトレーサーの開発を熱心にやってたわけだけど、その研究過程で思わぬ副産物が発明されちゃったらしいんだ。セレンディピティって言ったっけかなあ、こうゆうの。瓢箪《ひょうたん》から駒《こま》のほうが近いかな。

あたしと彼女をいかにして騙《だま》くらかすか、発信機をどこまでも限りなく極小《ごくしょう》高性能化するために頭のいい人たちが脳味噌《のうみそ》フル稼働《かどう》している途中《とちゅう》、まったく別方向の新種の理論だか仮説を思いついちゃって、でもまあ今やってる仕事とは関係ないから適当な紙にメモして放置していたのを、別の研究員みたいな職種の人が通りすがりに見つけて読んでみたら、その人がちょうどハマってたジャンルとジャストフィットしちゃったもんで、にわかに大騒《おおさわ》ぎとなるや否《いな》や、しゃしゃり出てきた親父っさんが即座《そくざ》に大々的に研究開発のゴーサインを出しまくったり、なんやかんやしたりして、色んな企業《きぎょう》や学術機関や研究施《し》設《せつ》なんかを巻き込んだ一大プロジェクトが立ち上がるまでになってしまったのだった。

そんなこんなで、いずれ大事業に発展するであろうとかの、今日はその発表記念パーティだよ。

プロジェクトに絡《から》む偉《えら》い人や賢《かしこ》い人や資金提供してくれる人たちが勢揃《せいぞろ》いして、計画成功を願ってドジャンと乾杯《かんぱい》したり、親睦《しんぼく》を深めたりするんじゃないかな。

その内容は、あたしも一応来る前にレクチャーは受けたけど、十％くらいしか理解できなかったさ。遺伝子をプロセッサ代わりにして色々計算させようとか、すっごい未来を感じる計画なんぞなもし。なんだっけ、ＤＮＡコンピュータとか言ったかなあ。

とにかく、わけは解らないなりに、ときめきだけは感じたのが、あたしの出席理由の一つだよ。三番目くらいの。

一番は、こういう席で顔を合わせる旧知の間柄《あいだがら》の友達と会えること、二番目はこういう席でしか顔を合わせない初見の人と友達になることだ。

着せられた親父っさん好みのドレスはアレだけど、なんだかんだで、いい機会を与《あた》えてくれてることには感謝だね。おかげで彼女とも知り合えたしさ。学校を何日かサボんないといけないのは残念だけど。

てなことをモノローグしながら、あたしは車窓をひたすら眺《なが》め続ける。

ちらっと頭に入れた地図によると、今あたしの乗るこのタクシーは真っ直《す》ぐ北方向へ向かっていた。広い道路の両脇《りょうわき》はかなり背の高い建物ばかりで、風光明媚《ふうこうめいび》とは言いがたい風情だねえ。

それゆえ反対側に顔を向けると、対向車がびゅんびゅん通り過ぎて行くそちらの景色も当然似たようなものだけれども、ビルとビルの合間にある隙間《すきま》や路地なんかに通りかかるたび、その間から見える落ちかけた太陽の輝《かがや》きがフラッシュのように車内を照らし上げる。それが眩《まぶ》しくて、あたしは目線の角度を上げた。

こういう日没《にちぼつ》ギリギリの空の色って何かいいよね。あと、これから夏になるって今みたいな時季の空気の香《かお》りとか、灼《や》けたアスファルトに雨が落ちた直後の匂《にお》いなんかもね。枕草子《まくらのそうし》改訂《かいてい》版が作られるとしたらぜひ採用して欲しいよ。

あたしが初夏の夕日の残滓《ざんし》を名残惜《なごりお》しく眺めているうちに太陽は完全に消え失《う》せて、若い夜が始まり、タクシーは目的地に着いた。

あたしの宿よりグレードが何ランクも上のゴージャスな高級ホテルだ。発表会と打ち入りパーティは一番大きいホールで開催《かいさい》と、そのくらいは頭に入れている。

あたしは運転手さんに料金を払《はら》うとタクシーから降り立ち、顔の表情筋に活を入れた。手始めに、跳《と》んできたホテルのボーイさんに、運んでもらうような荷物はないことを笑顔で告げ、んで会場の場所を尋《たず》ね、礼を言い、できるだけ大股《おおまた》にならないように気をつけながら、さくさくと歩く。親父っさんから、よく歩き方が子供っぽいって難癖《なんくせ》を付けられるんだよ。知らないよ、そんなの。歩き方くらい好きにさせて欲しいっさ。

まもなく到着《とうちゃく》した会場では、発表会の開始にはまだ間があるはずだけど、とっくに大勢の人たちがいてガヤってた。いくつもの丸テーブルが等間隔《とうかんかく》に配置され、その卓上《たくじょう》にはすでにお酒の類《たぐい》なんかが提供されている様子だ。

あたしは装飾《そうしょく》用の笑《え》みを浮《う》かべてホールに足を踏《ふ》み入れる。

まずは、かねてよりお知り合いである親父っさんの商売仲間とか提携《ていけい》相手とか同業他社の方々をいち早く探し出し、ご挨拶《あいさつ》に赴《おもむ》かねばならない。親父っさんと気の合うおっちゃんたちは大抵《たいてい》あたしとも合ったので、こういうのは苦にならないね。

初対面の人を紹介《しょうかい》された場合にはあくまで如才《じょさい》なく。まあ、もう慣れっこだよ。

一通りが済んだら、あとは友達を探すだけだ。

「鶴屋さん」

探す前に見つけられたよ。

「お久しぶりです」

そう言って、お辞儀《じぎ》の姿勢から戻《もど》った彼女の顔には、綺麗《きれい》だけど冷たい感じのする笑みが浮かんでいた。

シックで落ち着いた色合いのドレスを、まるで身体の一部であるかのように自然にまとう立ち姿。とりあえず少し見とれておく。典雅《てんが》ないでたちと雰囲気《ふんいき》は無色であるはずの周囲の空気を彼女色に彩《いろど》っているようで、あたしみたいなお仕着せを無理に着込んでいるレベルとは段違《だんちが》いだね。いつものことだけど。

あたしは挨拶を返すと、近くを通りかかったウェイターさんからウェルカムドリンクのグレープフルーツジュースを受け取り、それが果汁《かじゅう》百%なのを舌で確かめた。

彼女は手にした炭酸しゅわしゅわ系の液体が入っているカットグラスを物憂《ものう》げに揺《ゆ》らしながら、

「お会いできてよかったわ。ここでは話し相手になってくれそうな方が、あまりおられないようですもの」

この手のパーティ常連で年の近い人間がそもそも少ないもんねえ。あたしと彼女の共通の知人で似たような世代の人もいるにはいるんだけど、今日は来ていないと聞いている。プロジェクトに絡む企業の関係者であたしと彼女と似たような立場のはずなのに、どうにかしてうまいこと逃《に》げを打てたのだろう。あやかりたいよ。

あたしと彼女が近況《きんきょう》報告をやり取りしている間に、発表会のプログラムが始まった。

会場の照明が落とされると、壇上《だんじょう》のスクリーンにプロジェクターが映像を投映する。

同時に、フィルハーモニーみたいな音楽がジョラーンと鳴り響《ひび》き、プロジェクトのロゴをデカデカと映し出し、渋《しぶ》い声のナレーターが情感たっぷりに読み上げた。

その後しばらくプロジェクトの概要《がいよう》が映像とナレーションで説明され、ときどき観衆のどよめきを誘《さそ》う一幕もあったりしながら、あたしが二杯《はい》目のグレープフルーツジュースを飲み干すくらいの時間が経過したあたりだったね。

場を盛り上げる劇伴《げきはん》は最高潮のまま余韻《よいん》を残しつつ終了《しゅうりょう》し、照明が灯《とも》された。

集まった人々による万雷《ばんらい》の拍手《はくしゅ》の中、ステージにさっそうと登場したのは、今回の説明役を務める細身のおっちゃんだった。さっきの映像の中でプロジェクトリーダーと紹介されていた人だね。

こっからけっこうな間、リーダーの解説と質疑応答が続いたんだけど、これからのあたしの話には何の関係もないから省略するよ。理系的でバイオな専門用語だらけの、何だか詐欺《さぎ》の片棒担《かつ》ぎを持ちかけられているような計画の説明は、ちょっと面白《おもしろ》かったけど。

「お金持ち同士が集まって事業に出資し、さらなる大儲《おおもう》けをしようとする企《たくら》みです。成就《じょうじゅ》した企画《きかく》は新たな商品と市場を生み、人類の発展に少しばかり寄与《きよ》するそうですが、そんなものはお金儲けのついででしょう」

と彼女の評は手厳しい。

最後によく解らない理由、たぶん景気づけだね、で乾杯の音頭《おんど》が取られ、あっちらこっちらでグラスが激突《げきとつ》する効果音が鳴り響く中、ホールに料理が運び込まれてきた。またしてものビュッフェスタイル。舌に合うのがあればいいけど。

ざわめきに満ちた会場では、にわかに名刺交換会《めいしこうかん》が始まっていた。

もともと人脈作りの一環《いっかん》のような集まりだしね。うちの親父《おや》っさんもどっかにいるはずだけど、特に捜《さが》そうとも思わないや。

そんな中、時折、明るい笑い声が起こる一角があった。

そっちに目を向けると、親父っさんと言うよりは若いけどお兄さんと言うほどでもなさそうな年齢《ねんれい》の男の人がいた。

いつかどこかで挨拶したことがあるような気がする誰《だれ》かだったけど名前は知らない。

あたしの視線の先を追った彼女が言った。

「ご存じなかったかしら。あの人はわたしの遠縁《とおえん》にあたる方です。父方の祖父の兄弟筋の家系ですね。親族会議くらいでしか目にしませんが、今日は父が呼んだのでしょう」

何をやってる人なんだい？

「複数の会社の役員をいくつも兼ねていて、覚えきれないほどの肩書《かたが》きを持ってるはずですが、本職は自称《じしょう》投資家だったと思います」

吹《ふ》いて倒《たお》れるほどのアブク銭を持っている気配だけはするから、事業のスポンサーの一人として呼ばれたんだろうね。

「そうでしょうね」

あまり興味なさそうな口調。

見るともなしに見ていると、笑い声のタネは名刺にあるらしいことが解《わか》った。

その彼女の親戚《しんせき》の男性が名刺を差し出して交換相手に何か言うたび、それが確実にウケているみたいなのだ。自己紹介の際に笑いを取れる鉄板ジョークがあるんだろうね。本当に面白いのかどうかはともかく。

眺めているあたしの視界の中に、こっちはちゃんと見覚えのある人物が現れた。スマートフルな足取りで、名刺ジョーク氏に近寄って行く。

プロジェクト解説の動画にも出てて、遺伝子なんちゃらのドクターとキャプションが付いていた若い男の人だ。

ドクターはジョーク氏とは初対面だったのか、やはり名刺交換して一笑いした後、一分ほど和《なご》やかに談笑《だんしょう》すると、さっと身を翻《ひるがえ》し、一片《いっぺん》の躊躇《ちゅうちょ》もなく真っ直《す》ぐこっちに向かって歩いてきた。

隣《となり》で彼女が真横を向くのが目の端《はし》に見えたよ。

「やあ」

と彼が片手を挙げ、あたしも同じような挨拶を返した。以前どっかのパーティで自己紹介した記憶《きおく》が蘇《よみがえ》る。

スポーツマンのような長身のシルエットにイギリスブランドの高級スーツを嫌《いや》みなく着こなしながら、袖口《そでぐち》から覗《のぞ》く腕時計《うでどけい》は「時間が解ればいい」とばかりに完全に割り切ったデジタルのカジュアルモデルで、連続ドラマのレギュラーに交じっていたとしても不自然でない顔面偏差値《へんさち》と爽《さわ》やか笑顔、そして肩書きは医者兼《けん》遺伝子研究の若きホープときたあげくに、しかも独身。

彼もあたしのことを覚えていたようで、このプロジェクトで自分が果たす役割をにこやかに、如才なく、ユーモアすら交えて説明し、さりげなく自分のポストの重要性をアピールすることも忘れず、あたしの高校生活に関してさも興味津々《しんしん》であるかのようにピンポイントな質問をいくつかして、感心するほど的確な感想を述べ終えると、苦笑の浮かんだ顔をあたしの隣に向けた。

「ご機嫌《きげん》はいかがかな？　先程《さきほど》から僕には横顔しか見せてくれないようだが」

彼女は音を立てない口笛のような吐息《といき》を漏《も》らした後、彼へと向き直った。

「普通《ふつう》です」

「そうか。僕は高揚《こうよう》しているよ。このプロジェクトチームの一員に加われたことにも、ここでキミに会えたことにもね」

「そうですか」

「そうだとも」

あたしはよほど面白そうな顔をしていたんだろう。彼女はあたしを横目で睨《にら》み付け、手にしていたグラスの中身を一気に呷《あお》った。

彼が、お代わりを持ってこよう、お腹がすかないかい、などと気の付くところを見せて颯爽《さっそう》と立ち去った数十秒後、その彼に手回しをされたのだろうね、どこからかウェイターさんが数人がかりで丸いダイニングテーブルをあたしたちの前に運び込んできて、あたしと彼女が飲んでいたドリンクの追加をビンごと設置した。と同時に、彼が熟練のギャルソンのような足取りで両手の取り皿に料理を盛り付けて戻って来た。

彼は皿をテーブルに置いてウェイターさんたちに軽妙《けいみよう》な言い回しでお礼の言葉を告げ、テーブルごとお代わりを持ってきてくれたウェイターさんたちはプロフェッショナルな会《え》釈《しやく》をすると素早《すばや》くホールへと散っていった。

あまりに鮮《あざ》やかだったので、あたしの口から感謝するのを忘れていたよ。後でしておこう。

彼はミネラルウォーターのグラスを掲《かか》げて、あたしたちとの乾杯《かんぱい》を促《うなが》した。絶妙《ぜつみょう》なまでに演劇的な口調と身振《みぶ》り手振りに、うかうかと乗ってしまうあたしだった。

彼女は無理矢理作ったような嫌《いや》そうな面持ちを見せ、さらに渋々《しぶしぶ》といった具合にのろのろと腕を上げるという演出を自らに課しつつ、それでも炭酸飲料入りのグラスを彼のものと合体させた。

なんていうかこう、ものっそいわっかりやっすいツン・ビフォア・デレだね。ニヤニヤしちゃうよ。

「鶴屋さん、何か楽しいことを思い出したのですか？」

あたしの表情を気にした彼女が惚《とぼ》けたようなツッコミを入れてきたけど、いかにも苦しいね。思い出し笑いに誘導《ゆうどう》するには無理筋過ぎだよ。

ひょっとしたらあたしは二人の世界の邪魔者《じゃまもの》なのかもしれないと感じ始め、さり気なくこの場を立ち去った方がいいのかなという思念を込《こ》めて彼に視線を送ると、それには及《およ》ばないという返答の篭《こ》もった一瞥《いちべつ》が返ってきた。むしろ、いて欲しいくらいのニュアンスが配合されていたかな。

それならそれで、あたしは二人のやり取りを面白く観察させてもらうことにした。

その前段階として、二人の関係性を思い出すことから始めようか。

　ええと、まず、彼女には花婿《はなむこ》候補が何人もいる。

　このヤングドクターはその有力候補の一人だよ。

　彼女の親父っさんの思惑《おもわく》はいまいち解らんけど、あたかも偶然《ぐうぜん》の出会いのように、いい感じの男性を彼女の周辺にキャスティングして、娘《むすめ》の食いつきを観察しているんだと、あたしは睨んでいる。観察対象は娘だけじゃなくて男性のほうもだね。どんな会話をし、どんな反応をするか、細かくチェックされているんだと思うよ。趣味《しゅみ》悪ー。

　てなわけで、このミスタードクターがプロジェクトのメンバー入りしているのは絶対偶然じゃないよね。

　けど彼女もそんなのご存じのハズさ。最初は親のお眼鏡に適《かな》った男かと色眼鏡で見ていたけど、しかし彼と度々《たびたび》接するうちに徐々《じょじょ》に心を開きつつ……みたいなありがちパターンだと思いねえ。あたしに見える範囲《はんい》ではそんなんだね。

「先程の映像で説明が足りてなかったところを解説させて欲しい。この研究の画期的なところは――」

　彼氏ドクターはどこまでも朗《ほが》らかに、そして巧《たく》みな話術で、このプロジェクトにおける自分の参加領域について中学生にでも解るような例題を用いながら解説をしてくれた。良質な科学エッセイを音読されているようで、するする知識を飲み込んでいける。彼が教師をしていたら絶対人気の授業になるだろうね。

彼が提供する話題は多岐に亘《わた》り、政治経済スポーツから最近流行《はや》りの動画まで、聞く者を飽《あ》きさせない語り口も見事なもので、合間合間に挟《はさ》まれるユーモアの欠片《かけら》にはあたしも何度か笑っちゃったよ。

彼女はと言うと、そっぽを向いたり、そっと彼の顔を見上げたり、目が合ってまた逸《そ》らしたりと忙《いそが》しいご様子。

彼はあたしと彼女に均等に話しかけていたけど、目線はほとんど彼女の横顔に向いていて、綺麗《きれい》な曲線を描《えが》くその耳に言葉を投げかけているようであった。

まあ、お似合いなんじゃないかな、うん。あたしのドングリ眼《まなこ》にはそう映る。

「――このアイデアの元になったのが、GPSトレーサーの内蔵バッテリーをどれだけ省電力化できるかというその一点から始まったのが面白《おもしろ》いところでね。それがまったく畑《はたけ》違《ちが》いの遺伝子工学的アプローチにより――」

いよいよ話に熱がこもり始めた時、彼の名を呼ぶ声がした。

彼の同僚《どうりょう》っぽい人が親しげに歩み寄り、

「紹介《しょうかい》しておきたい人物が来られた。あいさつをしておけ」

それからあたしたちに、

「お嬢様《じょうさま》がた、申しわけありませんが、少しの間、こいつをお借りしますよ」

「どうぞご自由にしていただいて構いません。わたしに断りを入れる必要などありませんわ」

「え？　そうですか？　それではありがたく連れて行きます」

なんて会話があって、彼は微苦笑《びくしょう》をたたえながら、

「ショウコくん、また後で」

そう言って立ち去った。

フロアは広くて、しかも人がいっぱいいた。人混《ご》みに紛《まぎ》れ、彼の姿は見えなくなる。

彼女はどのような感情とも取れる息を小さく吐《は》くと、炭酸の抜《ぬ》けたグラスの液体で唇《くちびる》を湿《しめ》らせた。

その後、あたしと彼女はしばらくの間、とりとめのない会話を楽しむことにした。

互《たが》いの近況《きんきょう》を報告し合うだけでも、それなりに時間が潰《つぶ》れるね。

ついでに彼が持ってきてくれた料理をもっしゃもっしゃと食べておく。予想通り、あまり舌に合わないけど。

あたしは新学期以降のハイスクールエピソードを抜粋《ばっすい》しながら語り、みくるネタで彼女の笑い声を獲得《かくとく》するのに成功したよ。

彼女はできるだけ親の世話にならずさっさと自立したいみたいで、計画中のショップ経営の話を聞かせてくれた。

そういう話になると、あたしもどうしようかなあって気分になるのだった。家業を継《つ》ぐか継ぐまいか。こういう親父《おや》っさんのお供じゃなくて、自分の足だけであちこち旅してみたい気持ちもあるし、一度、どこかで一日中空を見上げながら将来をぼうっと考えるのもいいかもね。

彼が姿を消して十五分以上は経《た》ったと思う。彼女がチラチラ腕時計を確認《かくにん》する頻度《ひんど》が増えたなーと思っていたところ。

どこかで小さな悲鳴が聞こえた気がした。いや、確かに聞こえた。

周囲の喧噪《けんそう》ノイズのせいか、彼女を含《ふく》めて誰《だれ》も気がついてないようだ。

あたしはトイレに行くと言い訳し、そそくさと彼女の元を離《はな》れた。

声のした方角にあたりをつけ、会場を出ると、同じフロアの扉《とびら》から血相を変えたホテルの従業員さんが駆《か》け出していった。

パーティ会場に隣接《りんせつ》する控《ひか》え室だ。

開きっぱの扉からお邪魔《じゃま》すると、丸テーブルがいくつか、テーブルを囲む形で椅子《いす》が何脚《きゃく》も配置されている。

メイン会場は立食スタイルだからね、足が疲《つか》れたり一休みしたい時はこっちで座って休憩《きゅうけい》しておくれって目的の部屋なんだろう。

異常はすぐに見つかった。

誰かが絨毯《じゅうたん》の上に寝転《ねころ》がっている。

急いで駆け寄ると、彼だったよ。ほんの十五分ちょっと前まで、おしゃべりしていた若きドクター彼氏だ。

彼は仰向《あおむ》けに横たわり、目を閉じて倒《たお》れていた。

後頭部からの出血が、絨毯に染《し》みを作っている。

近くのテーブルの端《はし》に血痕《けっこん》を発見した。たぶん頭をここにぶつけたんだろう。まさか自分からぶつけたんじゃないよねえ、と考えていると、呻《うめ》き声がする。

よかった、生きてたよ。

動かすのはまずそうなので、あたしは彼のそばにしゃがみ込んだ。薄《うす》く目を開き、息苦しそうにしている。ネクタイを緩《ゆる》めてあげながら尋《たず》ねた。

大丈夫《だいじょうぶ》？　いや大丈夫そうではないのは見れば解《わか》るけど。

解らないのは一つかな。

誰の仕業《しわざ》だい？

彼はあたしを見上げた。唇が弱々しく動き、苦しげな息を吐く。

あたしが耳を近づけた時、ホテルの人たちがどやどやと駆けつけてきた。クロークの人やコンシェルや支配人っぽい人までいる。一様に愕然《がくぜん》とした表情をしているね。最後尾《さいこうび》にいたのがさっき駆け足で出てった従業員さんで、救急箱を手にしている。

支配人さんらしい風体《ふうてい》の人が救急車の手配を命じ、クローク係の人がすっ飛んでいった。

「う……」

彼の意識不確かな視線が、救急箱を持つ従業員さんのところで止まっている。もっと正確に言うと、見ているのは救急箱だった。進み出てきた従業員さんが救急箱を床《ゆか》に置くと、視線もそっちに向いたからね。

何かを言おうとしている。何をだろう。あたしの質問、誰の仕業？　の答えかな。

果たして、彼は痛々しさ溢《あふ》れる表情で小さく肯《うなず》き、消え入りそうな声で、

「飲むな……」

はい？　もう一度頼《たの》むよ。

「……飲んでは、いけない……」

あたしの耳にはそう聞こえた。

そして、それだけを漏《も》らすと、彼は気を失った。

そこからはバタバタだよ。騒《さわ》ぎを聞きつけたパーティ参加者たちが何だ何だと押し寄せたり、誰かに聞いたのか彼女までやって来て、頭から血を流して倒れているフィアンセ候補を見るや卒倒《そっとう》しちゃったり、救急隊員の方々が到着《とうちゃく》するまでいやに長く感じたね。

ある程度の結論を先に言うと、彼氏は後頭部打撲《だぼく》による裂傷《れっしょう》を受けていたけど、命に別状はなかった。のちに念のため入念な検査がなされて、脳に何ら影響《えいきょう》がないとも明らかになった。

もろちん、自分でコケて頭をぶつけたのではないよ。犯人と揉《も》み合いになり、押し倒された際にぶつけたんだ。

だからこれは傷害事件だ。

いやあ、ここまで来るのに長々と書いちゃったもんだねえ。

やっとこさ問題を提供するときが来たよ。

あたしからの出題はただ一つさ。

犯人の名前を言い当ててくだされ。

以上だよ。

あ、一応言っておくと、救急箱の従業員さんは単なる第一発見者だからね。まあ、これ、あんまりヒントにはならないと思うけど。

頃合《ころあ》いを見て、ちゃんとしたヒントを送るよ。んじゃ。

＊

ハルヒの朗読が終わると、文芸部室は三度目の沈黙《ちんもく》に包まれた。

ただ各々《おのおの》の手元にある鶴屋さん的旅情エピソード3のプリントアウトがカサカサと音を立てるのみである。

エピソード2での反省を込《こ》めて、あらかじめ人数分を印刷しておいたわけで、それなら別に朗読はいらなかったのではないかと思うのだが、なんとなくその場のノリと始めたからには最後まで押し通さないと気がすまないといった流れでハルヒが音読するのを耳にしながら目で文章を追うという、現国の授業かと錯覚《さっかく》する状況《じょうきょう》に置かれていた時間が終わったことに安心してばかりいられないのは、エピソード三作目にして、ようやくのように問題が提示されたからである。いわば、これからが本番だ。

そして俺は鶴屋さんの出題に対する答えがまるっきり欠片《かけら》も思いつけていない。そもそも出題意図がいまいち理解できないでいるのだが、それは俺の読解力が致命的《ちめいてき》に貧弱《ひんじゃく》だからか？

しかし頭を捻《ひね》っているのは俺だけではないらしく、ハルヒと古泉は考える人のポーズをとって虚空《こくう》を注視しており、長門ですら書物を置いてエピ3のペラを凝視《ぎょうし》している。日本語文章解読の不得手さを公言していたTが印刷物を放置し、ただ耳をハルヒの朗読に傾《かたむ》けていたその横で、朝比奈さんがページの一点に目を据《す》えて固まっておられた。ミステリとは縁遠《えんどお》そうな朝比奈さんでさえ気がかりを覚えるようなセンテンスを、俺の目は何も感じることなく読み終えてしまったらしい。そんなに解りやすい違和感《いわかん》があっただろうか。さらに、

「ショウコ？」とハルヒが呟《つぶや》き、

「ダイイングメッセージ……それにしては……」と古泉が独りごちる。

どうもそれぞれ引っかかっている箇所《かしょ》が違うようだ。

司会者役と団長のツートップが思索《しさく》の海に沈《しず》んでいるため、誰も音頭《おんど》を取る者がおらず、その上業腹《ごうはら》なことに、俺とT以外はすでに何やら思考が回転しているふうである。

そんな中、Tが呑気《のんき》な顔をしているのにはホッとする反面、

「お前はミステリ研だろ。部活の一環《いっかん》でこういう謎解《なぞと》きをしたりはしないのか」

「たまにする」

Tはエピソード3が記されたコピー用紙を引き寄せ、ボールペンでちょこちょこ書き込

みを入れながら、

「しかし、あたしはフーダニットの担当ではない。スペシャリティでないのだ。真相に到着した例がない。どちらかと質問されると、あたしはアイズリーディングオンリーを好む」

読み専てことか。

「それにだ、これはSOS団の諸君へのプロブレムであろう？　アウトサイダーのあたしはサイドラインから目一杯《めいっぱい》のエールをあなた方にプレゼントするのみである」

何をせっせと書いているのかと覗《のぞ》き込むと、エピ3文章の漢字部分にふりがなを振《ふ》っていた。単語を小さく口ずさみながら。時折、

「キャム、コザイクとはどういう意味だ？」

手先が器用な木工職人を指す言葉だ。

「短時間で露見《ろけん》する精度の低い企《くわだ》て」

長門が顔を伏《ふ》せたまま訂正《ていせい》し、Tはフムと頷《うなず》いてから、

「フーコーメービと発音するチャイニーズテキストは何を意味する文字列なのか？」

前漢《ぜんかん》の末期頃《ごろ》に洛陽《らくよう》で踊《おど》り子をしていた美女の名前だ。その美貌《びぼう》は涼《すず》やかにして目も眩《くら》むほどだったと『資治通鑑《しじつがん》』に記録されている。

「地球上の光景で特に見栄《みば》えがよいと感じる場所に対する賛辞を含んだ表現」と長門。

「ヒョウタンからコマとは？」

　将棋《しょうぎ》の駒《こま》を合計四十枚入れられる大きな瓢箪《ひょうたん》がある。江戸《えど》時代の人は日常的にそうやって持ち歩き、いつでも将棋を指せるようにしていた。そこから転じて一勝負しようという意味になった。

「予測範囲外《はんいがい》にあった事象の発生を示す喩《たと》え話。駒とは馬のこと」

　俺と長門がTの日本語習熟活動に荷担《かたん》していると、古泉が顔を上げ、こいつが持つ無数の微笑《びしょう》パターンの一つを向けてきた。

　どうした、もう謎は解けたのか？

「いいえ」

　古泉はせっかく推理すべき謎が提供されているというのに、そんなもん知るかとばかりのやりとりをしている俺とTに咎《とが》めるような笑《え》みと一瞥《いちべつ》をくれると、

「フーダニットとしては、多少風変わりですね」

　古泉は最後のページに視線と指先を這《は》わせつつ、

「犯人を指摘《してき》せよ、ではなく、犯人の名前を当てろ、というわけですか。なるほど」

　同じことじゃないか。

「一般《いっぱん》的な文章としては同じと言っていいでしょうが、この問題文を前提にするなら、や

はり違《ちが》うと解釈《かいしゃく》すべきでしょう」

なぜだ。

「なぜなら、」

と、ハルヒが団長席からセリフを割り込ませた。

「犯人は考える必要がないくらい明らかだからよ」

誰《だれ》だ。

「あんたも、ちょっとは考えなさいよ。人の答えを丸写ししているだけじゃ学力の向上は望めないわよ」

推理学部探偵《たんてい》学科を志望しているわけではないんでね。

「とはいえ」と古泉。「目星くらいは付いているのでしょう?」

「まあな」

俺はコピー用紙をめくり返し、

「鶴屋さんが名刺《めいし》ジョーク氏と呼んでいた人だろう。例の彼女の父方の祖父の兄弟筋とかいう」

「なぜそう思ったんです?」

まともに人物紹介《しょうかい》されているのが爽《さわ》やかドクター氏と名刺ジョーク氏しかいない。それで前者が被害者《ひがいしゃ》なんだから、後者が犯人に決まっている。簡単な消去法だ。

「謎解きをするにあたってメタフィクション的アプローチからの逆算は、本来、邪道《じゃどう》なのですが……」

俺たちが言えた義理ではない。SOS団のどこに正道がある。完全なる非合理的組織だろう。俺もお前もそんな団体の構成員だ。

「それはまさにその通りです。そしてまた鶴屋さんが送ってきたこの挑戦状《ちょうせん》も、正統的な謎解きではないようですね」

そう水を向けられたハルヒが、

「キョンの言うとおり犯人は解りきってるから、それは問題にはならない……。だから、ではなくて、その名前を当てろってことよね。鶴屋さんらしいじゃない。こういう突飛《とっぴ》な感じ、あたしは好きだわ」

ハルヒはボールペンの先でこつこつと机をつついていたが、

「みくるちゃん、お茶まだ余ってる？　読み上げてばっかりだと喉《のど》が渇《かわ》くのよ」

「あっ、はいっ」

印刷されたエピソード3の一点を見つめていた朝比奈さんだったが、ハルヒの声に我に返ったように頭を上げた。

「少々お待ち下さぁい」

上履《うわば》きでパタパタ音を立てながら、SOS団専属メイドが本来の仕事を再開する。ついでに目を向けると、長門はすでにコピー用紙の束とは別れを告げ、元の読書人に戻《もど》っていた。

「………………」

長門のことだから既《すで》に解答に至っているのかもしれなかったが、そんな素振《そぶ》りを見せないのは場の空気を読んでのことか、いや、いつもこうか。

最初に音頭を取ったのはやはり古泉だった。

「それでは、犯人の名前を類推できそうな箇所をチェックしてみましょう」

「そうね。まず一番解《わか》りやすいところからいきましょ」

素直《すなお》なことに、ハルヒが真っ先に反応する。

「やはり、ダイイングメッセージのところでしょうか」

「死んでないからダイイングとは言えないかもしれないけど、別にいいわよね、ダイで」

「フェインティングメッセージでは様になりませんからね」

どっちでもいいから話を進めてくれ。

それでは、と古泉はページをめくり、

「気を失う直前に、ドクター氏が鶴屋さんに告げた言葉、これが犯人を示していると考えて間違《まちが》いないでしょう」

「一番明快なヒントよね」

ハルヒは湯飲みを手に取り、空だったことを思い出したように机に戻すと、すかさず朝比奈さんが急須《きゅうす》を片手に団長机へと進み出て、温《ぬる》くなった日本茶を注いだ。

「ありがと」

半分ほどを一気に飲み干し、

「ドクターさんが今際《いまわ》の際《きわ》に言い残した、『飲むな』または『飲んではいけない』が、なんやかんやしたら多分、犯人である名刺さんの名前になるんだわ」

どういう変換《へんかん》をしたら、その二つのワードから固有名詞が出てくるんだ。

「その変換のパターンを突《つ》き止めるのがこの問題の主眼ですよ」

古泉はエピ3の印刷原稿《げんこう》にあらかじめチェックマークを入れていたようで、

「まず、名刺ジョーク氏と『彼女』であるショウコさんは同じ苗字《みょうじ》を持つ可能性が高い。ここまではいいですね？」

祖先が父系で繋《つな》がるらしいから、そこに異論はない。

「ショウコさんの苗字が解れば、自動的に名刺さんの姓《せい》も解るってわけだけど、『彼女』

の苗字が匂《にお》わせてあるところなんて他《ほか》にあったかしら」

ハルヒの視線が机の上の二つの束、鶴屋文書エピソード1と2をかすめた。

「記憶《きおく》にある限り、ありませんね」と古泉。「むしろ逆でしょう。名刺ジョーク氏の苗字が判別できたらショウコさんのフルネームが浮《う》かび上がってくる。そういう趣向《しゅこう》なのではないでしょうか」

「今まで散々出てきた名無しの『彼女』の名前がいきなり明かされたことにも、何か意図があるような気がするわ」というハルヒの提言に、

「そうですね」古泉が首肯《しゅこう》し、「エピソード1から3を通して、人物の固有名詞が登場したのは、そのショウコさんただ一人です。エピソード1はほとんど鶴屋さんと『彼女』だけの物語でしたが、エピソード2の付き人氏はほぼ出づっぱりですので、名前で呼ぶシーンの一つくらいあってもよさそうなものでしたが」

名前を呼ぶと性別誤認《ごにん》トリックのネタバレになるからじゃないか？

「苗字ならば問題ないかと」

「ちょっと待って」

ハルヒは右手を挙げ、左手を熱を測るように額に当てていた。

「そういうことなんじゃないんだわ。ショウコさんの名前を出すなら、エピ1や2で出て

いてもおかしくない。これも逆なのよ。なぜエピソード3で名前が明かされたのか。それが気になるわ、すっごく」

常識的に考えると、ショウコという名前が犯人の名刺さんの名を類推するヒントだから、と考えるのが普通《ふつう》だろう。

「それは、まあ、そうなんだけど」

ハルヒにしては煮《に》え切らない顔つきだった。いつもの快刀乱麻即断即決《かいとうらんまそくだん》をモットーとする直感はどうしたんだ？

「何言ってんの？　あたしはいつもよく考えてから物を言っているわよ」

本気でそう思ってそうで怖《こわ》いんだが。

「ショウコという名前がカタカナ表記であるのが謎ですね」

古泉がズレかけた軌道《きどう》の修正を図る。

「漢字だとマズいことでもあるのでしょうか」

俺の予感を言っていいか？

「どうぞ」

鶴屋さんはエピ3の最後に『頃合《ころあ》いを見て、ちゃんとしたヒントを送るよ』（p288）と書いている。これはおそらく、ノーヒントでは特定不能ということなんじゃないか？

「その可能性はありますね」

古泉は顎《あご》を撫《な》でつつ、

「鶴屋さんが次のメールでヒントを送ってくるまでの時間がいかほどか。その時間の長短が鶴屋さんが僕たちをどう評価しているかの、一つの物差しになるでしょう」

すぐにヒントが来るようなら、俺たちが早々に音を上げるのを見越《みこ》していたことになる。

「最初のヒントはショウコさんの漢字だと思うわ。なんとなくだけど」

ハルヒがなんとなく思うのなら、ほぼ間違いはなさそうだ。

「では、ショウコさんの字はヒント待ちとして、別の側面から名刺氏の名を推定していきましょう。鶴屋さんがけっこう細かく描写《びょうしゃ》しているところから判断すると、その名の通り、名刺に最大の手掛《てが》かりが隠《かく》されているはずです」

隠すも何も、名刺にはフルネームが書いてあるはずだから、そいつを覗《のぞ》き見さえすればすべて明らかになるってもんだ。

「鶴屋さんは名刺氏の名刺交換《こうかん》シーンをかなり詳述《しょうじゅつ》してくれていますね。例えば『笑い声のタネは名刺にあるらしいことが解った』（p277）とか、『名刺を差し出して交換相手に何か言うたび、それが確実にウケている』（p277）、『自己紹介の際に笑いを取れる鉄板ジョークがあるんだろうね』（p277）など、どうも名刺に記載《きさい》されている彼の名前にプラスして、一言付け加えることで一発ギャグが成立するのだと思われます」

そんなに笑える名前だと変に弄《いじ》られて疲《つか》れそうだな。

それで、自己紹介がギャグになるような名前とやらに心当たりがあるのか？

「現時点では見当も付きません。ただ一つだけ解るのは、苗字だけでは笑いのネタになりそうにないということです」

「苗字だけでいいのなら」とハルヒ。「ショウコさんもその鉄板ジョークを使えるはずよね。きっと鶴屋さんもとっくに知っているギャグのはずよ。でも鶴屋さんは名刺さんのことを『名前は知らない』（p276）と言っていて、ジョークの種類に関してもよく解っていないような口ぶりでしょ？　だから名刺さんの名刺ジョークは、姓と名の合わせ技《わざ》になっているって推測が成り立つわけ」

ますます解らんな。早めのヒントが欲しいところだ。

ハルヒは机に両肘《りょうひじ》をつき、重ねた手の上に顎を乗せて、

「名前をネタにしたジョークと、ドクターさんのダイイングメッセージ、『飲むな』『飲んではいけない』が無関係なわけはなくて、鶴屋さんが問いかけた『誰の仕業だい？』（p285）の答えがその二つのセリフなのだから、それらはそのまま、犯人の名前を表していると受け取ることができるわ。ただ被害者は意識朦朧《もうろう》としていたようだから、頭の回線

が変な繫がり方をして、とっさに不可解なことを言ってしまったというのは蓋然性《がいぜんせい》としてアリよね」

「ええ、ドルリー・レーンが放った歴史に残る名言、『死の直前の比類のない神々《こうごう》しいような瞬間《しゅんかん》、人間の頭の飛躍《ひやく》には限界がなくなるのです』とあるように、ダイイングメッセージは最早《もはや》何でもアリということになっていますからね。もっとも、この被害者は昏倒《こんとう》しただけのようですが」

その名言がどことなく開き直りに聞こえるのは俺だけか。

「気絶レベルだからあまり神々しくはならなかったみたいね。ダイイングメッセージとしてはどこかしら中途半端《ちゅうとはんぱ》だもの」

不謹慎極《ふきんしんきわ》まりない会話である。

「もう一つ、重要なシーンが文中にあります」

古泉が人差し指を額の前で立てつつ、

「メッセージを伝える直前、ドクターの視界にあったものです。『もっと正確に言うと、見ているのは救急箱だった。進み出てきた従業員さんが救急箱を床《ゆか》に置くと、視線もそっちに向いたからね』（p286）という部分。ここから、救急箱が重要なアイテムとして関《かか》わっていることが明示されています」

つまりこうか。犯人である名刺氏《めいし》の名前は、
1．笑えるほどの奇妙《きみよう》なシロモノで、
2．飲めないものとして知られている何かの名称《めいしよう》になっている可能性があり、
3．救急箱に入っているものかもしれない。
「素晴らしいまとめです」

古泉は今日で一番の笑顔《えがお》と認定してもよい表情を作り、

「あとは想像力の翼《つばさ》を目一杯《めいっぱい》羽ばたかせつつ、もう一つ、何らかのピースさえ埋《う》まれば正解に辿《たど》り着けるという希望が見えてきました」

やけに楽観的だな。とりあえず救急箱の中身について調べてみるか。

俺がノートパソコンに手をかけたその時、

『メ〜ルで〜す〜』

待望のヒントが、タイミングよくやって来た。

「意外と早かったわね。もう少しタメてくるかと思ってたけど」

ハルヒは湯飲みの中身をずるずると啜《すす》りながらメールチェックし、例によって音読する。

今までに送られてきたメールとは趣《おもむき》を異にし、本文のみで、かつ素っ気ない文面だった。ただ四行の文章が以下のように告げていただけ。

ヒントその一、辞典やネットで調べてもいいよ。
ヒントその二、救急箱に入っている物の名前ではないよ。
ヒントその三、彼女の家では代々、名前に『尚』の字が入るよ。
ヒントその四、犯人の名前は一部カタカナでもいいよ。

念のため印刷されたペラが俺の手元にも回ってきた。ヒントその二など、俺のために書き添《そ》えてくれたとしか思えない。

「ヒントは一つずつ刻んでくると思いましたが、大盤振《おおばんぶ》る舞《ま》いですね」

「下校時間を考慮《こうりよ》してくれたのかもしれないわね。一つ一つを念入りに考えていたら今日中に終わりそうにないほどの難問なのか。どっちにしろヒント自体は分けて考察しないといけないわけだから、単に何度もメールを送るのが面倒《めんどう》だったんじゃないかしら」

推理担当の二人がサラッと感想を述べた後、まず古泉が、

「この四つの手掛かりから、たちどころに確定した情報を列挙していきましょう」

「ショウコさんの名前、尚子と書くのね。コのところが湖や狐《きつね》の可能性もあるけど、無視していいでしょ。当てないといけないのは犯人さんの名前だから」

「気をつけるべきは、尚の字の読み方です。尚子さんはショウと音読みですが、名刺氏の名前もそうだとは保証されていませんね。仮に尚一だったとして、ショウイチと読むかナオカズと読むかでジョークの種類も違《ちが》ってきますから」

鉄板名刺ジョークは発音込みのものなのか？　ひょっとしたら漢字だけで成立する仕組みになっているかもしれんぞ。名刺は普通、漢字で名前が書いてあるものだろう。

「いい着眼点です」

古泉は颯爽《さつそう》とばかりに立ち上がると、部室の片隅《かたすみ》にあったホワイトボードを引き寄せて専用マーカーを取り、白地の中央に『尚』と書き込んだ上で、尚の字の左右にショウ、ナオとルビを振《ふ》った。

「しかし、ヒントその四により、カタカナ表記でも構わないとされていますので、漢字そのものよりは読み方が肝要《かんよう》であると推察できます。またエピソード3の文章にあった『名刺を差し出して交換相手に何か言うたび、それが確実にウケているみたい』（p277）という描写から、単にフルネームを見せるだけでなく、もうワンアクションあって完成する冗句《じようく》であることも同様です」

ナオかショウという言葉が入った冗談で、人名で言い表せるほどの短い文章か。

ネットを検索《けんさく》すればヒットするかな。

「ヒントその一ね」

ハルヒがマウスを握《にぎ》りつつ、

「調べてもいい、というのは調べないと解《わか》らないということ？　それと気になったんだけど、辞典で調べても、ってあるでしょ」

長門の蔵書にある奇妙な事典が役に立つ時が来たのか。

「それよ、キョン」とハルヒは勢いよく、「なぜ『事典』じゃなくて『辞典』なの？」

事典と辞典の違いだと？　それこそ辞書で調べないと答えを出せないな。

古泉はボードに事典、辞典と書き入れてから、

「普通に考えて、事典は百科事典のように物事の説明や解説を詳述したもので、辞典は英和辞典や国語辞典のように言葉の意味や用法を記したものと区分けできるでしょう。より専門的なのが事典、僕たち学生に馴染《なじ》み深いのが辞典ですね」

つまり、名刺ジョークを理解するのに何か一つのジャンルに特化した特殊《とくしゅ》な事典は必要ないってことか。

「たぶん一般《いっぱん》的な知識レベルで解けるけど、ひょっとしたら辞書を使わないと解らない、

と鶴屋さんが思っているくらいの難易度なんだわ」

　さて、鶴屋さんは俺たちの誰《だれ》の脳味噌《のうみそ》を基準に考えているんだろうか。横目で長門をうかがうと、そしらぬ体《てい》で通常読書モードだ。それがすべて解ってて聴衆に徹《てっ》してくれているからなのか、情報不足につき考慮に値《あたい》しないとの意思表示なのか、判断が付きかねた。

　部外者のTは鶴屋文書をテキストにして、今は朝比奈さんをティーチングスタッフに据《す》えて漢字の読み方を習っている。

　金髪《きんぱつ》の留学生を相手に家庭教師をやっているキューティフルメイドの姿も絵になることこの上なしだ。教えているのはほぼ漢字の読みだけなのも微笑《ほほえ》ましいね。

「四つのヒントはどれも重大な示唆《しさ》を含《ふく》んでいますが」

　古泉のペンがボードに新たな単語を刻んだ。

「二つ目の、『救急箱に入っている物の名前ではない』というのは唯一《ゆいいつ》の否定形にして、最大の足がかりになるかもしれません」

　救急箱と書いた上に×印をつけ、

「ところで、救急箱に入っている物とは何でしょう」

　薬や包帯、絆創膏《ばんそうこう》などだろうが、そんなのはどこに常備されている救急箱なのかにもよるだろうし、本当に中身を確認《かくにん》したいのなら、そのホテルに電話して尋《たず》ねるしかない。

「それはできないし、しなくてもいいのよ」

ハルヒは意味なくマウスをパッドの上でぐるぐる回しながら、

「重要なのは救急箱に何が入っているのかじゃなくて、救急箱そのものなんじゃないかしら。被害者《ひがいしゃ》のドクターさんが気を失う前に妙《みょう》に救急箱に固執《こしつ》してる理由、そこに犯人さんの名前に繋《つな》がる大《お》っきなキーポイントがあるはずだわ」

「その名の通り、ドクター氏は医者であり研究者でもあるかたです。医師的な視点に立って考えれば、救急箱から何かが見えてくるかもしれませんね」

いかんせん俺は医者でも医学部生でも医学部志望でもないんでな。

「それは僕もですが」

古泉はマーカー消しで×マーク入りの救急箱を消し去ると、また同じ三文字を書き直した。

「救急箱の中身を捨て去るには、時期尚早《しょうそう》のような気がしますね」

尚早と書いてナオハヤと読む可能性はどのくらいだろう。

「ゼロね」ハルヒはあっさり切り捨てて、「そうね、『救急箱に入っている物の名前ではない』＝救急箱の中に入っていない、というわけじゃないんだから、やっぱり入っている物にちなんだ言葉が関係しているはずよ」

「商品名ではないということは、一般名詞のようなものでしょうか。例えばアスピリンのような」

「成分名もないと思うわ。アスピリンにしろアセトアミノフェンにしろ、広い意味では『救急箱に入っている物の名前』にあたるでしょうから」

「物体の名称ではないということですか」

つまり、と古泉は閃《ひらめ》いたように、

「そもそも名詞ではない？」

「そうだと思うわ」

マウスを手放し、ハルヒは頭の後ろで手を組んで天井《てんじょう》を見上げ、

「でも、具体的に何がキーワードなのかは解らないわねえ」

俺は適当に検索して救急箱の画像を呼び出してみた。

大抵《たいてい》は四角い木目調の箱で、十字のマークが刻印されているタイプのものが多いようだ。

そういや家にあったのもこんなんだったな。中身は市販《しはん》の飲み薬、絆創膏にガーゼ、湿布《しっぷ》やチューブ式の塗《ぬ》り薬などか。

「キョン、救急箱で連想する言葉だったら何がある？」

　思いついたってよりか、画像を眺《なが》めていて思い出したことならあるが。

「へえ、言ってみて」

「俺が今の妹よりガキだった頃《ころ》の話だ」

　好奇心旺盛《こうきしんおうせい》だった俺は、家にあった救急箱を漁《あさ》っていた。特に薬の入っているビンには強く惹《ひ》かれるものがあってな。片端《かたはし》から中身を確認していったんだが、そのうちの一つに液体の入っている茶色のビンがあった。古いものらしくてラベルがかすれて文字が読めない。そこで俺は手っ取り早く液体の正体を突《つ》き止めるべく、蓋《ふた》を開けて鼻を近づけ、直接匂《にお》いを嗅《か》いでみた。

「どうなったの？」

　悶絶《もんぜつ》した。七転八倒《しちてんばっとう》ってやつだ。

「中身は何だったわけ？」

　アンモニアの溶液《ようえき》だった。確か虫刺《むしさ》され用だったと思うが、未《いま》だかつてあれほど強烈《きょうれつ》な匂いを喰《く》らったことはない。思い出すだけで鼻の奥が痛くなってくるぜ。

「ビンに入っているような薬の匂いを確かめる時は、開け口の上で手を扇《あお》いでするものだと知るのは、それから少し後のことだ」

　俺はセピア色に沈《しず》む思い出に浸《ひた》りつつ、

「注意書きの重要性を身をもって知った。中身がアンモニアだと知っていたら、そしてアンモニアがどういう特性を持つ物質か解っていたなら、嗅覚《きゅうかく》に頼《たよ》ろうなど思いもしなかっただろう」

想像してみたのか、古泉は目をすがめながら、

「アンモニアは気つけ薬としても使われますからね。海外の古いミステリを呼んでいるとたまに出てきます……が……」

喋《しゃべ》っている途中《とちゅう》でセリフがミュートしていった。

見ると、笑みを消した古泉は口を半開きにして固まっていた。その目は空中にある透明《とうめい》なステレオグラムを立体視しようとするかのように焦点《しょうてん》が定まっていない。ＳＯＳ団副団長を襲《おそ》った、この擬《ぎ》似《じ》的石化現象は、なんとハルヒにも伝播《でんぱ》していた。

ぱかんと口を開けたハルヒは、口に劣《おと》らず見開いていた目をゆっくり瞬《また》かせると、

「えっ？　あれっ？　そういうこと……？」

吐《は》き出すような呟《つぶや》きを漏《も》らし、

「だから、『飲むな』だったの……？　飲めない物を指すのではなく、ただその言葉の通りの……。『救急箱に入っている物の名前ではない』っていうのは、そういう意味……？」

「でしょうね」と古泉が頷《うなず》き、「ドクター氏のダイイングメッセージと救急箱を橋渡《はしわた》しし

ていたのは箱の中身、薬そのものではなく、そこに書かれていた言葉だったとしたら——」

直後、ハルヒと古泉は双子《ふたご》のように同時に動いた。行動内容も相似形《そうじ》、エピソード3を頭から読み返し始めたのである。そして同じ場所でページ送りを止め、顔を上げるとユニゾンを放った。

「「なるほど」」

「おい」と俺は言う。

二人揃《そろ》って何に気づいたんだ？　俺の家の救急箱にアンモニアがあったのがそんなに不思議なのか。

「キョン」

気味が悪いことに、ハルヒは柔和《にゅうわ》と表現してもいいような笑みを俺に向けた。

「あんたが武功一等だなんて天変地異の前触《まえぶ》れかしら。今すぐタイムリープして小さい頃のあんたに感謝状を進呈《しんてい》したいくらいよ。いい、物凄《ものすご》く重要な核心に迫《せま》ることを言ったことに、ねえ、気づいてる？」

ハルヒの笑みから視線を逸《そ》らすと、また笑みにぶつかる。

「注意書きの重要性、ですよ」と古泉。「あなたが言った、その言葉です。それがダイイングメッセージのネタ元だったんです」

「救急箱に入っている薬は、飲み薬だけじゃないでしょ。虫刺されや、かゆみ止めなんかの塗り薬だってあるはずよ。そんな薬の注意書きには何て書いてあると思う？」

それが『飲むな』、もしくは『飲んでは、いけない』なのか。

「全部の薬に書いてあるかどうかは知らないし、そこまで安直に書いている例も少ないでしょうね。塗り薬を口に入れようとする人なんてそうそういないでしょうし。でもアンモニアのビンには確実に書いてあったと思うわよ」

すると何か、ドクター氏は救急箱から薬を連想し、薬から注意書きを連想して、さらにその注意書きから犯人の名前を連想した後、なぜか薬の注意事項《じこう》を鶴屋さんに告げて気を失った、ということか？　なんだそれは。わけが解らんぞ。

「ただの注意事項じゃないわよ。もちろん、それは犯人の名前でもあるの」

「犯人の名刺《めいし》に、そう書いてあったんですよ。ドクター氏のダイイングメッセージと一字一句同じではなかったでしょうが」

ノ・ムナ。あるいはノンデ・ワイケナイ。

どこの国の人名だ。

ハルヒと古泉が顔を見合わせ、似たような笑顔を作った。

「だから調べるのよ。辞典かネットで」

「鶴屋さんの『あたしの耳にはそう聞こえた』（p286）という証言がポイントですよ」

特に理由のない謎《なぞ》のムカつきを何となく感じていると、

『メ〜ルで〜す〜』

到着《とうちゃく》したメールを開いた途端《とたん》、ハルヒの顔はますます華《はな》やいだ。

鶴屋さん風に読み上げた文面はただ一行。


ヒントその五、ここはどこでしょう？


ここ、というのは今現在鶴屋さんが滞在《たいざい》しているところ、という意味か？

メールによると彼女は親父《おやじ》さんと一緒《いっしょ》に数日をかけてドサ回りをしているところで、『ほんのついさっきと言っていいくらい最近に出くわした事件』（p267）が、このダイイングメッセージクイズ事件なのだから、まだこっちに帰ってはいないのだろう。

その旅行先を突き止めろという新たな問題か。

「問題でもあり、同時にヒントにもなっているんですよ」

古泉はＡ４用紙に印刷されたエピソード３の二ページ目を手にしていた。

「エピソード３における鶴屋さんの居場所がどこか。それが推測できるシーンが一カ所あります。というか、そこしかありません。鶴屋さんがタクシーに乗って移動しているページを読み返してみて下さい。窓の外を眺めながら風景について語っているところです」

俺は該当《がいとう》部分に視神経を集中させた。

タクシーの窓からの景観に関しては、『広い道路の両脇《りょうわき》はかなり背の高い建物ばかりで、風光明媚《ふうこうめいび》とは言いがたい』（ｐ２７２）くらいしか見つからない。そんな場所はごまんとあるだろう。どうやって特定しろと言うんだ。

俺がコピー用紙を凝視《ぎょうし》していると、ハルヒがチッチッと舌を鳴らしながら立てた人差し指を振《ふ》り振り、

「何も具体的な地名を答える必要はないのよ。もっと大雑把《おおざっぱ》な分類でいいわけ」

ハルヒは指先をコピー用紙に落とし、

「注目ポイントはタクシーが向かっている方角。それと太陽の向き。それから対向車線」

まどろっこしくなってきた。古泉、後を頼《たの》む。

「非常に簡単ですよ」

理解する者特有の余裕《よゆう》の笑《え》みと共に古泉は、

「思えば鶴屋さんはここだけ情景描写《びょうしゃ》を詳細《しょうさい》に記していました。何かあるぞと言わんばかりにね。それを念頭に置いて再読してみると、なんと驚《おどろ》き、僕たちの常識とは異なる事実が堂々と書いてあるではありませんか」

こいつもまどろっこしかった。しかしTと朝比奈さんは仲良く勉強会中、長門は読書中で、他《ほか》に人材がいない。泰水《やすみ》がいればという想念が一瞬脳裏《いっしゅんのうり》をよぎり、たちまち俺は頭を振ってその恐《おそ》るべき思いつきを追い出した。

そんな俺の心中など知るよしもなかろう、

「まず鶴屋さんが眺めている方角に注意してください。最初に鶴屋さんは風光明媚ではない景色を窓の外に見ていて、次に『反対側に顔を向けると、対向車がびゅんびゅん通り過ぎて行く』（p272）と書いており、さらに『ビルとビルの合間にある隙間《すきま》や路地なんかに通りかかるたび、その間から見える落ちかけた太陽の輝《かがや》きがフラッシュのように車内を照らし上げる』（p272）と表現しています」

古泉は再びホワイトボードに向かい、車のつもりだろう、歪《いびつ》な長方形を描《か》くと、その側面に丸を二つずつ足した。

「『タクシーは真っ直《す》ぐ北方向へ向かっていた』（p271）ので」

上へ向かう矢印を付けたし、

「ごく自然な成り行きにより、西に沈む夕日を浴びる鶴屋さんの顔は、左を向いていたことになります」

北を目指していて夕日を見ようとしたら左へ方向を変えるしかないからな。

「そうなると、僕たちの日常ではほとんどあり得ないものを、鶴屋さんは見たことになるんですよ」

古泉は長方形の左、やや離《はな》れた位置に太陽らしき丸を描き、今度は道路のつもりなのか、車の両サイドに直線を二本加えた。

ここで俺へと振り返り、

「想像してみてください。自分が車に乗っているとします。そして左へ目を向けたとします。何が見えますか？」

俺は頭の中で近くを走る私営バスに乗り込んだ。左を見る。

「住宅か、空き地、商業施設《しせつ》くらいだな」

追い越《こ》し車線に入ったら左車線を走る車が追加される程度だ。

「ん……車？」

さすがの俺でもおかしさに気づく。

「そうか、対向車線か」

「ご明察です」

古泉は車を模した長方形の左に書いた直線のさらに左に、三本目の直線を引き、

「鶴屋さんは走るタクシーの中で左へ顔を向けたにもかかわらず、『対向車がびゅんびゅん通り過ぎて行く』（p272）さまを見ています。ご存じのように日本は左側通行ですから、対向車両が左側を走っている状態はまず存在しません。つまり」

四つの丸が付着した長方形と直線を隔《へだ》てた空間に新たな長方形を描き、下向きの矢印を書き添《そ》えて、

「鶴屋さんがいたのは車が右側通行の国なんです。このドクター氏の傷害事件が起こったのは、日本ではなかったのですよ」

「もう解《わか》ったでしょ？」

ハルヒが自分のカバンの中をまさぐりながら、

「ヒントその一が事典じゃなくて辞典だった理由よ。はい、これ」

そう言って俺に突《つ》き付けたのは、英和辞典だった。

事態の把握《はあく》に三十秒ほどかかったのち、俺は英和辞典の受け取りを拒否《きょひ》してノートパソ

コンをスリープから復活させた。

ハルヒは気分を害した風でもなく、寝《ね》ている猫《ねこ》みたいな口を見せつけつつ辞典をカバンへ帰還《きかん》させる。

「なるほどな」

と、俺。これくらいしか言うことがない。

「エピソード3の舞台《ぶたい》が外国だってところまでは解った。そうなると、どうなる」

「ドクター氏の使用していた言語が怪《あや》しくなります」

古泉はボードに Mr.Dr. と乱雑に大書すると、

「彼が日本人だとはどこにも書かれていません。舞台が海外だと解った今、逆にその国に籍《せき》を置く人物である可能性のほうが高いでしょう。『初夏の夕日の残滓《ざんし》を名残惜《なごりお》しく眺《なが》めているうちに』（p272）という記述から季節が今の日本と同じようなので北半球ではあるのでしょうが」

「国名当てじゃないから、考えても意味ないけど」

ハルヒが口を挟《はさ》み、

「アメリカでいいと思うわ。そう考えて何の問題もないから。実際、ドクターさんは英語を話していたんだからね」

なぜ言い切れる。

「そうでないと、ダイイングメッセージが成立しないからよ」

そうなのか？

「そうなのよ。彼が気絶する前に言い残した言葉、『飲むな』あるいは『飲んでは、いけない』ってやつ、実は英語で言ってたってわけ」

「鶴屋さんは英語で耳打ちされたダイイングメッセージを、日本語に翻訳《ほんやく》した上で文字にしたわけです。ですので、『あたしの耳にはそう聞こえた』（ｐ２８６）と、やや曖昧《あいまい》な表現に留《とど》めたのでしょう。人によって訳のニュアンスが変わるのは、海外小説の翻訳本を好んで読む層にしてみれば常識のようなものでして、例えば登場人物の一人称《いちにんしょう》一つを取り上げてみても——」

俺は手を振って古泉を黙《だま》らせた。

手品のタネは解った。が、どんな手品を披露《ひろう》されたのかがまだ解らん。俺は未《いま》だ犯人の名前に指先がかすりもしてない。

ハルヒと古泉が示し合わせたかのように同時に微笑《ほほえ》む。

「実は彼が使用していた言語を確定するに足る手掛《てが》かりはありません。しかし僕たちは義務教育時代から英語を学んでいるわけですので、手掛かりなしの場合は、より一般《いっぱん》的に解《かい》釈《しゃく》すべきでしょう。僕たちにとって最も馴染《なじ》み深い外国語です」

お前的に、解答からの逆算は邪道《じゃどう》じゃなかったのか？

「時には解釈に柔軟《じゅうなん》性を持たせることも重要ですよ。固定観念に囚《とら》われて停滞《ていたい》するより、認識《にんしき》を改めて変化を許容するほうが遥《はる》かに有益です」

一般論としてはまあ、それでいいが、すると、ドクター氏と話していた尚子さんや鶴屋さんとの会話は。

「当然、英語だったでしょうね。可能性としてはドクター氏が日本語も操《あやつ》れるバイリンガルで二人との会話は日本語だったかもしれないけど、そっちは無視していいわ」

鶴屋さんのことだ、何カ国語かをネイティブ並みに話したとしても驚きはない。

「実際、ドクター氏のダイイングメッセージが英語だったと明らかになりさえすれば、その他は割とどうでもいいんです」

古泉が雑に決定づけた。

よろしい。それはそれでいいということにしておいてやる。やるから、そろそろ解答を聞かせてもらおうじゃないか。鶴屋さんの問題文、『犯人の名前を言い当ててくだされ』の答えをだ。二人とも解ったような顔をしているが、案外思っている内容が違《ちが》うパターンかもしれないぞ。

「キョンにしては痛いところを突くじゃない」

ハルヒは嬉《うれ》しそうに、

「じゃあ、あたしからヒントを一つ出すわ。そうねえ……」

ハルヒは首を数度傾《かたむ》けるという長門的アクションとともに数秒考え込み、

「石川県。どうかしら古泉くん、この連想ゲーム」

「実に、いいヒントです」

古泉はべんちゃらを述べてから、

「では僕は半分答えを言ってしまいましょう。名刺《めいし》氏の下の名前はタケナオです。いかがです？」

ハルヒの表情が賛同の意を雄弁《ゆうべん》に告げていた。その顔をバーコードリーダーにかけたら「後は任せるわ、古泉くん」と出力されるだろう。

「ナオは尚ですが、タケのところは、さて、武あたりが無難でしょうが特定は不可能ですね。鶴屋さんのヒントその四、カタカナでいいという部分がまさにそこですよ」

前振りはその程度でいい。お前の近くにあるホワイトボードと、手中に収めているマジックペンは何のためにあるのかと問いたい。使える物があるんだからさっさと行使しろ。

「ここまで来たら解答まで、あとワンアクションなのですが、自身で突き止めようとしなくて大丈夫《だいじようぶ》ですか？」

お前とハルヒが鶴屋さんの挑戦《ちようせん》に打ち勝ったんだったら、ＳＯＳ団全体の勝利と言っていいだろう。手柄《てがら》は譲《ゆず》ってやるさ。

「これがミステリ小説ならば、ここらで『読者への挑戦』が挿入《そうにゆう》されるタイミングですが……」

そんなもん知るか。

「いいから、さっさと犯人の名前を教えろ」

「了解《りようかい》しました」

微苦笑《びくしよう》を表情にまぶしながら古泉はくるりと背を向け、右手を走らせた。

「百％の確証はありませんが、この字でまず間違いないはずです」

そうして、お世辞にも流麗《りゆうれい》とは言いがたいペン運びで書かれた、犯人たる名刺ジョーク氏の名前が、これだ。

能登部タケ尚
のとべ・たけなお。

と、読むのか？

俺がそう発音した直後、誰《だれ》かが噴《ふ》き出すような音を立てた。

見ると、Tが片手で口を覆《おお》って左肩《ひだりかた》に顔を寄せ、身体《からだ》を震《ふる》わせている。朝比奈さんとの日本語学習に集中していると思いきや、こっちの話にも耳を傾けていたらしい。そういえば、こいつも英語の国から来た人間だったな。

で、これのどこがオモシロ鉄板ジョークになってるんだ？　リスニングの成績がよくないと理解できないジョークなのだとしたら、教えて貰《もら》ったところで披露する場所に困るだけなんだが。

「ドクターのダイイングメッセージは英語で『飲むな』とか言ったんだったよな？」

俺はさらなる説明を求める。

「その言葉が、ノトベタケナオだったのか？　どんな翻訳をしたら『飲むな』になる。直訳したらドント・ドリンクあたりだろう」

気づけば、部室内で程度の差はあれど、笑みを浮《う》かべていないのは、俺と目をパチクリさせている朝比奈さんと読書に励《はげ》む長門だけだった。ちょうど半数か。わざわざ数えることもなかったな。

「後で説明しますが、犯人氏の名刺ジョークは一捻《ひとひね》り必要だったんです。また、被害者《ひがいしゃ》が医者であり、救急箱に視線を送っていたという証言も考慮《こうりよ》すべき事柄ですよ」

古泉はペンが指揮者のタクトであるかのように一振《ひとふ》りすると、

「ともあれ、ドクター氏が鶴屋さんに告げたダイイングメッセージ、彼が何と発音したのか、それが解れば、文字通りの一目瞭然《いちもくりようぜん》です。彼は、」

ホワイトボードに相対した古泉の右手が左から右に流れ、

「このように言ったんです」

振《ふ》り向いた古泉がペン先にキャップを戻《もど》しながら、半歩脇《わき》に寄った。ボードに書かれた英文、僅《わず》か数単語のそれは、

Not to be taken

「状況《じようきよう》に応じて様々な意味に取られる文面ですが、例えば救急箱に入っているような薬、英語圏《けん》で製造販売《はんばい》されているような薬で、もっと言えばアンモニア溶液《ようえき》のように、決して口に入れてはいけない薬のラベルに、この一文が書いてある場合があるのですが」

せっかく閉めたキャップを再び外し、古泉の右手はまたまた軽快に躍動《やくどう》した。

「このように翻訳するのが、妥当《だとう》でしょう」

やたらカクカクした四つの漢字が並べられた。視認したそれは、

服用禁止

だから『飲むな』あるいは『飲んではいけない』か。訳者によって訳語も変わる。鶴屋さんにとっては『服用禁止』と訳す気分ではなかったということか。

「服用禁止では簡単すぎると思われたのかもしれません。この四字熟語で検索《けんさく》をかけると、比較的《ひかくてき》簡単に Not to be taken に辿《たど》り着くんです。とある理由で、なのですが」

いや、しかしだな。

ノット・トゥ・ビー・テイクン……からの、ノトベ・タケナオ……。

まさか駄洒落《だじゃれ》オチだったとは。しかもかなり苦しいぞ。ノトベはともかく、テイクンからタケナオに繋《つな》げるには相当テクニカルな伝言ゲームをしないと無理だろう。

「ですから一捻り、なんです」

古泉は白い歯を惜しげもなく見せつけながら、

「元が名刺を使ったジョークだったことを思い出してください。名刺には当然、名前が印刷されているでしょう。もう一つ、彼等《ら》が名刺交換《こうかん》をおこなっていた場所は、アメリカと

仮定される国のパーティ会場です。必然的に交換相手はほとんど外国人でしょう。その際、日本語のみを使用した名刺を渡《わた》したりするでしょうか。考えにくいですね。日本国外の仕事用にアルファベットのみの名刺か、もしくは片面が日本語、片面が英語になっている仕様にしていたと考えてよさそうです。ですから、彼は名刺の名前欄《らん》に」

キュッキュッと小気味よくペン先が横へ走った。

Notobe Takenao

「こう記していた公算が大きいと思われます。ローマ字表記での名称《めいしょう》はファーストネームが先に来るのが一般的ですが、近年では姓《せい》・名の順で記すパターンも勢力を拡大させていますから、タケナオ氏がその派閥《はばつ》に属していたのか、それとも自分の名前が初対面時に笑いを取れることに気づいていて、あえてこの並びにしているのか、どちらでもいい話ですが」

古泉准《じゅん》教授の講義は続く。

「おそらく彼は、最後の二文字ａｏを指で隠《かく》すかして、また一つ足りないｔを話術で補いながら、自分の名前が意味のある英文になっていることを宣言しつつ、名刺交換に挑《いど》んでいたのでしょう。それなりに珍《めずら》しいケースですし、服用禁止という意味の名前を持つ男として、初見の人にも一発で覚えてもらえる利点は計り知れないものがあったに違いありません。ましてやドクター氏は医師ですから、この名前は強く脳裏《のうり》に焼き付いたことでしょう」

Not-to-be taken-ao

ドクターはこんな感じに分割《ぶんかつ》したスペルで記憶《きおく》したのかもしれない。そしてノトベ・タケナオと言いたいところを、気絶の間際《まぎわ》に救急箱を目にしたこともあって、ついノット・トゥ・ビー・テイクンとネイティブ英語で伝えてしまった——と。

それを聞いた鶴屋さんは瞬間《しゅんかん》、全部解《わか》ったことだろう。いや、そもそも、この名刺ジョークを知らなかったはずはない。にもかかわらず、素知らぬふりで独白文調の挑戦状に仕立て上げ、俺たちに送ってきた。エピソード1と2というおまけ付きで。

何というホスピタリティマインドだ。感動に近い何かを覚えるね。いったい全体、何が鶴屋さんをそこまでさせたのだろう。本当にただの遊び心を素直《すなお》に頂戴《ちょうだい》していていいんだろうか。

何か引っかかるが、正体がつかめないのが気持ち悪い。

ハルヒは一仕事終えた感を全身から放射しつつ、

「ところで動機についてはどう考えなくていいのかしら」

「そうですね。動機に関しましては人間の心の内部の問題ですので、端《はな》っから推理は不可能です。憶測《おくそく》ならいくらでも挙げられますが……。例えば、名刺氏もまた尚子さんの婚約《こんやく》者候補であり恋《こい》のさや当ての結果が、この傷害事件を生んだというありきたりなものから、実はドクター氏には裏の顔があって彼が犯罪シンジケートのエージェントであることを知った名刺氏が親戚《しんせき》である尚子さんのために悪い虫の排除《はいじょ》を図ったとか、いくらでも想像することができます。ゆえに動機まで決定しようという試みは不毛に終わるだけなんですよ。

鶴屋さんもそこまで求めてはいないでしょう」

「それもそうね。明智光秀《あけちみつひで》が本能寺《ほんのうじ》で織田信長《おだのぶなが》を討った動機だって何百年もかけてるのに未《いま》だ解明できてないもんね。その時その人が何をどう思ったのかなんて、考えるだけ無駄《むだ》だと思うわ。人間なんて割かし思いつきで行動したりするじゃない？　後から考えて何であの時あんなことしたんだろって思うこと誰だってあるわよね。ちなみにあたしは本能寺の変の真相は魔《ま》が差した説を取るわ。光秀はあの時たまたまそんな気分になっちゃったのよ。普通《ふつう》はやらないけど自分なら出来る状況に置かれていることに気づいた瞬間、後先考えずに動いちゃったんだわ、きっと」

ハルヒと古泉の動機論を聞いているうちに、ふと思い出した。鶴屋さんのメールが来る前、古泉とTと長門がミステリのフェアネスとやらについて語っていたな。

そのラインで訊《き》くが、この鶴屋さんの問題文はフェアと言っていいのか。

「あまり親切とは言えませんが、舞台《ぶたい》が国外だと解ればワンチャンスあるでしょう」

「叙述《じょじゅつ》トリックがあると解っていたのも大きいわね」

事もなげにハルヒが言い、古泉が続ける。

「鶴屋さんがエピソード3に仕掛《しか》けた罠《わな》は、日本語を話していると見せかけて実は英語だった、という場所の錯誤《さくご》から使用言語を誤認《ごにん》させる叙述トリックです。前兆はありましたよね？ エピソード1で年齢《ねんれい》、エピソード2で性別の錯誤がそれぞれ使用されていたのですから、今回も何かあると考えるのが通常の発想です。いわばエピソード1と2が、エピソード3の最大のヒントになっていたのですよ」

ただの思い出話ではなかったわけだ。おかげで鶴屋さんの人となりをさらに知ることができた。幼少期から愉快《ゆかい》な人だったようで、おそらく十年後も変わらずにいてくれるだろうという謎《なぞ》の安心感を覚えるな。

だが――。

　俺の胸に渦巻《うずま》いているのは鶴屋さんに対する不審《ふしん》——まではいかないにしろ、まだ何か騙《だま》されているのではないかという奇怪《きかい》な不安定感だ。まるで鶴屋さんのニヤニヤ笑いだけが空中に浮いて俺たちを見下ろしているような、そんなありえざる感覚。何と言えばいいのか解らないのがムズ痒《がゆ》いままだが、どこかに見落としがある気がしてならない。

「ケチを付けるわけではないが、もう一つ疑問がある」

　俺の提言に、古泉はマーカーを置いて振り返った。

「何でしょうか」

「この事件は、本当にあった出来事なのか？」

「ほう」と心持ち目を見張り、「そう思った理由はなんですか？」

「タイミングがよすぎるんだ。いろんな意味で」

　鶴屋さんが家の仕事に付きあわされて外国まで行き、新プロジェクトのお披露目《ひろめ》パーティに立ち会ったまではいいとしよう。しかし、そこでこんな連想ゲームじみた名前の人物が犯人となる事件が都合よく起きるものなのか。

「起きたからこそ、送ってきたのでは？　それに」

　古泉は俺にだけ解るように、目の端でハルヒを捉《とら》え、

「一見、あり得ないように思える確率でも、起こるときは起こるものです。加えて言いま

すと、我々の体感と実際の確率統計上の数字では、かなりの差があることはよく知られています。誕生日のパラドックスやモンティ・ホール問題などがいい例ですね」

その問題については後で検索しておくことにする。

「結局、能登部尚子が『彼女』のフルネームだってことでいいのよね？」

パソコンのモニタを眺《なが》めているハルヒがじれたように、意味もなくマウスをぐりぐりと回しながら、

「ちょっと遅《おそ》いわね、鶴屋さんの答え合わせメール」

そうだ。それも気になるところだ。

今までジャストのタイミングで送られてきた解答メールが、エピ3の今回はやけに遅い。

「時差を考えなさいよ。どこかは明白じゃないけど、あっちはまだ真夜中とかじゃないの？　うたた寝《ね》くらいしちゃうわよ」

それにしてもだ。

「鶴屋さんは僕たちが解答に至るまで、もっと時間がかかると考えているのかもしれません。だとしたら、僕たちの面目躍如《めんもくやくじょ》と言っていいようですね」

もしかして、百点満点の解答ではなかったからじゃないか？　俺たちはまだ七十点の点数しか取れていないとしたらどうだ。

「ほんと、バカキョンねえ」

ハルヒは呆《あき》れたように、

「いくら鶴屋さんでも部室内の会話をオンタイムで聞いているはずないでしょ。どうやってこっちの様子を知ることができるのよ」

それにしては毎回タイミングのよすぎる間合いでメールが来たものだが、しかし、言われてみるまでもなく確かにそうだ。鶴屋さんはスーパーという接頭語を付けてもおかしくないほどのナチュラルハイテンションガールだが、千里眼持ちではないはずで、よって俺たちが今どの程度の推理を進めているかなど解るはずがなく、にもかかわらずエピ1と2では、まるで俺たちの解答を待っていたような、あまりにもタイミングのよすぎる間合いでメールが届き、だが、そんなはずはないので――。

いかん、思考がループしかけた。

反射的に頭を振《ふ》った俺は、部室では珍しい光景を目にした。

「…………」

長門がいつになく強い視線でもって、俺を凝視《ぎょうし》していたのである。

何だ？　その肌《はだ》に突《つ》き刺《さ》さるほどの眼力は？

と、思っていると、長門はふいっと視線を外して、別の一カ所に目を固定させた。

目線を辿《たど》って首《こうべ》を巡《めぐ》らせる。

長門はTを見ていた。その位置からは金髪《きんぱつ》の後頭部しか見えないはずだが。

再び長門は無表情を横回転させ、また俺を見つめ始めた。

「?」が俺の返事だ。

いったい長門は何を伝えたいんだ。

俺が長門と無言の変則にらめっこを続けて五秒ほど経《た》った後——。

「…………」

長門は驚《おどろ》くべき行動に出た。

糸に引かれた操《あやつ》り人形のように、するりと立ち上がると、座っていたパイプ椅子《いす》を引き摺《ず》るようにして長テーブルのそばまで運んだかと思うと、改めて腰《こし》掛《か》けたのち、

「…………」

今度はTの顔を凝視したのである。

啞然《あぜん》としているのは俺だけではない。ハルヒと古泉と朝比奈さんも、ルーブルのニケ女《め》神《がみ》像が衆人環視《しゆうじんかんし》の中いきなり踊《おど》り出したかのような反応を見せていた。

鶴屋文書のルビ振《ふ》り作業をしていたTは、

「あたしの顔に何かの模様が浮《う》かび上がっているというのか、長門サン?」

困惑《こんわく》の声を出しながら、Tは長門の目力に押されるように背を反らし、顔を隠すように片手を挙げ、手のひらをこちらに向けて額の前にかざしていた。

その行為《こうい》を確認した長門は、また俺と目を合わせてきた。

気づけというサインだ。

何に。

Tの手によって隠《かく》れた物。

まさか――。

本当に、鶴屋さんに俺たちの推理の様子が届いていたのだとしたら。

突如《とつじょ》として、情報の奔流《ほんりゅう》が脳内で渦巻いた。

時差。幼少期の鶴屋さん。名無しだった『彼女』。能登部尚子。エピソード1と2が最大のヒント。事件は外国で起こった。英語。タイミングのよすぎるメール。なかなか来ない解答メール。唯一《ゆいいつ》の部外者。T。

パチンとハマった音が幻聴《げんちょう》となって鳴り響《ひび》いた。

「……そうか」

俺は長門の意図を察した。おそらく、ほぼ正確に。

「そういうことだったか、T」

「何のことですか？　キャム」

立ち上がり、俺はTの元へ歩み寄る。

春からクラスメイトになっていた交換《こうかん》留学生は、あきらめたようにお手上げのポーズを作って顔を伏《ふ》せた。

俺は大きく息を吸うとTの頭をめがけ、

「わっ‼」

朝比奈さんが「ひえっ」と椅子から数センチ浮き上がった程度に大声で叫《さけ》んだ。

このくらいしても許されるだろう。

ハルヒと古泉がこいつは一体何をしているんだ的な表情で見ている中、俺はTに向かって言った。

「もうメールはいりませんよ、鶴屋さん」

正しくは、その頭、Tの前髪《まえがみ》に付いているヘアピンに向かって。

どこからか聞き慣れない着信音が流れ始めたのは、その直後のことだった。

Tがスカートのポケットから携帯《けいたい》を取り出し、長テーブルに置くや、

『やあ！　キョンくん！　いやもう、びっくりしたよっ！』

鶴屋さんの楽しそうな声が部室に響き渡《わた》った。

『最初に気づいたのがキミとはねっ。意外意外』

半分以上は長門のおかげだったのだが、それは言わないほうがよさそうだ。

ハルヒと古泉は兄妹《きようだい》のようなそっくりの目をして携帯を見据《みす》えていたが、やがてまったく同じ反応を漏《も》らした。額を手で押さえ、

「「あぁー」」

ハルヒは口元を若干尖《じやつかんとが》らせながら、

「そうだったの。どうして気づかなかったのかしら。そう……Tが」

「えっ？　えっ？」

一人、キョロキョロと周囲を見回す朝比奈さん。

『どこまで解《わか》ったのかなっ？』

「エピソード1と2に書かれている『彼女』は尚子さんではなく、Tだってことと」

俺を見上げるTは、器用にも唇《くちびる》の片端《かたはし》だけで笑《え》みを作っていた。

「こいつのしているへアピンが盗聴器《とうちようき》になっていることくらいですね」

『盗聴は聞こえが悪いねえ。高性能集音マイク・プラス・電波送信機で手を打たないか

い？』

いいですよ、それで。しかし、どういう仕組みなんだろう。

Tはヘアピンを外し、俺に手渡《てわた》した。

何となく受け取ってしまった、このヘアピン。どこからどう見てもただのペラい金属片《へん》だ。これのどこにマイクと送信機とバッテリーが仕込まれているのか見当も付かない。長門でなければ看破できなかっただろう。人類の科学力も捨てたものではないな。

しげしげと観察する俺を眺め、

「その超《ちょう》小型ピンマイクが拾った音声があたしの携帯に飛び、そこから鶴屋サンの携帯にトランスファーされる。鶴屋ファミリーとあたしの父が提携するラボラトリーが編み出した最新型なのだ。内部情報の詳《くわ》しいことは存じ上げないが」

マイクロGPSトレーサーが作れるなら、こういうのも楽勝なんだろう。

鶴屋さんの声が、俺の注意をヘアピンから引き剥《は》がした。

『なんでバレたのか教えて欲しいよ』

「まずはタイミングですね。何もかもが都合よく発生しすぎでした」

一つはここにTがいることだ。

Tは毎日、文芸部室に来るわけではない。来たとしても、長居するのは毎回ではない。

今日という日に限って、古泉たちとミステリ談義に花を咲《さ》かせ、そうこうしているうちに鶴屋さんからメールが来た。しかも、ミステリ研のTがそこにいることが解っていたかのような犯人名当てクイズ問題と来やがった。

確率統計の権威《けんい》が何と言おうと断言する。偶然《ぐうぜん》にしては出来すぎてる。

そして絶妙《ぜつみょう》な間隔《かんかく》で着信する解答メールだ。誰《だれ》かがこちらの会話を鶴屋さんに流しているとしか思えないレベルのタイミングのよさ。これは実際に内通者がいると考えたらあっさり納得《なっとく》できる。そして、そんなことをする者がSOS団内にいるとは思えない。

あらかじめ部室内のどこかに盗聴器が仕掛けられている疑いもあったが、いくら鶴屋さんでもそこまでするはずはないし、あったとしても長門が見過ごすことはないから排除《はいじょ》できる。

というわけで、消去法を使うまでもなく、共犯者は普段《ふだん》文芸部室にいないミステリ研の女だけだ。

『ちととと、あざとすぎたかな?』

「ひょっとして」

ハルヒが団長席から、

「メールを送るタイミングも、ヒントの一部になっていたんじゃない? そっちの会話は聞こえてるよっていう」

『かもねえ』

サービス精神旺盛《おうせい》な人だから、その可能性は充分《じゅうぶん》ある。

『それより、どうしてエピソード1と2の「彼女」が、キミたちがTと呼んでる、そこにいる彼女だと解ったんだい？』

「エピソード2を聞き終わったとき、妙《みょう》な違和感《いわかん》があったんです」

俺は手元のプリントアウトを引き寄せ、

「鶴屋さんのカギ括弧《かっこ》付きのセリフに」

『ま、そうだよねぇ』

スピーカー越《ご》しに聞こえる鶴屋さんの声は楽しげに弾《はず》んでいた。

「エピソード3の舞台《ぶたい》が外国だと解って、だとしたらエピソード2もそうなんじゃないかと思いついた瞬間《しゅんかん》、違和感が砕《くだ》け散りました」

ドミノ倒《たお》しのように、連想が連想を呼んでパタパタとね。

「解ってみれば、ですね」

古泉がコピー用紙を広げ、

「付き人氏のものと見せかけた鶴屋さんのセリフは六つです」

「まるで印象派の絵画から抜《ぬ》け出してきたようですよ、お嬢様《じょうさま》」

「まあ、お嬢様。まことにまことに、はしたのうございますわ」

「そのようなお姿をお父上が御覧《ごらん》になれば、いったい何とおっしゃいますやら」

「一年もあれば、いかなる予定の調整でも可能でしょう。しかし、今回のことがお父上の耳目《じもく》に触《ふ》れたりしたらどうなりますやら」

「この上、まだどこか立ち寄りたい場所があったりはしませんか？　お嬢様？」

「では、そのようにいたしましょう」

説明役を古泉に譲《ゆず》り渡すことにして、俺はパイプ椅子に深く座り直した。一矢報《いっしむく》いることができて、もう満足だよ。

俺に小さく頭を下げ、古泉は薄《うす》い笑みを唇に浮かべつつ、

「この鶴屋さんらしくない丁寧《ていねい》語の理由を、僕はモノローグと実際の口調が違《ちが》っているからだと解釈《かいしゃく》し、本当にこのように話しているのだとしてしまいました」

「あたしは、おふざけだと思ったわ」とハルヒ。「付き人さんの口真似《くちまね》をして、からかっているんだって」

「どちらも違ったわけですね」

古泉は俺に感嘆《かんたん》の色を交えた一瞥《いちべつ》を投げかけ、

「これらのセリフは外国語で話されていました。つまり、エピソード2のすべての会話は、日本語訳されたものだったのです」

『まー一応、英語で喋《しゃべ》ってたよ』

古泉はTに、

「鶴屋さんの英語は、エピソード2に書かれているとおり、あなたの耳にも丁寧に聞こえるんですか？」

Tはヘアピンを失ったことで自由を謳歌《おうか》している前髪を払《はら》い、

「うむ。彼女は正確なイディオムと硬《かた》めの文法を使う。発音はほんの少し母音《ぼいん》過多なのが玉に瑕《きず》」

『たはは、なかなかネイティブのようにはいかないねえ。頑張《がんば》るよ』

逆に、Tの英語は日本語訳するとまともな口調になるのだろう。母国語だったら当然だ。こいつの使用する独特な日本語とは違って、一人称《いちにんしょう》が『あたし』ではなく『わたし』と訳されるようなニュアンスの語り口なのだと思われる。

「舞台が外国ならば、登場人物もまた外国の人々である確率が高いと考えていいでしょう」

古泉の推測に、

『ヨーロッパのどこかとだけ言っておこうっ』

「エピソード2の『昔のヨーロッパの田舎娘《いなかむすめ》みたいな格好の娘さんたちもいる』(p212)や、『中世ヨーロッパふう田舎娘のコスプレをした淑女《しゅくじょ》にしか見えない』(p216)、とあるのは、そのまま文字通りに受け取ってよかったんですね」

『だよん』

葡萄《ぶどう》の産地で温泉の屋外大浴場があるような欧州《おうしゅう》の国か。漠然《ばくぜん》とした俺の貧困《ひんこん》なイマジネーション能力によると、ドイツとフランスの間らへんのような気がする。

古泉はTの携帯を見つめながら、

「そうするとエピソード1の出来事も海外でしょう。おそらく日本より緯度《いど》の高いところにある国です」

今度はハルヒが、

「エピ1の最初のほうに『夜景ならともかく、まだ太陽ががんばっている時間だしね』(p165)ってやつ、気になってはいたのよ。夕方からやってるなんて変なパーティねって。そういうのって普通は晩ご飯時にするものでしょ？　夜が短い国だったのなら納得《なっとく》だわ」

「ラストシーンで鶴屋さんは『暗いところで寝《ね》っ転がってじっとしてると、どうしてもさ』（p177）と、隠《かく》れたベッドの下で眠《ねむ》り込んでしまいますが、これは日本との時差にまだ慣れていなかったからでは？」

『そうだったような気がするねい。なんせ昔のことだからさ、よっくは覚えてないっさ』

声だけでも表情が容易に想像できる鶴屋さんは、

『でも、それだけでは「彼女」が誰だかは解んないよね？』

「その謎《なぞ》を解く鍵《かぎ》はエピソード3にしかありません」

その質問を待ち構えていたかのように古泉は即答《そくとう》する。

「すべての物語の『彼女』が同一人物だとしたら、尚子さんの名前がエピ3のみでしか出ないことに必然性がないのですよ」

『どういうことだい？』

「エピソード1ないし2の彼女が尚子さんだとしたら、名前をあえて隠していた意味がありません。むしろ国外であることへの擬装《ぎそう》を徹底《てってい》するのなら、最初から日本語名を出していたほうが効果的です」

古泉は紙束を手にし、

「エピソード1と2の『彼女』が同一人物なのは、エピ2のメール本文にありましたね。『前のメールに書いた彼女とはあれ以来、ちょくちょく顔を合わせる間柄《あいだがら》になったのだった。今度も親父《おや》っさんに連れられて出てった先で出会ったんだけど、（中略）たまたま温泉地だったんで、二人して風呂《ふろ》入りに行ったのところ』（p195）という文章から確定しています」

『ふむふむ』

「そこで肝心《かんじん》の『彼女』の正体へ至る道ですが」

コピー用紙の上で指先を移動させ、

「エピ3の独白で『共通の知人で似たような世代の人もいるにはいるんだけど、今日は来ていないと聞いている。プロジェクトに絡《から》む企業《きぎょう》の関係者であたしと彼女と似たような立場のはずなのに、どうにかしてうまいこと逃《に》げを打てたのだろう』（p274）と、かなり明示的に記述されていますね」

ハルヒがTを見据《みす》え、

「やんわりとだけど、本当の『彼女』は今鶴屋さんのいるところにはいないよって教えてくれてたのね。そりゃそうよね、ここにいるんだもの」

なぜ行かなかったんだ？　家業の一環《いっかん》というやつじゃないのか。

Tは胸を張って自慢《じまん》げに、

「あたしは異国から遠路はるばる学びに来た留学生だぞ。学生は勉学に励《はげ》む生き物であろう。スクールをボイコットしてまで退屈《たいくつ》なだけのパーティなんぞにうつつを抜かしている時間など存在していいはずがない」

考えてみれば、こいつも鶴屋さんに劣《おと》らないお嬢様だったんだな。あまりそういう雰囲《ふんい》気《き》がしないのは、言葉遣《づか》いのせいもあるが鶴屋さんから受けた薫陶《くんとう》が大きいんじゃないだろうか。

「ということで、特定へのプロセスを箇条《かじょう》書きにしてみます」

古泉は再びペンを取り、ホワイトボードとの関係性を復活させた。

走り書きのような書体で記されたものが以下の文章である。

・エピソード1と2の舞台は外国である。
・エピソード1と2の『彼女』は尚子さんではない。
・エピソード1と2の『彼女』は外国人である（可能性が高い）。
・『彼女』は鶴屋さんと親しい間柄だ。
・Tさんは鶴屋さんに向けて文芸部室内の情報を発信していた。
・つまりTさんと鶴屋さんは親しい。
・Tさんは留学生であり、外国人である。

・よって『彼女』はTさんである（可能性が高い）。

「あくまで可能性か」

（ ）内の文章に着目した俺に、古泉は微笑《びしょう》を返し、

「しかしながら、僕たちが知り得る範囲《はんい》内で、英語を母国語とする国外からの客人はこの方しかいませんからね」

本日二回目の問いを言わせてもらおう。メタ的視点からの逆算推理は邪道《じゃどう》じゃなかったのか？

「そもそもの問題文がメタテキストの要素を内包しており、解答者に任じられた僕たちがテキストの内と外の両側からの視点を持ち得る場合、むしろ正道たる論理的帰結と言ってもいいでしょう」

あまり専門用語を使わないでくれ。理解が追いつかん。

「最初に気づいたのはあなたですよ。こういう推理過程を瞬時に展開したのでは？」

ううむ、俺の場合は……あれだよ。長門がTのへアピンに過剰《かじょう》な興味を示していたことと、エピ2の会話文に感じていた隔靴掻痒《かっかそうよう》たる雰囲気が、なんというかこう、頭の中で一気に繋《つな》がって、鶴屋メールに散々タイミングがいいとツッコミを入れていたこともあって、

あとは連想の賜物《たまもの》だ。というか長門がいなかったら無理だっただろう。宇宙的存在の力を借りたのだから、どちらかと言わなくてもアンフェアだ。ハルヒとTの前では言えないが。

それは古泉も理解しているようで、長門に一瞬、視線を飛ばしてから、

「鶴屋さんのメールが来る前に僕が長門さんたちと論議していたことを思い出してください。不特定多数の容疑者を特定の範囲内に納めるため、作者が作品外から犯人たる条件を限定してくれるシステム。『読者への挑戦《ちょうせん》』の宣言文句にはそういう効果もあるのだということを」

何だか遥《はる》か昔の話だったように思えるな。

「三つのエピソードに秘《ひ》められた問い、『彼女』とは誰《だれ》か。その人物たりうる条件を全人類に拡大させ、数十億人の中から選ばせるほど、鶴屋さんは不親切でも底意地が悪くもありません。でなければエピソード内に手掛《てが》かりをちりばめたり、別途《べっと》で五つもヒントをくれたりはしないでしょう。必ず、僕たちが指摘《してき》できる、すなわち既知《きち》の誰かなのです」

ここで古泉は視線を下げて来客用パイプ椅子《いす》に座るミステリ研からの刺客《しかく》を見、

「鶴屋さんの場合は、答えそのものを送り込んで来てくれました。これにより該当《がいとう》者はただ一名で済んだのです。あとは僕たちが気づくか気づかないか、それだけの問題でした」

Tは優美な微笑をたたえて、

「正直な意見を述べると、ちょっとハラハラしていたことを言っておく」

「最初から解答は僕たちの目の前にあったのですよ。この皮肉の効いたミスディレクションには感嘆の念を禁じ得ませんね」

『捜《さが》し物はえてして目の前にあったりするものだよ？』

「鶴屋さんお得意の盗《ぬす》まれた手紙作戦ってやつね」とハルヒ。

「鶴屋さんの挑戦状は、大前提としてエピソード3で使用されたダイイングメッセージから犯人の名前を特定せよというものでしたが、その裏テーマとして『彼女』は誰かを当てよという隠された設問がひっそりと据《す》えられていたわけです。僕たちが見逃《みのが》してもよし、その場合は何も言わずにいてくれたか、あるいは」

『バラすつもりだったよ』

あっけらかんと言う鶴屋さん。やはり俺たちが推理を終えてもなかなかメールが来なかったのは、気づくかどうかを待ってくれていたようだ。

古泉は苦笑を浮《う》かべ、ペンのキャップを指で弄《もてあそ》ぶ。

ハルヒはクラスメイトに向かって、

「それでTはどの程度共犯なの？　最初から鶴屋さんのメール内容は全部知っていたってことでいいの？　エピ2のと、多分エピ1の『彼女』もあなたなんでしょうけど、出番がなかったエピソード3の話やトリックも知った上で鶴屋さんに協力していたのよね？」

Tは救いを求めるように周囲を見回し、

「…………」

すでに興味を失ったようにペーパーバックの読書に戻《もど》っている長門を感心したように見つめつつ、

「まだミランダが読み上げられていないようだが……」

ここはアメリカではないんでな。黙秘権《もくひけん》を行使するのは自由だが、弁護士は自費で呼んでくれ。

『いいよ、言っちゃって』と鶴屋さんの助け船。

溜息《ためいき》一つ、Tは耳にかかった髪《かみ》を撫《な》でつけながら、

「論より証拠《しょうこ》を御覧《ごらん》に入れる」

テーブル上の携帯《けいたい》を掬《すく》い上げると素早《すばや》い指さばきを披露《ひろう》し、印籠《いんろう》よろしく画面を俺に突《つ》き付けた。

「七年ほど前、とあるパーティにて激写したスナップショットだ」

シャンデリアがぶら下がっているような豪奢《ごうしゃ》な部屋を背景に、小学生くらいの少女が二人、自撮《じど》りだからだろう、顔を寄せ合って写っていた。ドレスで着飾《きかざ》った幼き鶴屋さんと

Tの無邪気《むじゃき》な笑顔《えがお》のツインシュートはなかなかに強力で、異界から舞《ま》い降《お》りた悪戯《いたずら》好きの妖精《ようせい》がタッグを組んでアイドルコンビを結成しているのかと思えるほどだ。

ハルヒと朝比奈さんと古泉がわらわらと画像を覗《のぞ》き込みに来て、

「ちょっとキョン、邪魔《じゃま》よ」

湯飲み片手のハルヒは首を伸《の》ばし、俺の側頭部に軽い頭突《ずつ》きをかましながら、身体《からだ》をねじ込むと、

「あら、可愛《かわい》らしい。二人ともそんなに変わってないわね。そのまんま大きくなった感じだわ」

「ああー、凄《すご》いー、可愛いーっ、ですー」

朝比奈さんはうっとりと身もだえしながら、妙《みょう》な節回しで賞賛の言葉を発し、

「本当に、長い付き合いだったのですね」

俺の背後霊《はいごれい》と化している古泉が穏当《おんとう》な感想を述べ、

「その写真、欲しいですー」

懇願《こんがん》する朝比奈さんに、Tは寛容《かんよう》な態度で頷《うなず》きつつ、

「アドレスをよろしく教えて欲しい。そこに送るものである。よいな？　鶴屋サン」

『いいよん』

ハルヒは団長席に戻りながら、

「てことは、Tも尚子さんと知り合いなの？」

「先程《さきほど》の質問とのバーターでお答えする。エピソード3に関しては、事前にあたしも了《りよう》承《しよう》していた」

ミステリ研という属性を持ちながら、犯人（名）当てに参加しようとしなかったのは、主催者《しゆさいしゃ》の一味だったからだと今なら腑《ふ》に落ちる。ヘタなことを言ってボロを出すくらいなら口をつぐんでいたほうがいいのは真理だな。

Tはなぜか自慢げに、

「それもあるが、日本語文章の叙述《じよじゆつ》トリックなどあたしにとってお手上げだ。説明したくてもできないぞ」

それからハルヒへと、

「ショウコのことはよく知っている。ロングアゴー、彼女とは鶴屋サンの紹介《しようかい》で知り合った。真実の年齢《ねんれい》より若く見えるオリエンタルビューティだ。来年には大学を卒業するはずだ」

「鶴屋さんより年上だったの？　読み返してみたら……確かにそんな感じもするわね」

『二十歳《はたち》は越《こ》えてるよ』

遥か遠くにいるはずの鶴屋さんの声が鼓膜《こまく》を震《ふる》わした。

「我ら三人はそれぞれ同じファミリー内ポジションに存在するのだ。畢竟《ひっきょう》、出向く先々でフェイス・トゥ・フェイスの機会が訪《おとず》れるのは高確率、したがって、親しいフレンドシップが始まったのである」

淡々《たんたん》とTは自供を続ける。

「ついでに本当のことを言うと、そのストーリーに登場するミスタードクターは、あたしの兄だ」

ここまで来ると、どう反応していいのやら最早《もはや》まったく解《わか》らんな。

「彼とショウコとは何年も前からネンゴロの仲だ。あたしには複数の兄がいるが、彼はその最古参である」

長兄《ちようけい》と言いたいようだ。

鶴屋さんが補足気味に、

『言っといたほうがいいかな？　尚子の遠縁《とおえん》の名刺《めいし》さんの名前の漢字、ご想像通り、「武」だよ。ご先祖が武家だか公卿《くぎよう》だかで、代々の通字が「尚」なんだってさ。あと動機なんだけど、これは説明しなくてもいいのではないじゃろか』

「そうね」と、ハルヒが残り少ない茶を啜《すす》り、「笑えるような面白《おもしろ》い動機なら聞きたいけど、その口ぶりではそうではないんでしょ？」

『だねえ。酔《よ》った勢いの恋《こい》のさや当てみたいなもんだと思ってくれたらありがたいね』

仮にも傷害事件だ。この事件に公権力の介入《かいにゅう》があったのだとしたら、そこはデリケートな問題だろう。

「お兄さんのケガは大丈夫《だいじょうぶ》だったの？」

ハルヒの問いに、Tは余裕《よゆう》の表情で、

「今現在、傷一つなくピンピンしている。研究に夢中でショウコを放置気味に扱《あつか》っていると音に聞こえている有様だ。このままでは彼女が未来のあたしの姉になるかどうか、瀬戸際《せとぎわ》が迫《せま》っているのではないかと思案しているところだ」

『あの二人なら心配ないっさ』

鶴屋さんはそう請《う》け負い、

『ところでさ』

声のトーンを少し変えて、

『そろそろ移動の時間なんだ。だっけ、電話を切るとしばらく繋がらないよ。今のうちに、あたしに言っとくことないかな？　お土産《みやげ》のリクエスト以外でさ。あれば承るよ』

この状況《じょうきょう》で鶴屋さんに言うべきことだと？　かなり漠然《ばくぜん》としているな。謎解《なぞと》きは終わったばかりだし、新たな質問などとっさに思いつかない。

それはハルヒや古泉もだったらしく、意表を突かれたように目を見開いている。

しかし、俺たちが何か言うより早く、

『ほんだらば電話はこれで切るよ。そのうちお土産を持っていくから、首を長くしておいておくれ。そいじゃーっす』

搭乗《とうじょう》する飛行機か、はたまた電車が来たのか、やや慌《あわ》ただしく、鶴屋さんとの通信は途絶《とだ》えた。


「新しいお茶を淹《い》れますね」

気を利《き》かせたメイド姿の上級生が、お盆《ぼん》を手にして動き出す。

ハルヒは団長席で腕組《うでぐ》みをして鶴屋さんの言葉の余韻《よいん》を噛《か》みしめている体《てい》でいて、古泉はエピソード1から3をまとめてダブルクリップで留める作業中、長門は相変わらずの読書中。

「あのう」

朝比奈さんは各人の席を回って冷めた湯飲みを回収する合間に、片手を小さく挙げ、T

に控《ひか》えめな視線を注がせながら、意を決したように、

「その方のことを、なぜイニシャルで呼んでいるんですか？」

「それなのだが」

Tは唇《くちびる》の両端《りょうたん》を均等に上げる笑みを作り、

「我がクラスの友の皆《みな》からの命名なのだ」

「正確にはイニシャルではないんですよ」

説明の必要を感じた俺が促《うなが》した。

「T、お前の本名を朝比奈さんに教えて差し上げろ」

ミステリ研から来たビジターは、音高く息を吸うと、

「オッティーリエ・アドラステア・ホーエンシュタウフェン＝バウムガルトナー。今後ともお見知りおきを希望する」

早口言葉のような名乗りを上げると、空の来客用湯飲みを朝比奈さんに手渡《てわた》した。

こいつはいったい何者なのか。いくらなんでも盛りすぎだろう。遥《はる》か遠い未来の銀河を舞台《ぶたい》にした架空《かくう》歴史スペースオペラの登場人物としか思えない。フォンとかの称号《しょうごう》が付いてないのが不思議なほどだ。

「実は付いている」

あっさり認めやがる。

「正式な名乗りでは使用するが、正直な感想を言うと、しばしば煩《わずら》わしい場合が多く、そして、ただでさえ覚えていただきにくいファミリーネームのため、いつもは省略しているのだ。了承願いたい」

「はあ……」

そう言うしかない感じの朝比奈さんは柔和《にゅうわ》な目を丸くしつつも、

「Tという愛称《あいしょう》はどこから来たんですか？　あっ、オッティーリエのティー？」

こいつのニックネームの由来だが、何個かの候補が挙がる中、クラスの女子の間でいつのまにかティーと呼ぶことが定着、主流になったあたりで、たまたま日直だった谷口《たにぐち》が学級日誌の伝達事項《じこう》の項目《こうもく》に「留学生の呼び方がTと決まる」と記載《きさい》したところから始まった。ティーもTも同じ読みだが、本人によると、

「いまだかつて、こんなにもプレジャブルなニックネームを付けられたことは初めてだ。実に気に入った」

と、T表記に軍配を上げ、名付け親となった谷口に握手《あくしゅ》を求めに行ったおかげで、俺のアホの友人は汗《あせ》をダラダラかきながら半笑いで応じていた。

Tは耳の横の髪を指に巻き付けながら、

「日本語の名前には、ただ音だけでなく有意であるものが多いと聞く。ハルはスプリングデイ、古泉はオールドスプリング。フフ、面白い。長門サンはロングゲートだな。しかし、あたしの名前には日本語変換《へんかん》できそうな特別な意味はないようだ。自分の名称が気に入らないわけではないが、古い悲劇に出てくる登場人物みたいなのが少しメランコリー」

ホワイトボードに別れを告げ、自席に着いた古泉が、

「いつからミステリ好きになったのですか？　特に英語圏《けん》において本格趣味《しゅみ》のとっかかりとなったのは何だったのでしょう。誰《だれ》のどの作品から始まったのか知りたいですね」

「具体的に白状するのは難しい。なぜならば、いつの間にか読書嗜好《しこう》となって我が身に刻まれていたからだ。おそらく、兄の影響《えいきょう》だ」

そういや妹キャラだったたな。

「ドクターさん？」とハルヒ。

「いや違《ちが》う」

Tはしかつめらしい口調で、

「一番下の兄、つまり、あたしの双子《ふたご》の兄だ」

しかも双子だと？　これ以上、変な属性を付け加えないでくれ。ただでさえ胸焼けしそうなのに、いくらなんでも素材をぶち込みすぎだろう。

Tは俺を鋭利《えいり》な目で貫《つらぬ》き、

「あなたは失礼な人間だな、キャム。あたしが属するところはオーソドックスだ」

まあ未来人やら宇宙人やら超能力者《ちょうのうりょく》やら涼宮ハルヒやらなどと比べたらそうかもしれんが。

「へぇ、双子のお兄さん」

ハルヒの双眸《そうぼう》が輝《かがや》きを放つ。

「見てみたいわね。日本に来てないの？」

「あたしと顔はほぼ同一だから、それほど変わらない。見て楽しめるかは疑問手だ」

鏡を眺めて楽しめるのは生粋《きっすい》のナルシストくらいのものだろうからな。

ハルヒは今日初めてと言っていいくらい、金髪《きんぱつ》の同級生の顔を不躾《ぶしつけ》に見つめ、

「鶴屋さんの三つのエピソードに、双子のお兄さんは出てこなかったみたいだけど、一緒《いっしょ》にいたんじゃないのね」

「アー……」

言いにくそうにしながら、Tは艶《つや》やかな唇を開いた。

「その兄は、ウム、何と言えばいいのであろう……社交的な場に相応《ふさわ》しくないというか、空気を読むテクニックに欠けるというか、無礼というか、尊大というか、ボヘミアンとい

うか、ファットウセイ、適当な日本語が出てこないような人物なのだ」

ハルヒはますます興味が出てきたようだが、俺は腰《こし》を引き気味だ。これ以上わけの解らないキャラクターに横入りされてはたまったものではない。幸い、

「彼が現在どこにいるのか、あたしは知らない。家族の誰も知らないのではなかろうか。父が慌てる素振《そぶ》りを見せないので安心だとは思われる。クリスマスには実家で顔を合わすことになろう」

「ふぅん」

鼻を鳴らすようなハルヒの合いの手に、Tは微苦笑《びくしょう》とともに長い脚《あし》を組み替《か》え、

「幼き頃《ころ》より、兄は書籍《しょせき》の音読を習慣としていた。あたしはそれを聞いていた。その中にミステリである書が数多く存在した。それ以外考えられない影響によって、それはあたしの趣味と同一化したのだろう」

朝比奈さんが回収し終えた全員の湯飲みを一まとめに置いた後、次にストップウォッチを片手に急須《きゅうす》にヤカンの熱湯をチビチビと注いでいるのを見ながら、

「鶴屋さんはどうなんだ？」と俺は言った。「お前が北高に来たのは、鶴屋さんの手引きだろう。お前にとって、鶴屋さんはどういう……」

言いかけて、言葉を探す必要があった。だが結局、

「どういう人なんだ？」

Tは背筋を伸《の》ばし、単刀直入に、

「鶴屋サンはあたしの師匠《ししょう》なのである」

何の師匠だ。

「多岐《たき》にわたる。だが、主に日本語だ。世話になった」

マスター鶴屋、面白《おもしろ》がってわざと変な喋《しゃべ》り方を教えたんじゃないだろうな。

しかしTは心外そうに、

「ヘンとはなんだ。あなたたちのような母国語スピーカーにはほど遠い自覚はあるが、鶴屋サンはたいへんチャーミングな話しぶりであると太鼓判《たいこばん》を押してくれたぞ」

ものは言い様だな。鶴屋さんの日本語自体がどこかエキセントリックな響《ひび》きを持つのだから、そんな鶴屋語トーカーに師事したTの言葉遣《づか》いが相当独特になるのは仕方のないことかもしれない。

Tは意外そうな顔付きに変化した。

「あたしの日本語が独特とはいかなる意味か？」

その顔をまじまじと眺《なが》めた結果、どうやら本気で言っているとの結論が得られた。

俺がどうナレーションすべきか悩《なや》んでいると、

「日本人はどちらかというとパニュルジュの羊的な人種であるから、多少、人と違っていた方が愉快《ゆかい》な人間だと思われる、と教えられたが、まさか」

Ｔはいきなり不安げな表情へと変化し、

「卒爾《そつじ》ながら少しばかり尋《たず》ねるが、あたしの言葉遣いは何やらどこか風変わりなのか？」

Ｔの中では自分の日本語は至って普通のティーンエイジャーのような話し方をしているつもりなのかもしれない。だから、このセリフも、

「えっ？　マジ？　あたしの日本語ってどこか変なの？」

と、言いたいのかもしれない。確かにそう脳内変換《へんかん》してみると、こいつの表情や雰囲気《ふんいき》、仕草とも違和感《いわかん》なく一致《いっち》する。

突如《とつじょ》として不安にかられた様子のクラスメイトに、

「全っ然、そんなことないわよ」

ハルヒが団長席から身を乗り出した。

「あたしにはとても愉快な同級生にしか見えないわ。変わる必要なんかないから安心しなさい」

顔のパーツすべてをスマイルの構成要素に変化させ、

「それにね、あなたのその喋り方はこの世界で大きな武器になりうるわ。そう、いわゆる

一つの萌《も》え要素！　姿形《すがたかたち》と話し方にギャップがあるのがツボだっていう人間は少なくないはずよ。あたし調べだけど」

その信用できない統計調査に何の意味があるんだ。

ハルヒは迷子《まいご》の子羊を先導するボーダーコリーのように、

「鶴屋さんはあなたを他者とは違う個性的な友人になるようにって、そんな願いを込《こ》めて日本語教師を買って出たんだと思うわ。さすがは鶴屋さんね。あなたのその話し方のおかげで、あたしのクラスの連中は男女問わず、すぐさまあなたに好意とシンパシーを抱《いだ》いたのだから」

教室でクラスメイトに囲まれて談笑にふけるTは、男女問わず態度を変えずに接してくるし、相手が誰でも物怖《ものお》じしない精神力と相応以上の好奇心《こうきしん》の持ち主でもあり、常に誰かと話しているところを見かけるコミュ力オバケだ。まるで話すことそのものが楽しくてたまらないように。

そこにはエピソード1で鶴屋さんが初めてTを見いだした時の、つまらなそうに座っていた、ちっこい少女のイメージは影《かげ》も形もなく、まあこいつも実家とやらに帰れば違う顔をするのだろうが、鶴屋さんが人格形成に少なからず影響を与《あた》えたほうに俺は今日の財布《さいふ》に入ってる五百円玉以外の小銭すべてを賭《か》けるぜ。

「感謝を、ハル」

Tはぺこりとお辞儀《じぎ》をして、

「そう言っていただけてコンフィデンスを獲得《かくとく》した。あたしはこれからも鶴屋サンを師と仰《あお》ぎ、彼女とともに語学を研鑽《けんさん》していく構えを取るだろう」

その満面の笑《え》みは、部室内の温度を一・五℃ほど上げたのではないかと錯覚《さっかく》するほどの彩度《さいど》の高さを誇《ほこ》っていた。

ハルヒもシンクロしたかのような笑みを浮《う》かべて、

「あなたの決意表明に大いに賛同するわ。それでさ、いい感じの雰囲気に乗っかって、一つだけ聞きたいことがあるんだけど、いい？」

「もちろんだ。ハル。何なりと疑問を投げつけるがいい」

上機嫌《じようきげん》で答えたTに、ハルヒは、

「鶴屋さんの三つのエピソードにあなたたちが仕掛《しか》けたギミック、全部言い当てたつもりだったけど、実はまだ残ってるんでしょ？」

途端《とたん》、Tの笑顔が石化した。

「な——なんのことだろうか。あたしには皆目《かいもく》、アイキャントゲットノーアイデア……」

仮面が無理矢理口を動かして出したような声でストーンズの曲の歌詞をアレンジしたみ

たいなセリフを吐《は》き、Tはバシャバシャという擬音《ぎおん》が聞こえてきそうなほど目を泳がせながら、

「キャム、このアジトの気温は熱しすぎなのではないか。そうか、これが聞きしに勝《まさ》るジャパニーズサマーヒート現象というやつか」

セーラー服の胸元《むなもと》を手で扇《あお》ぐ姿を眺めつつ、ハルヒは机の上で組んだ両手の上に顎《あご》を乗せ、

「やっぱりね。なにか引っかかると思ってたのよ。モヤッとするものが」

「なるほど」

古泉が久しぶりに口を開き、

「鶴屋さんが電話を切る際、不可解な間を持たせましたね。まるで『それだけ？』と言われているように僕は感じたのですが、だとしたら頷《うなず》けます」

必要性を感じたのか、またホワイトボードへと顔を巡《めぐ》らせた。もういいって。

ハルヒは唇《くちびる》を指で撫《な》でつつ、

「何に引っかかったか思い出すから、Tは黙《だま》っててね。もう少しで、ポンって出てくると思うんだけど……」

部室の中空を真剣《しんけん》な眼差《まなざ》しで睨《にら》み付ける。

「誰かが言った言葉に重要なフックがあったと思うのですが……」

古泉も同じところに焦点《しょうてん》を合わせて、思案に暮れるポーズを取った。

容疑者Tは、身体《からだ》をすくめてテーブルに置いた携帯《けいたい》に助けを求めるような視線を送り、長門は開いた本のページから関心を逸《そ》らさない。

野球部と吹奏楽《すいそうがく》部の奏《かな》でる環境《かんきょう》音の意図しない合唱が、にわかに静まりかえった文芸部室に滲《にじ》み出すように響いていた。


団員全員にゲスト一名までいるというのに、声を出す者がいなくなったことで文芸部室は奇妙《きみょう》な雰囲気に包まれている。普段《ふだん》は一番騒《さわ》がしいハルヒと、その太鼓《たいこ》持ちである古泉が熟慮《じゅくりょ》に沈《しず》んでいるおかげで、存在感はそのままに静音仕様状態の団長という絶滅危《ぜつめつき》惧種《ぐしゅ》なみに貴重な存在を観察することができる一幕だ。

部外者のTは黙《もく》して語らず、長門はTよりも静寂《せいじゃく》を保持し、朝比奈さんのお茶くみ作業の音だけが俺の耳に心地《ここち》よく届いていた。

その陶器《とうき》の立てる音はやがて物質を伴《ともな》って部室を一周する。

朝比奈さんはトレイに載《の》せた湯飲みを嬉《うれ》しそうに配膳《はいぜん》しながら、

「色んなお茶の葉をブレンドして作った自家製です。たくさん試《ため》してみたんですけど、なかなかうまくいかなくて……。でも、これは唯一《ゆいいつ》の成功例です」

覗《のぞ》き込むと、焦茶色《こげちゃ》の液体が湯気を立てている。馥郁《ふくいく》たる、という表現はこういうときに使うのだろう。嗅《か》いだことがあるようなないような、日本茶のような中国茶のような、何とも言いがたいが芳《かぐわ》しいことだけは確かな香《かお》りがする。

さっそく湯飲みを持ち上げて口を付けると、目の端《はし》にハルヒが上の空な様子のまま団長用湯飲みを傾《かたむ》けているところが映った。

口に含《ふく》んだのは俺とどっちが早かっただろう。

「！」

「!?」

俺とハルヒはほぼ同じ動作で、顔を上向け、口中に流し込んでしまった液体を可能な限り早く飲み干そうとし、しかし熱々のお茶をすぐには飲み込めず、十数秒ほど声なき呻吟《しんぎん》を上げた後、どうにか一気に胃の中に納めた。

二人してゼイゼイ言っているところを見た古泉がそっと湯飲みから手を離し、朝比奈さんは「えっ？」と一声漏《も》らしてから、

「何か変でしたか？」

変というか、まさに苦汁《くじゅう》をなめたという表現を使いたいほど、とてつもない味がしましたが。

これにはハルヒも、

「未《いま》だかつてない、とんでもない味がしたわ。いったい何を入れたらこうなるの？」

「そ、そんなにダメでした？」とオロオロする朝比奈さん。

「みくるちゃん、このブレンドのレシピをメモっておいてちょうだい。罰《ばつ》ゲームに使えるわ」

せめて眠気《ねむけ》覚ましの気つけ薬代わりにしておこうぜ。これはこれで朝比奈さんの努力の結晶《けっしょう》なんだ。それに慣れてきたらこの独特の渋《しぶ》さと苦さが癖《くせ》になる可能性もある。

「はあ。ええと」

朝比奈さんは自分の湯飲みを両手で持ち上げ、森の片隅《かたすみ》で発見した知らない木の実を齧《かじ》ろうとするリスのように恐《おそ》る恐るチビリと飲んで、

「あうっ」

口を押さえて目を白黒させる。そして、

「すみませぇん！　砂糖を入れ忘れてましたぁ」

涙声《なみだごえ》でうっかりミスを告白するや、全員のもとにスティックシュガーとスプーンを配

って回った。

湯飲みにスプーンを突《つ》っ込んで掻《か》き回すシュールな絵面《えづら》を実行した後、おっかなびっくり飲んでみた朝比奈オリジナルティーは、これは驚《おどろ》き、かなりの美味だった。

雑味と渋みと苦みとえぐみで混沌《こんとん》としていた謎《なぞ》の液体が、甘味を投入するだけでたちまち渾然一体《こんぜんいったい》となる味わいを発揮する。

「あら、美味《おい》しい」

ハルヒも不思議そうに湯飲みを見つめている。

「よかったあ」

片手で胸《むね》を撫で下ろす仕草をした朝比奈さんは、ポケットミステリから両手を離《はな》さない長門の代わりに、長門のぶんのお茶に砂糖を溶《と》かしてやっていた。

長門なら特に気にせず飲んでしまうと思うが、未来人と有機生命体©情報統合思念体の何気ない交流を見るのはいいものだ。

Tはと言うと、本当に取調室にでもいるかのように、両手を膝《ひざ》に置いて縮こまっている。一体、何をそうまでして隠《かく》しているのか、さっぱり解《わか》らん。

図らずもハルヒと俺を毒味役にさせた古泉が砂糖入りを一口飲んで、

「さしずめ、濃《こ》いブラックコーヒーの砂糖を入れる前と後といったところでしょうか？」

前者を飲んでもないくせに評論家めいた感想を漏らした。

飲んだことはないが、砂糖投入前と後のチョコレートの原液といったほうが近いかもしれないな。何かで読んだが、昔の南米ではもともと強壮剤《きょうそうざい》としてカカオの煮汁《にじる》をそのまま飲んでたんだろ？

「大航海時代の賜物《たまもの》ですね」と古泉。「現代的な感覚では全肯定《こうてい》できる時代ではありませんが、アメリカ大陸原産の様々な食料品や産物がヨーロッパにもたらされたことは、世界的に料理の幅《はば》が広がったという一点においては喜ばしいことだったと思いますよ」

「確かトマトもよね」とハルヒ。「あとは唐辛子《とうがらし》、ジャガイモ、トウモロコシか……。ヨーロッパにトマトが入って来る以前にイタリアの人たちが何を食べていたのか見当もつかないわ」

眼前の鶴屋問題からの気分転換《てんかん》か、そのまま中世以前のイタリア半島の食生活に思いを巡らせているようだったが、湯飲みを持つ手がピタリと止まった。

「砂糖……。トマト……」

ハルヒは湯飲みを置いて、朝比奈さんのオリジナルブレンド茶を見下ろした。

「入れたんじゃなくて、入れなかった……」

謎めいた言葉を呟《つぶや》くと、

「キョン、ためしにピザからトマトと唐辛子とジャガイモとトウモロコシがないところを想像してみて」

ピザ屋のメニューが著《いちじる》しく簡素になっていただろうな。

「ピザとして成立してないようなものよ。必要なものがいくつも欠けているのだから」

何が言いたいんだ？　ピザの歴史のうんちくなら別の機会にしてくれ。

すると古泉が意を汲《く》んだように、

「構成する重要な要素が欠落している……そんな作品があったとしたら、それは未完成と呼ばれるべきだ、ということでしょうか？」

「それよ、古泉くん」

よく解ったな、あんな説明で。さすがはハルヒ博士だ。

「で？」と俺は先を促《うなが》した。「何が未完成だったんだ？」

「もろちん」

ハルヒは取り戻《もど》した笑顔《えがお》で、

「鶴屋さんの問題文、三つのエピソードのことよ」

Tを見ると、朝比奈さんから渡《わた》されたスティックシュガーを指で弄《もてあそ》んでいたが、決意の面持ちで来客用と書かれた湯飲みに投入するところだった。

「そもそも、なぜ鶴屋さんは、あたしたちに推理ゲームを挑《いど》んできたの？」

「それは鶴屋さんが生粋《きっすい》の悪戯《いたずら》好きだからじゃないか？」

そこからかよ。

俺の解答にハルヒは片手をヒラヒラさせつつ、

「鶴屋さんがそんな性質の持ち主だなんて、いつ知ったのよ。こうしてエピソード1から3までを読んだ今なら解るけど、一緒《いっしょ》に遊ぶのが楽しくて気さくでご機嫌《きげん》な上級生なだけじゃなくて、あたしたちに手の込んだゲームを仕掛《しか》けてくるほどの悪戯っ子だったって、誰《だれ》も知らなかったでしょ？」

そう言われれば、確かにそうだ。多分アメリカあたりから、わざわざ何度もメールを送ってくる手間は、時差を考えたら相当なものだ。

よほどのことでなければ、そんな真似《まね》はしないだろう。

では、どんな「よほどのこと」があったのか？

ハルヒは笑みの矛先《ほこさき》を、大人しい客人に向けた。

「それはTに聞くべき事かもしれないわね」

ハルヒらしからぬ、優《やさ》しげな声色《こわいろ》で、

「ねえ、T。エピソード1と2と3。どこからどこまでが作り話なの？」

　Tはしばらくスプーンで朝比奈ブレンドを攪拌《かくはん》しながらテーブルの表面を視線で走査していたが、スプーンレストがどこにもないことを悟《さと》って指を離した。陶器と金属が触《ふ》れあう涼《すず》しげなSE。

「なぜ、そのような結論に辿《たど》り着いたのか、あたしは疑問に思う」

　顔を上げ、ハルヒを見るTの秀麗《しゅうれい》な顔には、しかし微笑《びしょう》が戻っていた。

「そして知りたいと思う。あたしたちは、どこで失敗したのだろうか？」

　俺も知りたいぜ。どういうこったハルヒ。

「一つには、Tがなぜここにいるかということ」

　ハルヒは砂糖入りブレンド茶で喉《のど》を潤《うるお》して、

「あたしたちはTが鶴屋さんの内通者であり共犯者だと判断したわ。だから、鶴屋さんがメールを送ってくる今日は、この部室に来ていなくてはならなかったんだともね。キョンが盗聴器《とうちょうき》を見つけてくれたから、それは疑惑《ぎわく》でなく確定に変わった——。ここまではいい？」

　反論の余地はなさそうだ。

ハルヒは満足げに頷《うなず》き、

「もう一つは、あんたの言ったことよ、キョン。タイミングの問題って」

確かに、あり得ないくらいのグッドタイミングなメール着信が、俺に盗聴を疑わせたのだから、そこに問題があるのは確かだが。

「それよりも前よ」

ハルヒは団長席に積んでいたエピソード3を手にした。

「キョンがこれを読んで言った感想があったでしょ？　覚えてないの？」

なんつったっけ？

「あんたはこう言ったのよ。いい？　鶴屋さんが家の仕事に付きあわされて外国まで行き、新プロジェクトのお披露目《ひろめ》パーティに立ち会ったまではいいとしよう。しかし、そこでこんな連想ゲームじみた名前の人物が犯人となる事件が都合よく起きるものなのか。ってね」

よく覚えているもんだ。だが俺の声真似《こえまね》するのはやめてくれ。気持ち悪いから。あと古泉、賛同のつもりで指を鳴らしたんだろうがキザったらしいから二度とするな。

「そう言われれば確かに言ったが、それで？」

「それが答えじゃないの。たまたま、鶴屋さんは何日も前に日本を離れていた。たまたま、訪《おとず》れた外国のパーティで事件に出くわした。たまたま、その事件の被害者《ひがいしゃ》も加害者も鶴屋さんの知る関係者だった。たまたま、被害者はダイイングメッセージみたいなセリフを鶴屋さんに告げた。たまたま、加害者の名前は叙述《じょじゅつ》トリックに持って来いだった。いったい何個、偶然《ぐうぜん》が重なってるの？」

タマがいくつあっても足りないな。タマにどんな漢字を充《あ》てるかで性格判断ができるかもしれん。

「偶然がすぎるのは認める」

Tの弁護人をするつもりはないが、

「三つも重なれば何者かの意思が働いているはずだ、という格言もあるしな。だが、それだけでは証拠《しょうこ》にならない。お前の言う作り話説はどう証明するつもりだ」

「いくつか傍証《ぼうしょう》はあるわ」

ハルヒ地方検事は卓上《たくじょう》に散らばるコピー用紙を指して、

「エピソード3の舞台《ぶたい》が外国だって解ったから、言語錯誤《さくご》のトリックだと看破できて、だからダイイングメッセージの内容を突《つ》き止めることが出来たわけよ。そこから、じゃあエピ1と2も外国？　って類推が成り立って、ついでにそっちの『彼女』が尚子さんじゃなくてTだって発想が生まれたんだけど」

その通りだろう。

「だったら少し不自然なのよ。エピ3で使った車線の違《ちが》いみたいな、日本以外であることのほのめかしをエピ1と2でもやっとくべきだわ。やろうと思えばできたはず。いいえ、逆にやらないのは不自然よ」

ちょっとくらいはなかったか？

「あたしが挙げたとこよね。でも、エピ1冒頭《ぼうとう》の太陽の高さの問題は、緯度《いど》の高い国の夏頃《ごろ》のことなのか、経度の違いで日の入りが遅《おそ》いだけなのかが判別できないわ」

海外であるヒントは一つだけで充分《じゅうぶん》だと考えたんじゃねえの。

「推理ゲームとして完成させるんなら、そこはこだわるべきじゃない？」

ハルヒの目線がTの開き直ったような微笑をかすめた。

「不自然と言えば」と古泉が沈黙《ちんもく》を解き、「エピソード2の情景描写《びょうしゃ》もですね。あの収《しゅう》穫祭《かくさい》めいた謎《なぞ》の奇祭《きさい》は実在したのでしょうか？」

ハルヒは古泉の言葉を受けて、

「実在を疑うなら、一番疑わしい人がいるわ」

ハルヒとTの視線が交差する。

「尚子さんなんて人、本当にいたのかしらね」

何か言いかけて、Tは口を閉じた。ここまで来たら最後まで聞くことにしたようだ。

「エピソード3の事件にしてもそうなのよ」

団長の追及《ついきゅう》は続く。

「犯行は会場横の控《ひか》え室で行われたのよね。想像するしかないけど、パーティの規模からして控え室もけっこうな広さがあったはず。参加者の人数も相当なものだと思うわ。なのに、ドクターさんと名刺《めいし》さんの二人しかいなかったなんて不自然でしょ？」

「悲鳴に気づいて駆《か》けつけたのが、会場の中で鶴屋さん一人、といったところもですね」

古泉が付言する。

ということは……、どういうことなんだ。偶然の次は不自然の連打か。

「度《たび》重なる偶然と不自然な文章の横行は、こう考えたらすんなりいくの」

ハルヒはとびっきりの笑顔で、

「鶴屋さんが送ってきたエピソードは全部、作り話だったんだ、って」

しばらく続いた沈黙の支配を破ったのは、俺のセリフだった。

「すると何か。鶴屋さんはTと組んで、一から考えたオリジナルストーリーを俺たちに送りつけてきたのか。叙述トリックを駆使《くし》した犯人の名前当て小説を」

「それも少し違うのよ」

ハルヒはピストルの形を作った右手をTに向け、

「Tの所属がどこなのか思い出しなさい。あたしたちに推理ゲームを仕掛けてくるのなら、鶴屋さんよりもっと相応《ふさわ》しい相手がいたでしょ？」

俺がとっさに思いつくSOS団の敵対組織は無数に存在する。しかし長門の敵や古泉の敵や朝比奈さんの敵が鶴屋さんを抱《だ》き込めるとは思えないし、同様に生徒会執行部《しっこうぶ》でも無理だろう。

「そうか、ミステリ研か」

理想的な解法を板書する生徒を見た数学教師のように、ハルヒは会心の笑みを浮《う》かび上がらせ、

「そ。七不思議の資料に人体模型の謎みたいな創作話をこっそり混ぜてくるようなところよ。T、あのホラーテイストの謎かけは誰が考えたの？」

「ミステリ研のボス、部長センパイだ」

Tは両手を挙げて答えた。降参のサインだろうか。

「ハル、あなたが学校の七不思議を探索《たんさく》しているのを知り、即興《そっきょう》で編んだものだ」

「今回のダイイングメッセージクイズも、裏で監督《かんとく》していたのはそいつね」

否定せずTは手を下ろし、朝比奈茶を口に含《ふく》んだ。

「あたしたちはあくまで鶴屋さんが主犯で、Tは協力者だと思ってたけど、逆だったのよ。Tは主催者《しゅさいしゃ》の一味だったわけ。主犯はミステリ研で、鶴屋さんが共犯者なの。共犯者にしては前面に出てるけどね」

「それでだったんですか」

古泉が首肯《しゅこう》し、

「道理で、ずいぶん牽強《けんきょう》付会《ふかい》な推理を強《し》いられると思いました。この推理ゲームは、未完成なんですね」

「そこまでバレてしまっては、どうしようもならない」

湯飲みを置き、Tは改めてバンザイした。

「こう言うときに脱《ぬ》ぐものが日本にあったはずだが、あいにく持ち合わせていない。今度来るときにはシャッポを用意しておく」

が、すぐに片方を下ろして挙手の体勢を取り、

「だがしかし、いくつか訂正《ていせい》したく試みる」

「いいわよT、答え合わせは望むところだから」

「まずだが、エピソード1は完全に事実だ。さっき見せた写真はその時に撮影《さつえい》された。そして次に、エピソード2もほぼ事実だ。多少脚色《きゃくしょく》をミックスしたパートは存在する。あの祭りだが、そこそこ有名なフェスティバルなので、そのまま書いてしまうと即座《そくざ》に国バレする恐《おそ》れがあったのだ。よって少しのほどウィアードなものにしてしたためた」

Tはハルヒをしっかと見返し、

「言っておきたいのは、ショウコは実在する。当然、我が兄とタケナオ・ノットベもだ。しかし、ハルの推測のように、事件は発生していない。兄と彼はあたしと鶴屋サンのように長い付き合いを所有している。また、作中ではタケナオを比較的《ひかくてき》バッドテイストに書いているが、本人は決してそうではないと声を大にしておく。ネームカードを使ったジョークなどしないし、自分の名前でスタンドアップコメディを演じることもない。する時があれば名前に注目し気づいた人物に対してのみだ」

「すると」と古泉。「エピソード3の創作部分は、尚子さんと鶴屋さんの会話の一部、武尚氏の振《ふ》る舞《ま》い全般《ぜんぱん》、そして鶴屋さんが悲鳴のようなものを聞いた以降すべて、ということでいいのですか？」

「いいのだと思う」と答えてTは、「質問の前に言うが、企画《きかく》・発案は部長センパイだ。

アイデアの提供はあたしと鶴屋サンであるが、シノプシスはミステリ研全員でおこなった。エピソード3のシナリオは骨格をボスが執筆《しっぴつ》したものを鶴屋サンがリライトした。エピソードワン・ツーは鶴屋サンが書いたものをボスが一部修正した。名前の使用に関しては、ショウコとタケナオの許諾《きょだく》は得ている」

こいつのところの部長とやらは一体どこのどいつだ。俺はもうこれ以上ややこしい知り合いが増えて欲しくないんだが。

俺の胸中をよそに、

「まあね、なかなか楽しめたわ。でも、粗《あら》のある未完成の出題編だっていう自覚はあったのよね？　なぜ、そんなのであたしたちに挑戦《ちょうせん》してきたの？」

ハルヒの呈《てい》した疑問に、

「これは実際にあった出来事をモチーフにした脚色ストーリーだ。次の文化祭で発表するミステリ研の推理アトラクションに使おうと思っていた。あくまで鶴屋サンには協力いただいた次第《しだい》である。今回のあなたたちの推理過程、および指摘《してき》により、いくつか修正事項《じこう》が発見できた。ミステリ研を代表し、あたしはあなたたちに感謝する」

どうやら俺たちはミステリ研が制作した試作品のモニタとして使われたらしい。食わせ者め。

「あなたたちに頼《たの》んだのは、鶴屋サンの進言でもあるが、一つはキャム、あなたのせいだ」

意外なところから切っ先が飛んできた。

「キャム、あなたが会誌に載《の》せていたプライベートノベルがアイデアの元になったのだ。ゆえに、真っ先にあなたがたに提示するのが仁義というものだ、と部長センパイは言った」

いいように扱《あつか》われているとしか思えんが。

「もっとも、あなたたちを一杯《いっぱい》引っかけてやりたかった、と鶴屋サンと目論《もくろ》んでいたことも事実で内緒《ないしょ》だ」

その時の二人の表情がありありと思い描《えが》けるな。

「ハルに訊《き》く。一番の問題点は何だっただろうか？」

「それはあなたの存在ね。つまり『彼女』の正体」

ハルヒは即座に、

「あなたが目の前にいないと推理不可能になるアトラクションなんて、未完成の前に不合格よ。どうにかならなかったの？」

「実はこの問題文からでは、エピ1と2の『彼女』の正体がショウコではなくて彼女以外の誰《だれ》かだとアイデンティファイできないのだ。手掛《てが》かりになるヒントをどうテキスト化すべきか非常に悩《なや》ましかったのである。なぜなら、それがあたしであることは能《あた》う限り包み隠《かく》さねばならなかった。しかしながら、あなたたちのおかげで曇《くも》り空に光の梯子《はしご》が降りてきた気がする」

Tはコピー用紙を裏返し、何やらさらさらと英文でメモを取りつつ、

「ハルと古泉と長門サンなら何とかしてくれるのではないかと夢想していた。しかしであるが、長門サン、何故《なぜ》あたしのヘアークリップが怪《あや》しいと見当を付けたのだ？」

「それ、あたしも気になるわ」

そう言いながら団長席から立ち上がったハルヒは、歩きながら上向かせた手のひらを俺へと伸《の》ばしてきた。Tに渡《わた》されて以来何となく手元に置いていたヘアピンを載せてやる。

ハルヒは指で押したり曲げたりしながら、

「マイクのスイッチは？」

「キャムに渡すときにオフだ」

どこにオンオフスイッチがあるのかすら解《わか》らんね。

灯《あか》りに透《す》かすように眺《なが》めつつ、

「有希はどうして気づいたの？　これが怪しいって」

「…………」

長門はゆるゆると顔を上げ、しばらく小首を傾《かし》げて言葉を探しているようだったが、や

がて、

「勘《かん》」

と、明らかな大嘘《おおうそ》を一言だけ告げて読書に戻《もど》った。

だが、なぜかハルヒもTも納得《なっとく》したようで、

「さすが長門サンだな。あたかもヒトコトヌシである」

Tは長門を葛城山《かつらぎさん》の神になぞらえ、というか、よく知ってたな、その神様を。

「勘なら仕方ないわね」

ハルヒはハルヒで、こいつらしい得心の仕方をしていたが、

「ところでみくるちゃん、鶴屋さんが家の都合で学校を休んでいるのは本当なの？」

突然《とつぜん》話を振られた朝比奈さんは、「おさとう絶対」と書いたポストイットを茶筒《ちゃづつ》に貼《は》り付ける手を休め、

「あっはい、何日か遠出してくるから、帰ってきたらノート見せてって言ってました」

いくら鶴屋さんでも、まさか俺たちをペテンにかけるために学校をサボることまではしないだろう。たぶん。

「Tは知ってるの？　鶴屋さんの行き先」

「ファミリーの仕事を果たしているのは間違《まちが》いない」

Tはハキハキとした口調で言う。もう嘘《うそ》を吐《つ》かなくていいからだろう。

「むしろ鶴屋サンがこの地を離《はな》れる時期に狙《ねら》いを定めた企画だったのだ。彼女に無理を強《し》いたのではないことだ」

ふうん、とハルヒは鼻を鳴らし、

「あたしの勘が、今、働いたわ」

ハルヒの手が印刷されたエピソード3の一ページ目を取り上げた。

「きっと、これもヒントだったんじゃないかしら。最初の一行のモノローグ」

俺と古泉の目が指摘されたポイントに向かった。そこに記されていたものは、

──ここはどこなんだろうねえ。

「T、鶴屋さんに電話をかけてちょうだい」

移動中なんじゃないのか？

「あたしの推測が正しければ、出てくれるはずよ」

溜息《ためいき》のような吐息《といき》を漏《も》らしながら、Tの長い指が携帯《けいたい》を操作する。

スリーコールも待つことなく、

『やあ。思ったより早かったかな。で、あたしに訊きたいことって何かな？』

鶴屋さんの返答は、少しくぐもった抑《おさ》え気味の声だった。やはり何かに乗っているのか。

ハルヒはTの携帯に耳を近づけ、しばらく黙《だま》って耳をすましていたが、不意に笑顔《えがお》を作ると姿勢を戻し、腰《こし》に手を当てて傲然《ごうぜん》と言い放った。

「鶴屋さん、今どこにいるの？」

『はっはは。やーれやれ、そこまでバレちゃったか。リエがゲロンチョしたのかな？』

オッティーリエ、ティー、リエ。様々な呼ばれ方を持つ同級生は、

「話してはいない。ハルが勘づいた」

『そっか。なら、しゃあないね』

俺は古泉と顔を見合わした。ハルヒと鶴屋さんの間では、なんらかのコミュニケーションが成立しているらしいが、俺に解るのはハルヒと鶴屋さんの思考は似ているようだという推量くらいだ。

そろそろツッコミを入れるべく、俺が口を開きかけた、その瞬間《しゅんかん》、張《は》り詰《つ》めた風船を叩《たた》き割ったような大音量とともに、部室の扉《とびら》が弾《はじ》かれたように開き、

「どっわーいっ!!」

バンシーの叫《さけ》び声のようなマックスボリュームが俺の鼓膜《こまく》をつんざいて、

「ひょえっ」と朝比奈さんが椅子《いす》から五センチ飛び上がり、

「…………」と泰然《たいぜん》不動の体現者である長門にすら戸口を向かせた、その声の主、

「みくるっ！　ただいま、帰ったよ！」

紙袋《かみぶくろ》を片手に提《さ》げ、鶴屋さんが登場した。

お土産《みやげ》は蕎麦《そば》ぼうろだった。

鶴屋さんはひとしきりTから今までのあらすじを聞いた後、

「外国に行っていると思い込ませたところで、じゃーんって飛び込んで、わービックリってさせようとしてたんだけどねえ」

来賓《らいひん》用パイプ椅子に腰を下ろし、持参した茶菓子《ちゃがし》をバリバリとかじりつつ、

「しっかし、全部まるっきり解っちゃうとはねえ。SOS団恐るべしだねっ。参った参った」

「メールはどこから送ってきていたの？」とハルヒ。

「出張から戻って家でゴロゴロしながらだよ」

朝比奈さんから丸印の中に鶴と油性マジックで書かれた湯飲みを受け取り、

「盗聴《とうちょう》してる会話内容を聞き漏らすわけにはいかなかったからね」

ある意味、犯罪的なことをサラッと述べ、

「キミたちの言うエピソード1から3はあらかじめ書いてあったから、そん時ポチポチ書いたのは本文だけっさ」

そして俺へ笑顔を見せ、

「そろそろ北高に行くべえと制服に着替《きが》えていたときだよ。イヤホンから雄叫《おたけ》びが聞こえたのは。あれには驚《おどろ》いたよ。自業自得《じごう》とは言えっ」

砂糖入りブレンド茶で喉《のど》を潤《うるお》した鶴屋さんは、

「今回はパスポートの要らない旅だったのも好機だった。かねてから用意していたミステリシナリオを実行するのにちょうどよかったのさ。本当ならもっと練り込んでから披露《ひろう》するつもりだったみたいだけども」

「部長センパイはやや不本意そうであった顔をしていた」

Tは蕎麦ぼうろを小さく割ってから口に入れ、

「ハウエバー、この機を逃《のが》すといつになるか不安だったのだ。このジャパニーズビスケット、なかなかビミしいな」

ハルヒは手つかずだった羊羹《ようかん》を一口で食べてから土産の品を手に取った。

「鶴屋さんはミステリ研と仲いいの？」

どーかなー、と首を傾げてから鶴屋さんは、

「リエから話を聞いて、面白《おもしろ》そうだったから乗っかっただけさ。一度、自分の経験したイベントを書いてみたかったってのもあったしね。言うても、やあ、難しかったよ。ミステリ研の部長とけっこうすり合わせをしながら書いてってたんだけど、それなりに時間がかかったなあ」

「おかげでTの生態について詳《くわ》しく知ることができたわ」

微笑《ほほえ》みをクラスメイトに向け、

「あと、能登部家の人たちもね。会ったこともないのに、尚子さんにはなんとなく親近感が湧《わ》くのは何故《なぜ》かしら」

そのセリフを受け、団員以外の二人は目を合わせて何やら面白がるような表情を作った。尚子さんとハルヒを知る者だけが解る共通項《こう》があるんだろう。面識のない俺には知りようがないが。

一段落付いたところを見計らい、俺は訊《き》きたかった疑問を告げた。

「ところで鶴屋さん、いつからドアの前で待機していたんです？」

「んにゃ。んなことしてないよ」

今年度から最上級生となった気のいい先輩《せんぱい》は、

「ハルにゃんから電話あったときは、もう校舎の中をここに向かって歩いてたよ。んで、立ち止まりもせずに開けたのさ！」

最後まで最高のタイミングだったわけだ。ハルヒが電話をかけさせた瞬間が神がかり的だったのは、まあ偶然《ぐうぜん》だったと思うことにする。

「でもなんで、あたしがすぐ近くにいると解ったのかな？」

鶴屋さんの問いに、

「勘《かん》よ」

堂々と言うハルヒからは何の裏付けもない自信だけが感じられた。まあ、こいつの思考法が理屈《りくつ》では推《お》し量れないのはいつものことだ。

「勘なら仕方がないね」と鶴屋さんはハルヒと同様の感想を言い、「やっぱり、マイクに気づいたのは長門っちだったか。欺《あざむ》けないものだねえ」

ヘアピンは鶴屋さんの手元に渡《わた》っていた。

その薄《うす》い金属片《へん》が、どうやったら周囲の話し声を拾える集音マイクの役割を果たせるのか、その仕組みが知りたいのですが。

鶴屋さんは片目を閉じ、

「NDAにサインしてくれるんなら言ってもいいよん」

何だか解らんものにホイホイ自分の名前を書いてはいけないというのは鉄則だ。知らないうちに外人部隊に入れられているかもしれん。

あははは と快活な笑い声を上げ、鶴屋さんはヘアピンを指で弾いて宙を舞《ま》わせた。

「キョンくん、有希っこの手助けがあったにしても、よくこれが怪《あや》しいって思ったね。自信作だったんだけどなっ」

解《わか》りやすい違和感《いわかん》だ。いつもは付けていない髪留《かみど》めを今日に限って、しかも髪をまとめる役目を果たしていないような付け方をしていたら、そりゃ何だろうとなるのが世の常だ。もっとも俺はアクセサリー類に詳しくないし、女子のファンシーコーディネイトを云々《うんぬん》できるほどの知識もないので、ことさらツッコんだりはしなかっただけさ。

Tはスカートの膝上《ひざうえ》に落ちた茶菓子の粉末を払《はら》い落としながら、

「最善を尽《つ》くすなら何日か前から付けるべきだった。それをしなかったのは、」

それも意図的だったんだろ。

晴れやかなTの笑顔が答えを雄弁《ゆうべん》なものにしていた。

その後、鶴屋さんを中心に談笑《だんしょう》の輪が形成された。

この数日どこに行っていたのか、そこで何をやっていたのか、旅先エピソード披露が今度は文章ではなく直接口頭でおこなわれ、ハルヒとTと朝比奈さんと長門を聞き役とした、かしましくも微笑ましい女子トークに花を咲《さ》かせているのを眺《なが》めていると、真横から気配を感じた。

古泉が自然な仕草で目配せを送っている。その意図するところを察し、俺は残っていた甘い茶を飲み干して席を立った。

「ちと、手洗いに」

「僕もお供しますよ」

部室を出て廊下《ろうか》を歩いていると、

「先程《さきほど》のヘアピンの逸話《いつわ》ですが」

古泉がいつもの微笑《びしょう》を使いつつ、

「まさにチェーホフの銃《じゅう》を体現したような話でしたね」

何だそれは。パブロフの犬の類語かなんかか。いや待て。ひょっとしたら知っているかもしれないから、その銃の説明をしてくれ。

「帝政《ていせい》ロシア時代の劇作家アントン・チェーホフが次のような意味のことを言っています。いわく、『物語の序盤《じょばん》に銃が壁《かべ》に掛《か》けられているシーンがあったとしたら、その銃はいずれ発砲《はっぽう》されなくてはならない』。つまり、思わせぶりに登場させた小道具をただの無意味なインテリアとして使用してはならず、もしその小道具が物語に何の関係もないのなら、そもそも登場させるべきではないとする作劇上のルールです。簡単に言ってしまえば『回収されない伏線《ふくせん》は張ってはならない』となるでしょうか。物語を創作する上での一種の警句ですね」

俺の人生に一ミリも関《かか》わったことのない概念《がいねん》だった。

「彼女のヘアピンに関しては、普段《ふだん》は付けていないものを今日だけは付けている、という些細《ささい》な日常変化がまさにチェーホフが言うところの銃となったわけです。同じクラスで毎日顔を見ているあなただから気づけた伏線ですよ」

少々わざとらしすぎたきらいがあるから、盗聴器《とうちょうき》として機能しつつ、俺たち向けのヒントにもなるという一石二鳥を狙《ねら》ったものだったに違《ちが》いない。本当にサービス精神の旺盛《おうせい》な人だ、まったく。

ちなみに、と古泉は前置きして、

「チェーホフは劇作家兼《けん》小説家として有名ですが、数多《あまた》の著作の中には本格ミステリテイストのものもありまして、特に『安全マッチ』という喜劇チックな短編は百年以上前に書かれたにもかかわらず現代のミステリシーンを風刺《ふうし》するような一節が見受けられ、これは今も昔も人間の感性はそれほど変化していないという事実を表しているのか、それとも本格ミステリを巡《めぐ》る論争の歴史は輪廻《りんね》のように繰《く》り返していると判断するべきなのか——」

すまんが俺にはロシア文学の素養はミドリムシの鞭毛《べんもう》ほどもないようだ。そういう話題は長門とT用に取っておいてくれ。

ほどなく俺たちは男子トイレに到着《とうちゃく》した。しかし特に催《もよお》したわけではなかったので、校舎の片隅《かたすみ》にある薄暗《うすぐら》いスペースに格別の用はなく、俺は洗面所で意味もなく手を洗いながら、鏡を眺めた。

しかし、出てきたアイテムを全部使わないといけないというのも、ある意味縛《しば》りプレイだな。中にはほとんど無価値な、枯《か》れ木も山の賑《にぎ》わい的オブジェクトもあるだろうに……。

その時、俺の頭の中で警鐘《けいしょう》じみた音がチンと鳴った。

金属片にしか見えないへアピン型集音装置。現代の科学技術で製造可能なシロモノだとは安易には信じがたい。事情を知らない人物にあれを見せて解説しても、そう簡単に納得《なっとく》してくれないだろう。その人物はこう言うかも知れない。

——まるでオーパーツだ。

今年の二月中旬《ちゅうじゅん》に、ハルヒが用意した偽《にせ》の宝の地図に翻弄《ほんろう》されたことを思い出す。あの時、俺は鶴屋さんにある場所を掘《ほ》ってみるように促《うなが》した。その結果、彼女はある物を入手し、その写真を見せてくれた。

十センチほどの金属棒。チタニウムとセシウムの合金だという、三百年以上も前に山中に埋《う》められていた使途《しと》不明の謎《なぞ》の物体。

その金属棒が近々必要になる——。

これはその前兆なのだろうか。

「いや、違うな」

独り言が漏《も》れていた。隣《となり》で古泉が妙《みょう》な顔をする雰囲気《ふんいき》を感じる。しかし考え込む俺を見て、そっとしておくことにしたか、何も言わないでいる。

いくら鶴屋さんでも超常《ちょうじょう》能力を持ったワンダーガールではないはずだ。はっきり言うと長門や朝比奈さんや古泉のような人智《じんち》を超《こ》えた特殊《とくしゅ》設定を持っているわけではない。鶴屋さんがこの部室の住人になっていないのが、まさにその証拠《しょうこ》と言えるだろう。もし彼女にまでスーパーナチュラルな力があったりしたら、とっくにハルヒの無意識謎パワーによってSOS団の一員に加えられてるのは間違いなく、それどころか立ち上げメンバーの一人に数えられていたはずだ。

そうではないということは、逆説的に彼女が一般《いっぱん》人であることの証明になる。

鶴屋さんが俺たちSOS団と付かず離《はな》れず、微妙《びみょう》な距離感《きょりかん》を保ち続けているのは、天性の勘の冴《さ》えがそうさせているのか、それともある程度悟《さと》っているからなのかは解らんが、おかげで俺にとって鶴屋さんはありがたいポジションにいてくれている。

いざというとき頼《たよ》りにすることができる唯一《ゆいいつ》の先輩。ただし、宇宙人や未来人や超能力者といったSF的なガジェットに関することは除く。

それはそうだ。鶴屋さんがハルヒ並みの行動力を持っていたり、実家が古泉の属する『機関』クラスの組織力を有していたとしても、やはり鶴屋さんはハルヒでも古泉でもない、常識的な意味での通常人類だ。情報統合思念体や周防九曜《すおうくよう》や敵対的未来人相手にどうにかしてくれるほど一女子高生の範疇《はんちゅう》を逸脱《いつだつ》してやいないだろう。

そこまで頼るのは筋違いってわけだ。

だから、後は俺がやるしかない。鶴屋さんに預けた謎の金属棒の後始末は、いずれ俺が付けることになりそうだ。

その予感は、まるで微弱な未来予知のように俺の脳裏《のうり》を刺激《しげき》していた。

何の能力もない俺の単なるヤマ勘なので、特に考慮《こうりょ》する余地などないだろうが。

「ところで、ここまで付いてきたのは、ロシア製の銃の話をするためじゃないだろ？」

手洗いを終え、ハンカチで手を拭《ふ》きながらそう言うと、俺と同じ行動をしていた古泉が口を開いた。

「真相に気づいたのはいつですか？」

何のことだ。

「僕が思うに、エピソード2の途中からではないかと」

古泉はハンカチをポケットに仕舞《しま》いながら、

「あなたはワトスン役として最適でした。絶妙《ぜつみょう》なタイミングで絶妙な疑問を呈《てい》してくれていましたね」

今日のキーワードはタイミングということでよさそうだな。

「あなたが発した疑問は実に当意即妙《とういそくみょう》なものでした」

自分の感情に素直《すなお》に従ったまでだ。

「本当は、すべて解っていたのではありませんか？」

そりゃ買いかぶりすぎだぜ。俺はハルヒほど勘が鋭《するど》くないし、解ってることをすっとぼけてバレずにいられるような演技力があるわけでもない。

「まあ、そういうことにしておきましょうか」

意外にあっさりと引き下がり、

「本格ミステリには探偵《たんてい》役より先に真相に到達《とうたつ》するワトスン役というカテゴリーもあることですし」

なんでもありだな本格ミステリ。それを本格的と言ってしまっていいのか疑問が残るが。

「お前こそどうなんだ」

ＳＯＳ団内に間者は潜《ひそ》んでいないと俺は看破したが、唯一例外になりそうなのが古泉だ。

ハルヒが突飛《とっぴ》なことを考え出さないように穏便《おんびん》なイベントを提供する。ハルヒがそっちにかまけている間は、現実が湾曲《わんきょく》するようなことはないだろうからな。

「読書談義を引き延ばすことで、Tが自然に部室に残る理由を作ったんじゃないのか？」

しかし古泉は微笑《びしょう》を崩《くず》さず、

「むしろ僕は緊急《きんきゅう》解答役として期待されていた節があります。ダイイングメッセージに関してのみ、適切なヒントがありさえすれば、少なくとも僕と長門さんだけは能登部武尚氏の名前に到達する可能性が高かったんですよ」

部室へと戻《もど》る俺と肩《かた》を並べて歩き始める。

「アントニー・バークリーの小説に、そのものズバリなタイトルがあるんです。『服用禁止』という長編がね。原題はもちろん、『Not to Be Taken』。僕が、とある理由で、と言ったのはそのことです」

古泉はどこか寂《さみ》しげに、

「同じゲームでしたが、僕だけイージーモードをプレイしていたようなものです。それでこの体《てい》たらくですからね」

まあ古泉がグルなら、とっくに鶴屋さんかTが意気揚々《いきようよう》とネタバレをしてくれているだろうから、今回はその言葉通りに信じてやるよ。

「それより、僕が気になったことがあります」

聞いてやろう。

「エピソード1を読み終わった後、涼宮さんが思いつきの推理を口にしたでしょう？　僕は、その思いつきが真相であるか、後のエピソード2や3のトリックとして使われるのではないかと危惧《きぐ》していたのですよ」

なんだっけ、エピ1の一人称《いちにんしょう》の『あたし』は鶴屋さんではなく『彼女』のほうが鶴屋さんだ、ってやつか。それから、『あたし』も『彼女』もどっちも鶴屋さんではないとも口走っていたな。

「いずれも違っていたわけですが」

推理する材料が出る前の当てずっぽうが外れるのは当たり前だろう。

「本当にそう思いますか？」

古泉は俺のこめかみ付近を見つめ、

「他《ほか》の誰《だれ》でもない、涼宮さんの思いつきですよ？」

なるほどな。何を気に病《や》んでいたのか理解できた気がする。

「ハルヒの直感が真相になっていたなら、あいつが現実をねじ曲げて自分の思う真相に改変してしまった可能性があるのか」

「または、無意識のうちに予知能力に目覚めたという解釈《かいしゃく》も可能ですが」

どっちになってもロクでもない話だが、

「そうはならなかったよな」

ハルヒの第一印象で放った予測がズレているのは、能力の減衰《げんすい》か、それとも常識化が進んだか。あるいは、それもこれも含《ふく》めて、ハルヒの望んだ結末なのか。

「涼宮さんの本来の超感覚能力ならば、最初のエピソードで口にした推理がことごとく真相を言い当てているはずです」

俺たちはゆっくりと歩を進める。

「いや、言い当てるどころではなく、涼宮さんが思いついた当てずっぽうの直感が、そのまま真実へと変化していたでしょう。鶴屋さんたちが、あらかじめ用意していた解答編が、その瞬間《しゅんかん》に書き換《か》わり、あたかも最初から唯一の真相であったかのように提示されていたと思われます」

部室に着くまでに終えないといけない話題だった。俺の歩行速度は徐行《じょこう》へとギアチェンジされる。

「しかし、あなたが仰《おつしや》るとおり、実際はそうなりませんでした。彼女の直感は、的を外したものに収まり、解答編は改竄《かいざん》されなかった」

だったら万々歳《ばんばんざい》だろう。何を深刻な顔してやがる。

「これが涼宮さんの現実改変能力が収束しつつあることを意味するのであれば、そうですね」

古泉は顎《あご》を撫《な》でつつ、

「違っていたとしたらどうでしょう。涼宮さんは無意識下で現実改変をおこない、このような解答編を選んだのだとしたら」

何か問題でもあるのか？

「思いつきであっても意識の内です。無意識による改変が意識的な改変を凌駕《りようが》し、打ち消し、本来涼宮さんが意図した結末すら修正したのだとしたら、無意識が意識よりも強力なエネルギーを生み出したことになります」

あいつはいつも無意識にアレコレしてるだろ。閉鎖《へいさ》空間なんざ、まさにそれだ。

「意識と無意識が対立したとき、後者が優先されるというのが問題なんです。杞憂《きゆう》であればいいのですが、この傾向《けいこう》が続くなら、もともと制御《せいぎよ》しきれていない涼宮さんの力は、さらにコントロール不能なものになるかもしれません」

意識より無意識が勝《まさ》る。仮にハルヒのトンデモパワーが暴走した時、それを自分自身ですら止めることができなくなる恐《おそ》れがあるってことか。

「解《わか》りやすく言えば、そうなります」

だが、推理ゲームの結果がハルヒによって歪《ゆが》められたものかどうか、俺たちには、つうか、この世の誰にも確かめようがない。

「その通りです。後期クイーン問題は、探偵役があくまで物語構造の中にいるから成り立ちます。彼等《ら》は物語構造の外側を認識《にんしき》することができないのです。当たり前ですね。探偵役は作者でも読者でもないので、物語内で描写《びょうしゃ》された物事以外は知り得ないのは当然でしょう」

地球が平たいと信じているうちは地動説に辿《たど》り着けないみたいな。ちょい違《ちが》うか。

「エラリー・クイーンのみならず、作者と同名のキャラクターが登場する場合、両者はノットイコールの関係として描《えが》かれます。作品の中にすべてを知り、すべてをコントロールする全知全能の神を配置するわけにはいきませんからね」

古代ギリシャの叙事詩《じょじし》が壮大《そうだい》な割にイマイチ楽しめない理由の一つかもな。

「しかし、涼宮さんにはそれができてしまう。彼女は我々が存在する、この現実に干渉《かんしょう》し影響《えいきょう》を及《およ》ぼすことができるのです。ここに僕たちが——宇宙人と未来人と超能力者が存在しているのは、その能力が発露《はつろ》したからです。あてずっぽうで選んだSOS団の構成員が、たまたま偶然《ぐうぜん》、そのような超自然的な存在である確率はどれほどのものでしょうか」

いざとなったら宝くじを買わせるしかないな。

「その宝くじの当選確率は現実に沿うものになると思いますけどね。前にも言ったような気がしますが、こと日常に即《そく》した事柄《ことがら》に対しては常識的な判断を下す方ですよ」

古泉は冗談《じょうだん》っぽく笑って話を戻した。

「仮に涼宮さんが犯人当て推理小説の探偵役だとしましょう。そして彼女は、物語構造の内部にいながら物語を恣意的《しいてき》に書き換えてしまう能力がある。するとどうなるか。ストーリーの展開は作者でも読者でもなく、一人の登場人物の無意識と直感により、変容してしまうのです」

読むたびに結末や犯人が変化する場合があるということか。お得じゃないか。一冊の本で何度でも楽しめる。

「おそらく、そうはなりません」

断言できるのはなぜだ。

「なぜなら、涼宮さんの改編能力は物語外部の世界にも影響を与《あた》えるだろうからです。仮にその本を読んで一度目と二度目で犯人が違っていたとしましょう。しかし、その読者は違っていたことに気づかない。二度目の真相が現実化すれば、一度目に違った真相を読んだ、という記憶《きおく》も改編されるんです。同じ本を再読し、そして同じ内容だったと思うことしかできないでしょう」

　記憶をいじくられるのは気に入らないな。

「現象がまるごと変容するのですから、ピンポイントに誰かの記憶を変異させるわけではありません。なんせ、」と古泉は一拍《いっぱく》空けてから、「涼宮さんはすべてを無意識のうちにおこなっているわけですので」

　タチが悪いとは言うまい。それこそ暴走でもしない限り意図的にやられるよりよほどマシだというのは解っている。しかし、もしハルヒが古泉の言うとおりの存在ならば、物語の世界に「自分が全能であることを知らない神」がいるようなものだと言える。

　そう考えたら確かに古泉言うところの、ちょっとした恐怖《きょうふ》というやつかもしれない。

「まあ、何とかなるだろ」

　ハルヒが違うことを考えるのに忙《いそが》しいうちは、世界をどうにかしようなどと無意識でも思わないだろう。どうせなら無害なイベントがちょいちょいと起こって欲しいものだ。創作七不思議や今回みたいな。

　文芸部室の扉《とびら》が見えてきた。中から四人の女子高生が立てる明るい声が響《ひび》いている。

　一応、尋《たず》ねておく必要に駆《か》られた。

「橘《たちばな》とかいう女はどうしてる」

古泉は予想していたように淀《よど》みなく、

「彼女たちも秘密組織ごっこには飽《あ》きたでしょう。佐々木《ささき》さんの追っかけをしていても、もはや何も出てこないでしょうからね。何かあるとしたら——」

周防九曜か。

「ええ。しかし、そちらの問題に関しては僕は部外者と言わざるを得ません。あなたと長門さんにお任せしますよ」

Tは一般《いっぱん》人でいいんだな。

「そのはずです」

ならよかった。

俺たちが部室に戻るのと、鶴屋さんとTが席を立ったのは同時だった。

これからミステリ研に結果報告に行くのだという。

「今日のことに深い感謝を送る」

Tは深々とお辞儀《じぎ》をし、

「やはり、あなたたちはプレジャーな存在であると知った。鶴屋サンから聞き及び、イメージしたものと相違《そうい》がなかった。サンクスフレンズ」

大仰《おおぎょう》なジェスチャーとともに俺と古泉に握手《あくしゅ》を求めてきた。明日《あした》も教室で会うはずのクラスメイトの手を仕方なく握《にぎ》り返す。古泉との別れの言葉は「今度はブラウン神父の全短編ベスト作品を挙げよう」というものだった。最近は神父の作家もいるのか。

その横で鶴屋さんは大輪の笑顔《えがお》で俺の肩をポンと叩《たた》き、

「やあ！　今日はほんと楽しかったよ！　ずっとニヤニヤしてたよ！　また遊ぼう！」

そう手を振《ふ》って去って行く後ろ姿を、

「またね」

「はあい」

団長席からハルヒが、急須《きゅうす》を携《たずさ》えて佇《たたず》む朝比奈さんが、見送っている。

そうした部室の風景に何故《なぜ》か間違い探しクイズのイラストを見たような感覚がダブると思ったら、長門の姿勢が変化している。

「…………」

読んでいた本を閉じ、完全に読書を中断して、小柄《こがら》なショートカットが鶴屋さんの後ろ姿を凝視《ぎょうし》している。二人の姿が視界から完全に消えるまでのごく僅《わず》かな時間だったが、それは今まで見たこともないほど強い意志を感じる視線だった。

トート・タロットの『太陽』のカードに描かれた二人の天使のような鶴屋さんとTが消えた部室には、再び運動部と文化部のアンサンブルを環境音《かんきょうおん》とした静けさが満ちた。

俺の隣《となり》の席に着いた古泉は、物好きにも鶴屋&Tエピソード1から3を束にしてまとめて、また最初から読み返し始める。

団長までがやけに大人しいなと視線をぶつけると、ハルヒはどこを見るでもない、ぼんやりとした顔つきで、悠然《ゆうぜん》と残り少ない湯飲みの茶を啜《すす》っていた。

その表情は何か微笑《ほほえ》ましい映画のワンシーンを見ているような、取り立てて言うことのない日常の暖かさを噛《か》んで味わっているような、奇妙《きみょう》に落ち着いた印象を漂《ただよ》わせている。

その穏《おだ》やかさに、むしろ不穏当《ふおんとう》なものを感じちまうとはな。俺もずいぶんと飼い馴《な》らされちまったものだ。

そう慨嘆《がいたん》していたところ、ハルヒと目が合った。

途端《とたん》、眉《まゆ》をひそめて俺を睨《にら》むや、ふいっと視線を逸《そ》らしてパソコンのモニタに両目の焦点《しょうてん》を合わす。

手持ち無沙汰《ぶさた》になった俺が、空の湯飲みの底を無意味に覗《のぞ》き込んでいると、かたわらにメイド衣装《いしょう》の立ち姿が寄り添《そ》うようにやって来て、

「お茶のお代わり、いかがですか？」

急須を手ににっこり微笑む朝比奈さんの尊顔を見上げつつ、俺はありがたくいただくことにして、ついでに一つ、質問をした。

「朝比奈さん、エピソード3を読んでいたとき、文章のどこかを穴が開くほど見ていましたね。いったい何がそんなに気にかかったんですか？」

高校三年生になってもあんまり年上という気がしない上級生メイドさんは、俺の湯飲みにオリジナルブレンドを注ぎながら、

「あれはですね……えっと、ＤＮＡコンピュータ……という言葉が、ちょっと気になっただけです」

「理由を訊《き》いていいですか？」

朝比奈さんは笑顔で俺を見つめた。しばらく見つめ合ってから俺は肩《かた》をすくめる。

もしかして禁則事項《じこう》ですか？

無言で問いかけた俺に、エターナル見習いメイドさんは笑顔の規模を広げ、唇《くちびる》に人差し指を当ててから、さっとエプロンスカートを翻《ひるがえ》した。ふわふわとした足取りでヤカンに向かう姿は、お茶くみを司《つかさど》る精霊《せいれい》を具象化したかのようだった。

ＤＮＡコンピュータか。仕組みはおろか基本理念すらまったく解らんが、そいつは体内にあるものなのか？　俺はいつかの朝比奈さん（大）の言葉を思い出している。

——それはわたしたちの頭の中に無形で存在しています。

ふと、発想が飛躍《ひやく》した。

俺が盗聴《とうちょう》に気づけたのは、長門がわざわざ椅子《いす》を移動させてまでTの頭に注目してくれたおかげだ。

あの時、長門が見ていたのはヘアピンではなく、Tそのものだったとしたら。

Tの身体《からだ》の中に何らかの盗聴システムが埋《う》め込まれていたとしたらどうだろう。あくまでヘアピンはダミーであり、実物は身体の内側にあったのでは……。

「まさかな」

いくらなんでも突飛《とっぴ》すぎる。いったいどんな未来的テクノロジーがあれば可能になるんだ、そんなの。

だが……だ。

位置情報発信機ならどうだろう。

鶴屋さんはエピソード2のタネ明かしメールに、「未《いま》だにアレがあたしたちのどこに付いていたのか解《わか》らない」と書いていた。身体をくまなく洗い流しても取れず、肉眼では発見できない未知のGPSトレーサー。

それは極小《ごくしょう》のマイクロマシンとなって鶴屋さんとTの身体の中にインプラントされて

いたのではないだろうか。

そして長門がTを、それから鶴屋さんを奇異《きい》に思えるほど凝視していたのは、ただそれを発見しただけでなく、破壊《はかい》あるいは機能停止、もしかしたら消滅《しょうめつ》させていたのだとしたらどうだろう。今ごろ鶴屋家とガルムナントカ家のどこかの部署の人たちがパニックに陥《おちい》っているかもしれない。

長門がそんなことをする理由は一つ、推理ゲームを提供してくれた二人への長門なりのサービスである。ろくに参加していないようで実は楽しんでいたのか、あるいはすべてをお見通しで、あえてオブザーバーの地位に甘んじてくれていたのか……。

もちろん、すべて俺の妄想《もうそう》だ。ただの。

長門の横顔を垣間見《かいまみ》る。開いた本のページに向けられた、いつものひそやかな無表情は動かない。

しかし、その唇の片端《かたはし》が目視では判断できないレベルで、ほんのわずかな上向きカーブを描《えが》いていたような、一瞬《いっしゅん》だがそんな気がしてならなかった。

俺はお茶を一口含《ふく》み、その熱さがじわじわと暑さに変換《へんかん》されていく感覚を味わいながら、窓の外へ目をやった。中庭の桜の木が青々とした葉を山風になびかせている。

そろそろ夏がやって来る。

あとがき

ご無沙汰《ぶさた》しております。前作から長きに亘《わた》りお待たせすることになってしまい、まず謝罪申し上げます。まことに申しわけございません。言い訳のしようもありません。正直言うと言い訳の言葉すら思いつかず、それもこれもすべては我が身に染《し》みついた怠惰《たいだ》という宿痾《しゅくあ》と愚鈍《ぐどん》なる脳髄《のうずい》による結果です。特に待ってなんかいなかったよという方がおられましたら本書を手に取っていただき、ありがとうございます。

今回に限らず、あとがきにはいつも困りながら書いています。僕は自作について語るすべをあまり持てず、内容とはできるだけ無関係のことを書いてお茶を濁《にご》していたい人間ですが、さりとてとりたてて面白《おもしろ》い日常を過ごしているわけでもないので披露《ひろう》に足るエピソードのストックが日夜溜《た》まっていくなんてこともまったくなく、それどころか生まれてから今までの人生の話をしたとしても十五分くらいで終えられる自信があります。

あとがきに対する僕のスタンスについては、香港《ホンコン》のミステリ作家、陳浩基《ちんこうき》氏が『13・67』のあとがきにて僕より遥《はる》かに上手《うま》く解説してくれているので引用させてください。氏はもともとあとがきは書くつもりがなかったと前置きした上で、なぜなら作品が作者によってこの世に生を受けたあと、テクストは自らの「人生」を歩んでいく。そこからなにを読み取り、なにを感じるかは読者の自由であり、それは彼らしか得られない個人的な経験となる。作者が四の五の書いて、読者の体験を邪魔するべきではないだろう。

と述べたのち、けっこう詳細《しょうさい》に執筆《しっぴつ》の経緯《けいい》や作品分析《ぶんせき》などをおこなってくれているのですが、これは激動の歴史を誇《ほこ》る香港を舞台《ぶたい》にした一種の時代小説であるからこそのことでしょう。

翻《ひるがえ》って、この『涼宮ハルヒの直観』の収録作三つは、短・中・長と分量に関してはバラエティに富んでいますが重厚な社会的背景や複雑に絡《から》み合う人間関係などは一切《いっさい》なく、中でも『あてずっぽナンバーズ』は風呂《ふろ》に入りながらRSA暗号の仕組みについて考えているときに思いつきました。ところで、入浴中にアイデアが浮《う》かんだり行き詰《づ》まっていたことの打開策を考えついたりする現象はどうやら一般《いっぱん》的なものらしく、多くの人々の体験談を目にします。いったいどういうシステムで風呂によって脳が活性化するのかは諸説あるようですが、僕が思うに、風呂に入る際の完全ルーティンワーク化がその要因なのではないでしょうか。幼少期を除くと、ほとんどの人は入浴の最中、考えていなくとも身体《からだ》が動いていると思います。身体を洗う時にいちいち「まず左腕《ひだりうで》を洗ってから次は右腕、さらに背中、胸、腹を経由して足を順番に清め、最後に洗面器に溜めたお湯を全身に満遍《まんべん》なくかけなくてはならぬ」などと考えながら風呂に入っている人はいないでしょう。だいたいにおいて服を脱《ぬ》いで風呂場に入ってから出るまでの行動はほぼ自動化されていると推測します。ちなみに僕は風呂上がりに冷蔵庫の前に行くところまでが完全オートメーション化されています。その自動化の最中、たまに我に返り「あれ？　いまシャンプーしたっけ？」と自分の行為《こうい》に疑問を持つのもそれ故《ゆえ》だと考えられ、そしてこのように、ちゃんと意識もあり身体も動いているのに脳をまったく使用していないという肉体のオートマチック状態を、我々の脳は何らかの不自然な事態が起こっていると勘違《かんちが》いするのではないでしょうか。その不安定な状態がニューロンに電気的な揺《ゆ》らぎを発生させ、結果、脳は運動に釣（つ）り合うだけの思考を無意識下において働かせて、それまで表層意識が考えてはいるものの停滞《ていたい》していて何ともなっていなかった諸問題の答えを「ほらよ」とばかりにポイッと投げ込んでくるのだとしたらいかがでしょう。同じくほぼ無思考での行動である散歩もまた考え事に向いていると言われるのも同じ現象だと思われます。学会に発表すべきかとも思いましたが、このメカニズムがすでに解明され名称《めいしょう》を付けられているものだとしたらすみません。

『七不思議オーバータイム』は担当氏の「彼等《ら》の通っている高校に七不思議はないのか？」

という問いから始まり、後は「ハルヒならどのような七不思議を考えるか」を登場人物たちがどう考えるか、という連中の脳内をシミュレートしつつひたすら演繹《えんえき》的に話を転がしていました。しかし実際に七不思議を持つ学校は世界に何校くらいあるのでしょうか。関係ありませんが、寝付《ねつ》きが悪いときには適当にキャラクターを生み出して雑なストーリー展開の中で動かしているといつの間にか寝ているのでオススメです。

『鶴屋さんの挑戦《ちょうせん》』は一度やってみたかったことを全部まとめてやってみましたという感じです。引用多数とか鶴屋さんの一人称《いちにんしょう》とかアレとかコレとかです。三作まとめてニコニコでもニヤニヤでもニタニタでもどのようなスタイルでも御笑覧《ごしょうらん》いただければこれに勝《まさ》る喜びはありません。

この本の編集、校正、製作、流通、販売《はんばい》に関《かか》わっていただけたすべての方々と読んでいただけたすべての方々に深く感謝しつつ、それではまたっ。

最後に

二〇一九年七月十八日に京都《きょうと》アニメーションで起きたことについては言葉が出ないというのが本当のところです。億の言葉を費《つい》やしても足りない気がしますし、言葉で言い表せるレベルのことではないという感覚もします。なので到底《とうてい》、多くを語ることができません。

アニメ化に際しましては、数多くの京都アニメーションスタッフの方々のお世話になりました。どれだけ感謝してもしきれないくらいです。実際に顔を合わせた方々は決して多くなく、言葉を交《か》わしたとなるとさらに少なくなりますが、ずいぶんと時間が経《た》った今でも忘れがたく脳裏《のうり》に焼き付いている光景が少しばかり存在していきます。そして、そんないくつかの思い出は僕の個人的な備忘録《びぼうろく》に収めておくものであるように感じられます。

ですので、何か語ることができるとしたら、ただ二つです。

私はあなた方を忘れない。

私はあなた方が為《な》したことを忘れない。

前二行に賛同いただける方は主語の部分を複数形にして読んでください。いっそのこと修正するなりして書き換《か》えてしまってもかまいません。

僕が持つ記憶は微々《びび》たるものです。僕以外の多くの方々がもっと多くの記憶を持っておられるのは間違《まちが》いないでしょう。それはそれらを持つ方々自身のものです。

僕は自分の中に刻まれた、ささやかな記憶を大切にしていこうと思います。

ありがとうございました。

谷川流

これを書いている今から一年前の夏、素晴《すば》らしい映像を作ってくれた有能なクリエイター達が、許すことのできない事件により命をおとしました。

ハルヒ達をそこに当たり前に存在するかのように動かしてくれた感動を、感謝を、届くかわからないけれどどここに改めて記させていただきます。

初めてアニメの打ち合わせに伺《うかが》ったときのこと、「消失」の打ち上げに呼んでいただいたときのことが懐《なつ》かしく思い出されます。変な言い方ですが、製作者として仲間に入れてもらえたような嬉《うれ》しい気持ちでいっぱいでした。

想いばかりが溢《あふ》れて、うまく言葉として綴《つづ》れない自分が不甲斐《ふがい》ないのですが、確実に、私を形成する大事な一部分を作品を通してみなさんが作ってくれたことに、心より感謝いたします。

ありがとうございました。

いとうのいぢ

〈参考文献〉

・七不思議オーバータイム
『古今著聞集　下』　西尾光一・小林保治校注（新潮社）
『古今著聞集―物語の舞台を歩く』　本郷恵子（山川出版社）
『火閻魔人』　奥瀬サキ（幻冬舎）

・鶴屋さんの挑戦
『シャム双子の秘密』　エラリー・クイーン　越前敏弥・北田絵里子訳（角川文庫）
『ニッポン硬貨の謎』　北村薫（創元推理文庫）
『最後から二番めの真実』　氷川透（講談社ノベルス）
『法月綸太郎ミステリー塾　海外編　複雑な殺人芸術』　法月綸太郎（講談社）
『江神二郎の洞察』　有栖川有栖（創元推理文庫）
『記録の中の殺人』　石崎幸二（講談社ノベルス）
『KADOKAWAミステリ2001年4月号』収録「論理《ロジック》の聖剣《エクスカリバー》」　二階堂黎人（角川

書店）
『大癋見《おおべしみ》警部の事件簿』　深水黎一郎（光文社文庫）
『Xの悲劇』　エラリー・クイーン　鮎川信夫訳（創元推理文庫）
『世界短編傑作集1』　江戸川乱歩編（創元推理文庫）
・あとがき
『13・67』　陳浩基　天野健太郎訳（文藝春秋）

〈初出〉

あてずっぽナンバーズ……………『いとうのいぢ画集 ハルヒ百花』
七不思議オーバータイム…………『ザ・スニーカーLEGEND』
鶴屋さんの挑戦………………………書き下ろし

涼宮《すずみや》ハルヒの直観《ちょつかん》

著　谷川《たにがわ》 流《ながる》

角川スニーカー文庫　22408

2020年11月25日　初版発行

発行者　青柳昌行

発　行　株式会社KADOKAWA
〒102-8177 東京都千代田区富士見2-13-3
電話　0570-002-301（ナビダイヤル）

印刷所　株式会社暁印刷
製本所　株式会社ビルディング・ブックセンター

Printed in Japan　ISBN 978-4-04-110792-8　C0193

★ご意見、ご感想をお送りください★

〒102-8177 東京都千代田区富士見 2-13-3
株式会社KADOKAWA　角川スニーカー文庫編集部気付
「谷川 流」先生
「いとうのいぢ」先生

角川文庫発刊に際して

角川源義

第二次世界大戦の敗北は、軍事力の敗北であった以上に、私たちの若い文化力の敗退であった。私たちの文化が戦争に対して如何に無力であり、単なるあだ花に過ぎなかったかを、私たちは身を以て体験し痛感した。西洋近代文化の摂取にとって、明治以後八十年の歳月は決して短かすぎたとは言えない。にもかかわらず、近代文化の伝統を確立し、自由な批判と柔軟な良識に富む文化層として自らを形成することに私たちは失敗して来た。そしてこれは、各層への文化の普及滲透を任務とする出版人の責任でもあった。

一九四五年以来、私たちは再び振出しに戻り、第一歩から踏み出すことを余儀なくされた。これは大きな不幸ではあるが、反面、これまでの混沌・未熟・歪曲の中にあった我が国の文化に秩序と確たる基礎を齎らすためには絶好の機会でもある。角川書店は、このような祖国の文化的危機にあたり、微力をも顧みず再建の礎石たるべき抱負と決意とをもって出発したが、ここに創立以来の念願を果すべく角川文庫を発刊する。これまで刊行されたあらゆる全集叢書文庫類の長所と短所とを検討し、古今東西の不朽の典籍を、良心的編集のもとに、廉価に、そして書架にふさわしい美本として、多くのひとびとに提供しようとする。しかし私たちは徒らに百科全書的な知識のジレッタントを作ることを目的とせず、あくまで祖国の文化に秩序と再建への道を示し、この文庫を角川書店の栄ある事業として、今後永久に継続発展せしめ、学芸と教養との殿堂として大成せんことを期したい。多くの読書子の愛情ある忠言と支持とによって、この希望と抱負とを完遂せしめられんことを願う。

一九四九年五月三日

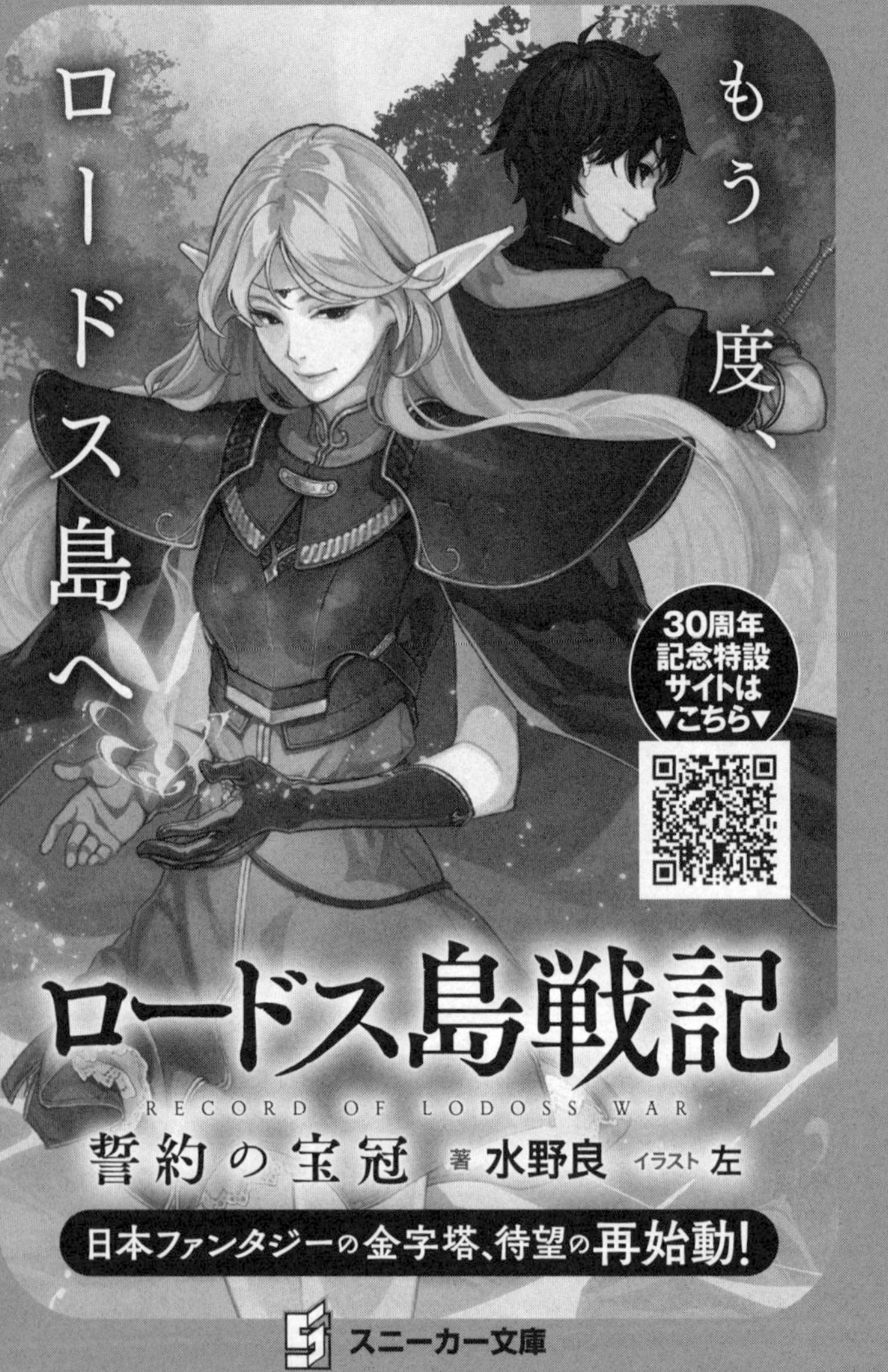
もう一度、
ロードス島へ
30周年記念特設サイトはこちら
ロードス島戦記
RECORD OF LODOSS WAR
誓約の宝冠
著 水野良
イラスト 左
日本ファンタジーの金字塔、待望の再始動!
スニーカー文庫

終末なにしてますか?
忙しいですか?
救ってもらっていいですか?
枯野瑛
Akira Kareno
illustration ue
使い捨ての少女兵たちと、
時代遅れな雇われ教官の、
儚くも輝ける日常。
シリーズ
絶賛
発売中!
ヒトは規格外の《獣》に蹂躙され、滅びた。たったひとり、数百年の眠りから覚めた青年ヴィレムを除いて。ヒトに代わって《獣》と戦うのは、死にゆく定めの少女妖精たち。青年教官と少女兵の、儚くも輝ける日々。
スニーカー文庫

世界最高の
暗殺者、異世界貴族に
転生する
The world's best assassin,
To reincarnate in a different world aristocrat
月夜 涙
画 れい亜
"伝説の暗殺者"、異世界で無双
最強×無敵の
アサシンズ・ファンタジー――！
特設
サイトは
▼コチラ！▼
世界一の暗殺者が、暗殺貴族の長男に転生した。現代であらゆる暗殺を可能にした知識と経験、そして暗殺者一族の秘術と魔法。その全てが相乗効果をうみ、彼は史上並び立つ者がいない暗殺者へと成長していく!!

スニーカー文庫

このすば
暁なつめが描く、
もう一つの異世界コメディ!
戦闘員、派遣します!
戦闘員、派遣します!
暁なつめ
NATSUME AKATSUKI
ILLUSTRATION
カカオ・ランタン
KAKAO LANTHANUM
シリーズ好評発売中!
全世界の命運は――
悪の組織に託された!?
スニーカー文庫

WEB発、
サラリーマン×JKの
同居ラブコメディ。
しめさば
イラスト／ぶーた
ひげを剃る。そして女子高生を拾う。
5年片想いした相手にバッサリ振られた冴えないサラリーマンの吉田。ヤケ酒の帰り道、路上に蹲る女子高生を見つけて——「ヤらせてあげるから泊めて」家出女子高生と、2人きり。秘密の同居生活が始まる。
好評発売中！
スニーカー文庫

継《まま》母《はは》の連れ子が
Mamahaha
Tsurego
元カノだった
Moto kano
「昔の恋が終わってくれない」
紙城境介
イラスト／たかやKi
好評発売中！
実はまだ好き同士な
元カップルが親の再婚で
きょうだいに!?
第3回
カクヨム
Web小説コンテスト
《大賞》
ラブコメ部門
「僕が兄に決まってるだろ」「私が姉に決まってるでしょ?」親の再婚相手の連れ子が、別れたばかりの元恋人だった!?　“きょうだい”として暮らす二人の、甘くて焦れったい悶絶ラブコメ——ここにお披露目!
スニーカー文庫

きみの紡ぐ物語で、
世界を変えよう。
第27回
スニーカー大賞
原稿募集中!
大賞 300万円
+コミカライズ確約
金賞 100万円
銀賞 50万円
特別賞 10万円
[選考委員]
春日部タケル
「俺の脳内選択肢が、学園ラブコメを全力で邪魔している」
長谷敏司
「円環少女」「BEATLESS」
角川スニーカー文庫編集長
[前期締切]
2020年12月末日
[後期締切]
2021年6月末日
詳細はザ・スニWEBへ https://sneakerbunko.jp/award/
イラスト/左